BASTEI
LÜBBE
TASCHENBUCH

Alison Tyler

Überstunden

Erotische Bürogeschichten

Aus dem amerikanischen Englisch von
Sandra Green

BASTEI
LÜBBE
TASCHENBUCH

BASTEI LÜBBE TASCHENBUCH
Band 17 412

Dieser Titel ist auch als E-Book erschienen

MIX
Papier aus verantwortungsvollen Quellen
FSC® C083411

Vollständige Taschenbuchausgabe

Deutsche Erstausgabe

Titel der amerikanischen Originalausgabe: »Open for business«
Originalverlag: Cleis Press Inc., US

Umschlaggestaltung: Thomas Krämer
Unter Verwendung von Motiven von
© shutterstock/Photographee.eu
Satz: Urban SatzKonzept, Düsseldorf
Gesetzt aus der Palatino
Druck und Verarbeitung: CPI books GmbH, Leck – Germany
Printed in Germany
ISBN 978-3-404-17412-6

5 4 3 2 1

Arbeit schützt uns vor drei großen Übeln:
Langeweile, Laster und Not.
Voltaire

Tanze, als ob's wehtut,
liebe, als ob du Geld dafür bekommst,
arbeite, wenn Leute zuschauen.
Scott Adams

Ich liebe Arbeit, sie fasziniert mich.
Ich kann dasitzen und stundenlang zusehen.
Jerome K. Jerome

Aktennotiz – während eurer Abwesenheit
Für: Austin, Karla, Felice, Frédérique & Sam
Von: Alison

(X) Anruf
( ) Rückruf
( ) Ruft wieder an
(X) Dringend

Nachricht:
Mit Liebe all jenen gewidmet, die oben aufgeführt sind.

Tausend Küsse
Alison

Inhalt

Einführung

Wir kennen alle das Sprichwort: »Immer Arbeit, nie ein Spiel, wird dem Knaben Hans zu viel.« Zum Glück für Hans – und auch für uns alle – präsentieren wir hier zweiundzwanzig Kurzgeschichten, in denen es um Spiele bei der Arbeit geht. Siehst du, Hans? Selbst der banalste Job von acht bis fünf kann zu einem fröhlichen Treiben mit einer Kollegin führen, über das man in der Teeküche noch Jahre später tratscht.

Denn diese Geschichten handeln von ganz besonderen Büros, von Büros, in denen ungezogenen Sekretärinnen der Po versohlt wird, in denen Telefonverkäufer sich mit dominanten Frauen einlassen, wo weibliche Aushilfskräfte den Mann ihrer Träume finden, der ihnen die Fenster putzt, und wo es als gute Sache gilt, dass sich lüsterne, willfährige Frauen nach oben schlafen.

Diese Anthologie wird Sie durch die ganze Arbeitswoche begleiten, vom frühen Pendelzug (»Dieses Montagmorgengefühl« von Lisette Ashton) bis zur Glückseligkeit eines Freitags (»TGIF« von Saskia Walker), und dazwischen gibt es ein paar Feierabendpartys (von Marilyn Jaye Lewis und Sommer Marsden) und ein Drei-Martini-Mittagessen.

XXX
Alison Tyler

Dieses Montagmorgengefühl

Von Lisette Ashton

Es war das Einzige, was den Beginn der Arbeitswoche erträglich machte.

Mandy trat aus der Dusche; auf ihrer Haut schimmerten Wasserperlen, und ihre nackte Pussy kribbelte nach der Rasur der kürzesten Härchen. Rasch trocknete sie sich ab, als ihr klar wurde, dass sie gerade noch Zeit für eine Tasse Kaffee hatte, bevor sie ins Büro musste.

Kurzer schwarzer Rock.

Schwarze Wildlederschuhe mit hohen Absätzen.

Tief ausgeschnittene weiße Bluse.

Tasse koffeinfrei.

Dann war sie aus dem Haus, schlug die Tür zu und hetzte zum Bus, das Aroma der Kaffeebohnen noch wärmend im Mund. Ihr Haar war ordentlich zurückgebürstet und in einem Pferdeschwanz zusammengefasst; die glänzenden rabenschwarzen Locken fielen bis auf ihren Rücken. Eine kleine schwarze Tasche komplettierte das einfarbige Ensemble, das sie immer zu Beginn einer farblosen Bürowoche trug. Doch Mandy schwelgte in der heimlichen Freude, ihren Weg ins Büro an diesem Montagmorgen ohne Slip und BH anzutreten.

Nicht, dass die fehlende Unterwäsche die einzige Sache wäre, die den Wochenbeginn erträglich machte.

Da war noch viel mehr.

Ein Stehplatz im Bus bedeutete, dass sie zwischen einer Menge erwachsener Männer in Anzügen und rowdyhaften Jungen in Jeans und Leder bedrängt und angerempelt wurde. Die Gerüche von Deodorants, Aftershaves und Schweiß waberten ihr in die Nase wie ein höchst erotisches Parfum, das ihr schnell zu Kopf stieg. Durch die Scheiben nahm sie die graue Welt draußen wahr, ein eintöniger, freudloser Hintergrund ihrer Fahrt. Wenn sie nicht die Erregung ihres Abenteuers empfunden hätte, wäre der Ausblick bleich und deprimierend gewesen.

Beim ersten Halt stieg noch eine ganze Menge Morgenpendler zu. Im Innern wurde es noch klaustrophobischer, die Menschen bedrängten sich noch mehr. Jeder musste sich so schmal wie möglich machen, um Platz für die Neuankömmlinge zu schaffen.

Mandy drückte ihren Hintern gegen den Schoß eines vielleicht dreißigjährigen Angestellten. Sie hatte längst bemerkt, dass er hinter ihr stand. Auf seinen Wangen lag ein Schatten aus Designerstoppeln, die sie an zu viel Testosteron denken ließen, an Männer im Fitness Center und an heruntergekommene Filmstars in der Rolle eines entflohenen Sträflings.

Ein flüchtiger Blick in sein Gesicht sagte ihr, dass sie aufgerissene Lippen haben würde, wenn sie ihn küsste, wund und zerkratzt und verzweifelt nach mehr. Wäre er ihr Liebhaber, würde er hart, brutal und begierig sein – und viel von ihr verlangen. Seine Schultern wirkten breit in seinem falschen Designeranzug von der Stange. Seine gewaltige physische Präsenz überragte sie, als er nach dem Halteriemen am Dach des Busses griff.

Sie mahlte ihren Po gegen ihn.

Seine Antwort kam in Form eines Stoßes seiner halbharten Länge.

Mandy erschauerte.

Sie wusste, es hätte sich ähnlich gut angefühlt, wenn sie ein Höschen unter dem Rock getragen hätte. Eine weitere Lage Stoff hätte das Gefühl des versteckten, drängenden Schwanzes gegen ihre nur dünn bedeckten Backen kaum gestört. Aber die Dekadenz, ohne Unterwäsche im Bus zu stehen und zu wissen, dass sie nahe daran war, ihr blankes Geschlecht an einem Fremden zu reiben, reichte aus, um ihre Temperatur mächtig steigen zu lassen.

Sie labte sich an der köstlichen Reibung seiner Hose gegen ihren Rock. Mandy stellte sich vor, das Knistern hören zu können, als sich die rauen Stoffe aneinanderrieben. Das Dröhnen des Busmotors war laut genug, deshalb war ihr klar, dass sie das Knistern nicht wirklich hörte.

Die Gespräche der anderen Passagiere waberten um sie herum, so laut, dass es ohrenbetäubend war, aber gleichzeitig so leise, dass sie den Inhalt nicht mitbekam. Aber als die Länge des Fremden an ihrem Hintern noch dicker wurde, wollte sie glauben, dass ihr kein noch so kleines Detail entging.

Sie glaubte, das Kratzen seiner Anzughose an ihrem Rock zu hören. Sie glaubte, den vitalen Geruch seiner Liebestropfen und die moschusartige Reife ihres eigenen nassen Geschlechts zu riechen. Die Erregung zog ihr den Bauch zusammen. Wenn sie an sich hinuntergeschaut hätte – das wusste Mandy –, dann hätte sie sehen können, wie die Spitzen ihrer Nippel gegen den dünnen Stoff ihrer Bluse drückten. Aber anstatt an sich hinunterzuschauen, blieb ihr Blick starr nach vorn gerichtet, während sie ihre Rückseite kaum merklich gegen den Schoß des Angestellten rieb.

Er war steinhart.

Der Stoß seiner Erektion drückte gegen ihren Rock. Wenn da nicht der schützende Stoff seiner Hose gewesen wäre, dann hätte der pochende Schwanz zwischen ihre Backen gestoßen und wäre ganz leicht in ihre feuchte Höhle eingedrungen.

Sie rieb noch ein wenig fester gegen ihn und tat so, als nähme sie lediglich das Schwanken des Busses mit ihrem Körper auf. Sie schwankte von Seite zu Seite und wand sich vor und zurück, bis sie sein leises, befriedigtes Seufzen hörte.

Der Bus hielt an.

Ohne einen Blick zurück setzte Mandy die Ellbogen ein, um sich durch die anderen Pendler zu kämpfen, und stieg aus dem Bus. Sie hielt den Blick abgewandt, als der Bus weiterfuhr; es war ihr egal, ob der Angestellte ihr nachschaute, ob er interessiert oder gelangweilt war oder ob sie ihm den Kopf verdreht hatte. Ihr genügte zu wissen, dass sie einem Mann an diesem Montagmorgen zu einem Steifen verholfen hatte. Ihr Po prickelte angenehm; es war, als könnte sie seine Erektion noch spüren. Ihre Erregung war stark und hielt an.

Da die nächste Bahn schon in wenigen Minuten einlaufen würde, lief sie eilig die drei langen Treppen hinunter zur U-Bahn-Station, der nächsten Etappe ihrer morgendlichen Reise.

Auf dem Bahnsteig war nicht viel los.

Die Luft auf dem Bahnhof war trocken und roch nach Rost. Der elektrische Zug pochte wie der Puls ihrer aufgeladenen Sexualität. Mandy setzte sich in ein verhältnismäßig leeres Abteil. Der einzige andere Fahrgast war ein Student in einer zerrissenen Jeans und einem T-Shirt, auf dem *Green Day* stand. Mandy setzte sich ihm gegenüber und streckte sich aus, als wäre sie an diesem frühen Morgen noch schläfrig.

Die Bluse spannte sich über ihre Brüste.

Sie brauchte den Blick nicht nach unten zu richten, um zu wissen, dass ihre Nippel sich gegen den dünnen Stoff durchdrückten. Der sanfte Druck schickte köstliche Schauer durch ihren Körper. Ihre Wangen waren gerötet vom rosigen Hauch der sexuellen Anspannung.

Der Student mit dem Green-Day-T-Shirt grinste.

Mit dem Geschick einer erfahrenen Anmacherin mied Mandy den Augenkontakt. Sie rieb ihre linke Hand über ihren spärlich bekleideten Körper, strich mit gespreizten Fingern von der Brust über die Hüfte und hinunter zu ihrem nackten Knie. Es war eine übertriebene Geste vorgetäuschter Unschuld.

Mandy genoss das wohlige Gefühl, sich selbst zu streicheln. Ihr linker Nippel stand sofort in Flammen. Ihr Schenkel kribbelte von der Berührung. Ihre Haut vibrierte vom Toben der eigenen Geilheit; sie quälte sich lustvoll selbst und war bereit, noch mehr zu leiden.

Aus den Augenwinkeln nahm Mandy wahr, dass der Student eine Hand hart in seinen Schoß drückte. Sein Gesicht verzog sich zu einer Grimasse. Er leckte sich die Lippen in sichtlich hilflosem Hunger.

Um ihn noch mehr zu reizen und ihm eine gute Show zu bieten, blickte Mandy an sich hinunter und strich dann über die steife Fleischknospe unter dem Stoff ihrer Bluse.

Die Empfindungen waren großartig.

Sie nahm den steifen Nippel zwischen Finger und Daumen und drückte ihn zart. Ein Schauer der Erregung ließ ihren Körper zucken. Obwohl sie gewusst hatte, dass ihre Lust intensiv sein würde, hatte sie nicht mit einem solch gewaltigen Ausbruch gerechnet.

Sie keuchte. Dann, als sie die Hand wegnahm, blickte sie hoch, und ihr Blick traf den bewundernden Blick des Studenten. Er hatte die Augen weit aufgerissen. Seine Faust drückte immer noch gegen seinen Schoß. Sein Kinn war leicht vorgestreckt. Er war auf seinem Sitz nach vorn gerutscht, als wäre eine andere Haltung kaum zu ertragen.

Mandy täuschte ein verlegenes Lächeln vor, erhob sich und ging an ihm vorbei.

»Tut mir leid«, murmelte sie, »ich hatte gar nicht bemerkt, dass Sie da sitzen.«

Während er sich noch eine Antwort überlegte und versuchte, seinen Schoß mit einem Notizbuch zu verdecken, knurrte er irgendwas, was Mandy nicht verstand. Dann hatte der Zug die nächste Station erreicht, und Mandy hastete aus dem Zug, um mit einer anderen U-Bahn weiterzufahren.

Noch eine U-Bahn.

Diese Strecke war belebter.

Der Bahnsteig war voller Pendler. Jeder einfahrende Zug war vollgepfropft mit eng zusammenstehenden Körpern. Mandy erbebte aufgeregt bei dem Gedanken, so dicht unter so vielen Fremden zu stehen. Die schaurige trockene Luft des Untergrunds strich wie eine träge Berührung über ihr bloßes Geschlecht.

Jedes Mal, wenn ein neuer Zug auf den Bahnsteig einfuhr, brachte er eine warme fegende Brise mit, die sich wie der Kuss eines Geliebten anfühlte. Sie drückte ihre Schenkel zusammen, als die Lust ihren Bauch aufmischte und sie für einen Moment schwindlig werden ließ.

Als sie sich dem Beginn der Schlange näherte, die für den jetzt einfahrenden Zug anstand, schoss ihr ein aufregender Gedanke durch den Kopf. Der Plan war derart scharf, dass sie beinahe selbst zu erregt wurde, um ihn umzusetzen.

Ein weiterer Zug donnerte über die Gleise an dem Bahnsteig.

Die Türen des Zuges öffneten sich zischend, und sie zwängte sich ins Abteil und sagte sich, dass dies eine zu großartige Gelegenheit war, um sie zu verpassen. Sie stand mit dem Rücken zu den Fenstern und dem Bahnsteig dahinter. Draußen verharrte noch immer eine dicht gedrängte Menge, die auf den nächsten Zug wartete. Einige Leute schauten wütend auf den vollen Zug, die meisten aber warteten mit resignierter Geduld, ein paar von ihnen sahen Mandys neugierigen Blick.

Mandy griff hinter sich, nahm den Saum ihres Rocks in die Hände und hob ihn langsam hoch.

Sie blickte immer noch über ihre Schulter, weil sie die Reaktion der Leute auf dem Bahnsteig sehen wollte.

In ein Dutzend Gesichtern sackte das Kinn hinab, dann schauten die wartenden Fahrgäste auf die strammen Backen ihres entblößten Hinterns. Mandy konnte in Augen sehen, die vor Bewunderung weit aufgerissen waren, und sie sah das Grinsen roher, animalischer Lust.

Hätte sie Platz gehabt, sich im Abteil des Zuges frei zu bewegen, sie hätte sich nach vorn gebeugt und dem bewundernden Publikum einen vollen Blick auf ihr nacktes Geschlecht gewährt. Wenn es innerhalb des Abteils nicht so eng gewesen wäre, hätte sie sich bücken und mit einem Finger über die Labien gleiten können, damit die auf die Zugabfahrt wartenden Pendler zuschauen konnten, wie sie sich vor aller Augen zum Orgasmus brachte.

Dann nahm der Zug Fahrt auf.

Ihr Publikum verschwand aus ihrem Blickfeld, und der Zug glitt in einen Tunnel.

Mandy tröstete sich mit dem Wissen, dass sie einer Vielzahl von morgendlichen Fahrgästen einen kurzen Moment der Erregung beschert hatte.

Beim nächsten Halt stieg Mandy aus und fuhr mit der Rolltreppe drei Etagen höher. Sie atmete tief ein, als sie die frische Morgenluft spürte, dann schaute sie auf die Uhr, bevor sie die Straße zum Bürogebäude überquerte.

Der Lift war leer.

Die Uhr über ihrem Büroeingang verriet ihr, dass sie zehn Minuten zu früh war.

Da beschloss Mandy, dass sie genug Zeit hatte, sich von einem Teil ihrer Anspannung zu befreien. Sobald der Alltagstrott der Arbeitswoche begann, wäre das nicht mehr möglich.

Sie ließ sich an ihrem Arbeitsplatz nieder und schaltete den Desktop ein, der einen Großteil ihres Schreibtischs einnahm. Nach einem flüchtigen Blick ins fast leere Büro presste Mandy beide Hände zwischen ihre Schenkel.

Es war fast unmöglich, den Seufzer der Zufriedenheit zu unterdrücken.

Sie brauchte den Druck so sehr, dass die leichteste Berührung ihrer Hand fast zu einer rauschenden Befriedigung führte. Zeige- und Mittelfinger der linken Hand strichen über ihre Labien und hielten sie auseinander. Zeige- und Mittelfinger der rechten Hand beschrieben träge Kreise um die Klitoris. Und während sie die gedämpften Geräusche hörte, als ihre Arbeitskolleginnen das Büro betraten und ihre Plätze in den anderen Kabinen einnahmen, streichelte sich Mandy ganz lässig zum Orgasmus.

Es war kein Orgasmus, bei dem die Erde bebte. Ein feuchter Fleck bildete sich auf ihrem Sitz. Der Geruch nach reifem Moschus parfümierte die Luft der Kabine. Mandy seufzte zufrieden.

»Ist alles in Ordnung, Mandy?«

Sie schaute hoch und sah Beckys besorgtes Gesicht über der Kabinentrennwand. Mandys Schreibtisch verdeckte ihr nacktes Geschlecht, und der befleckte Sitz war auch nicht zu sehen. Ein Blick in den Spiegel neben ihrem Bildschirm sagte Mandy, dass ihr Gesicht zwar gerötet war, sonst aber nichts Auffälliges zeigte. Sie nickte rasch und versuchte, nicht anzüglich zu grinsen. »Alles in bester Ordnung. Aber das frühe Aufstehen und die lange Fahrt haben mich heute irgendwie mehr mitgenommen als sonst.«

Becky verzog das Gesicht und sagte mit verständnisvoller Stimme: »Ich habe gerade eine einstündige Fahrt hinter mir und bin angestiert und abgegrabscht worden. In der U-Bahn hatte ich es mit zwei Anzugträgern zu tun, die ihre Hände nicht bei sich behalten konnten. Im Bus war ein Student, der die ganze Zeit auf meine Titten gestarrt hat. Und im Lift zu dieser Etage hat die dominante Lesbe aus der Buchhaltung die ganze Zeit meinen Arsch angetatscht.«

»Wirklich?«, fragte Mandy atemlos. »Welche Strecke fährst du denn?«

Als Becky minutiös ihre Fahrtstrecke beschrieb, merkte sich Mandy jedes Detail. Nächsten Montag würde sie diese Route zum Büro nehmen. Sie fand, dass dies die einzige Art war, den Wochenstart erträglich zu gestalten.

Dieser Telefonanruf kann zur Qualitätskontrolle aufgezeichnet werden

Von Xavier Acton

In Ricks Kopfhörern klickte es, und sein Bildschirm begann zu flackern.

»Hallo?« Er hörte die Stimme am anderen Ende der Leitung. Es war eine tiefe, ruhige Frauenstimme. »Hallo? Hallo?«

»Hallo. Ich möchte gern mit Miss Ashley Domin ... eh ... Doman ...«

»Dominica«, sagte die Frau kühl. »Sie sprechen mit ihr.«

»Miss Dominica, ich bin Rick, und ich rufe für die Term Lebensversicherungsgesellschaft an, um Sie über einige Angebote zu informieren, die wir für Sie in unserem Programm haben. Haben Sie schon mal daran gedacht, was mit Ihren Liebsten geschieht, wenn Ihnen vorzeitig etwas zustößt?«

»Woher haben Sie meine Nummer?«

»Eh ... es tut mir leid, Miss Dominica, aber das weiß ich nicht.«

»›Mistress Dominica‹ ist mir lieber. Diese Nummer steht nicht im Telefonbuch.«

»Nun, Miss Dominica, wenn Sie einen Moment erübrigen könnten, kann ich Ihnen etwas über die ausgezeichneten Bedingungen erzählen, mit denen wir unsere Lebensversicherungen ausstatten und ...«

»Telefonwerbung ist verboten.«

Rick schwieg einen Augenblick. »Eh ... nun, Miss Dominica, ich würde Ihnen wirklich gern etwas über die ausgezeichneten Lebensversicherungen unserer ...«

»Telefonwerbung ist sehr, sehr unanständig, Rick. Und ich habe Ihnen gesagt, Sie sollten mich Mistress nennen.«

Rick wollte etwas sagen, aber seine Kehle war wie zugeschnürt. Schließlich krächzte er: »Mistress.«

»Sehr, sehr unanständig. Magst du es gern unanständig, Rick?«

Miss Dominicas Stimme klang kräftig, tief und befehlsgewohnt. Wenn sie gluckste, hörte es sich boshaft an.

»Miss Dominica, wenn Sie mir nur einen Moment Ihrer Zeit geben würden, könnte ich Ihnen etwas über die ausgezeichneten Konditionen unserer Lebensversicherungen ...«

»Weißt du, was ich mit kleinen Jungen mache, die unanständig sind, Rick? Kleine Jungs, die Verkaufsgespräche am Telefon führen?«

»Ehmmmmm ...«

»Lass mich erklären, wozu ich diese Telefonnummer nutze, Rick. Sie ist nicht registriert, denn ich inseriere sie nur in bestimmten Magazinen für ungezogene, unanständige Männer. Diese Männer rufen mich an und flehen mich an, dass ich sie bestrafe. Und keiner von ihnen hat je etwas so Unanständiges getan wie Telefonverkäufe.«

Rick räusperte sich. »Miss Dominica ...«

»*Mistress* Dominica!«, fauchte sie.

»M... Mi... Mistress Dominica, wir haben wirklich ausgezeichnete Produkte für alle Arten von Lebensversicher...«

»Ich habe alle Versicherungen, die ich brauche, Rick«, sagte sie. »Was ich jedoch brauche, wovon ich nie genug bekomme, sind unanständige Jungs, denen ich den Hintern versohle.«

»Sie ... Sie ... also wirklich, Miss Dominica, die ausgezeichneten Bedingungen unserer Lebensversicherungen ...«

»Du trägst wahrscheinlich eine Hose aus Polyester, nicht wahr? Für 21,99 Dollar bei Sears?«

Tatsächlich hat sie 24,99 gekostet, und er hatte sie bei JCPenney gekauft, aber das sagte Rick nicht. Stattdessen brachte er würgend heraus: »Ausgezeichnete Bedingungen.«

»Mit einem schmalen kurzen Gürtel? Und trägst du enge weiße Unterhosen oder Boxershorts?«

»Ehmmmm ...«

»Boxershorts, wette ich. Du glaubst, dass sie sexy sind im Vergleich zu den engen weißen, nicht wahr?«

Rick trug tatsächlich Boxershorts aus Baumwolle, mit vielen kleinen Hundert-Dollar-Scheinen bedruckt. Sie waren ein Geschenk seiner letzten Freundin, die ihn damit ermuntern wollte, sich einen Job zu suchen, der mehr einbrachte als seine Arbeit als Telefonverkäufer.

»Boxershorts sind ziemlich sexy, Rick. Ich finde Boxers ganz besonders sexy.«

Ricks Finger hing über dem Trennknopf. Er spürte, wie sich sein Penis in der Polyesterhose langsam regte, der Kopf stieß gegen die Shorts.

»Wirklich?«, fragte er schwach.

»Weißt du, warum ich Boxershorts an Männern liebe, Rick?«

»Ehmmmm ...«

»Weil man sie schneller nach unten ziehen kann. Weißt du, was ich mit einem unanständigen Telefonverkäufer machen würde, wenn ich ihn in meinem Verlies hätte?«

»Ehmmm ...«

»Ich würde dich übers Knie legen, Rick. Ich würde dich dazu bringen, deine Polyesterhose auszuziehen, und dann würde ich dich übers Knie legen. Ich würde dir die Boxershorts nach unten ziehen und mit meinen Händen deinen Arsch streicheln. Ich trage Reizwäsche, Rick, magst du Reizwäsche? Ein enges kleines Korsett, Strapse und ein winziges Höschen.«

Ricks Penis hatte die volle Härte erreicht und stieß durch den Schlitz seiner Boxershorts. Er rieb gegen die Polyesterhose. Rick versuchte, ihn wieder zurück in die Shorts zu schieben, aber es gelang ihm nicht.

»Ich ... eh ... die Bedingungen ... unserer Produkte«, stammelte Rick.

»Weißt du, was ich in meinem Schoß spüren würde, Rick?«

»Die Bedingungen unserer Lebensversicherungen ...«

»Nein«, unterbrach ihn Miss Dominica. »Ich würde keine Bedingungen zu Lebensversicherungen spüren. Ich würde deinen Schwanz spüren. Hart an meinem Schenkel. Und meine Hände auf deinem Arsch. Ich weiß, dass du das willst, Rick. Denn dir ist klar, dass Telefonverkäufe unanständig sind. Ist dein Schwanz schon hart?«

»Ehmmmm ...«

»Das ist ein Ja, nicht wahr? Weißt du, was ich tun würde, wenn ich deinen harten Schaft spüre, Rick? Ich würde dir den Arsch versohlen. Du würdest dich auf meinem Schoß winden, und ich würde so heftig zuschlagen, dass du schreist. Aber dein Schwanz würde immer härter werden. Hast du deinen Schwanz schon in der Hand, Rick?«

Ricks Hand war unbemerkt über seinen Bauch gekrochen und näherte sich seinem Schaft. Er hob die Hand wieder und hielt sie über dem Trennknopf.

»Natürlich nicht«, sagte er.

»Reibe deinen Schwanz durch die Hose«, wies sie ihn an. »Denn wenn du hier bei mir wärst, würde ich dich dazu bringen, ihn spritzen zu lassen. Hier auf meinem Schoß. Das würde dir doch gefallen, nicht wahr, Rick?«

Rick schaute sich um, damit er sicher sein konnte, dass niemand in seine Kabine sehen konnte. Er schlang die Finger um seinen Penis in der Polyesterhose und begann, ihn langsam zu reiben.

»Hast du den Schwanz in der Hand, Rick?«

»Ja«, sagte er.

»Ja, Mistress«, verbesserte sie ihn.

»J... Ja, Mistress.«

»Dann streichle ihn. Streichle ihn, während ich deinen Hintern versohle. Ich will, dass du ihn reibst, bis du kommst, Rick. Wenn du hier bei mir wärst, Rick, würde ich dich dazu bringen, ihn zu reiben, bis du deinen Saft auf meine Pussy sprühst. Weißt du, was ich dann tun würde, Rick?«

Rick gehorchte seiner Herrin. Seine Hand rieb seinen Penis auf und ab. Er würde nicht mehr lange brauchen.

»Ich würde dich dazu bringen, alles aufzulecken. Ich würde dich dazu zwingen, deinen eigenen Saft aufzulecken.«

»Oh, Himmel«, wisperte er.

»Oh, Himmel, Mistress«, knurrte sie.

»Oh, Himmel, Mistress«, echote Rick, und sein Schwanz explodierte. Ein verhaltenes Stöhnen entwich seinen Lippen, und er begann zu keuchen, als der Orgasmus ihn erfasste. Er spürte, wie seine Finger feucht wurden, und auf der Polyesterhose bildete sich ein nasser Fleck.

»Ist es dir gut gekommen, du unanständiger Telefonverkäufer?«

»Ja, Mistress«, keuchte er.

»Ausgezeichnet. Du würdest deinen eigenen Saft von meiner Pussy lecken, wenn du jetzt hier wärst, nicht wahr, Rick?«

Er räusperte sich. »Ja, Mistress.«

»Ich lege jetzt auf, Rick. Ich will, dass du jedes Mal an mich denkst, wenn du dir einen runterholst. Das wirst du doch tun, Rick?«

»Ja, Mistress.« Rick musste einige Male schlucken. »Soll ich Sie von unserer Liste streichen, Mistress?« Er wollte ihr weitere Zeitverschwendung ersparen.

»Aber nein«, sagte sie.

»Dann danke ich Ihnen für Ihre Zeit«, sagte er. Dann fügte er wie ein Automat hinzu: »Ich vergaß, Sie davon in Kenntnis zu setzen, dass dieser Anruf aufgezeichnet werden kann ...«

»Ich hoffe für dich, dass dies bei unserem Gespräch nicht passiert«, sagte Mistress Dominica.

Rick schaute sich wieder um und bemerkte, dass seine Vorgesetzte, Miss Carron, fast direkt hinter ihm stand, am Eingang zu seiner Kabine. Sie zeigte ein saures Gesicht. Sie trug noch ihre drahtlosen Kopfhörer, und Rick fiel auf, dass ihr Gesicht leicht gerötet war.

»Rick«, sagte sie, »kommen Sie in mein Büro.«

»Ja, Miss Carron«, sagte Rick mit zittriger Stimme und wollte aufstehen, wobei er überlegte, wie er den nassen Fleck auf seiner Hose verbergen könnte.

»Nicht jetzt«, zischte Miss Carron. Sie beugte sich zu ihm herüber, und Rick konnte ihr Parfum wahrnehmen. »Nach der Arbeit«, flüsterte sie. »Warten Sie, bis alle gegangen sind.«

Miss Carron drehte sich um und ging. Rick schüttelte den

Kopf. Er nahm einen tiefen Atemzug, dann drückte er den Knopf für das nächste Gespräch.

Sex, Lügen und Bücherregale

Von Donna George Storey

Liam hatte kein Recht, sauer auf mich zu sein. Ja, gut, ich habe ihm in der Bücherei nicht erlaubt, meine Pussy zu befingern, aber das ist kein Verbrechen. Das war nur vorsichtig und erspart mir Ärger. Aber Liam sah das nicht so. Er fand, ich hätte keine Ahnung von einer ordentlichen Rute, sprang vom Sofa auf – sein Steifer beulte immer noch die Jeans aus – und ließ mich mit meiner Tugend allein.

Plötzlich musste ich mir einen verdammt langen, heißen Sommer ohne Sex vorstellen. Oder zumindest ohne die Art Sex, den ich mit Liam die letzten Wochen gehabt hatte. Und das war etwas, was ich wirklich vermissen würde.

Liam hielt sich nicht an Vorschriften. Das hatte ich schon am Anfang des Sommers herausgefunden, als ich mit meinem Bücherkarren ein bisschen zu schnell durch die Gänge zwischen den Regalen gebraust war und ihn fast gerammt hätte. Normalerweise bin ich vorsichtiger, aber der Chefbibliothekar, Mr Petersen, hatte mich gerade zusammengestaucht, und ich schämte mich.

Liam wich meinem Karren mit einer beeindruckenden Anmut aus. Ich war nicht ganz so anmutig. Ich öffnete den Mund, um mich zu entschuldigen, doch stattdessen brach ich in Tränen aus.

Er fragte mich so süß, was los wäre.

Ich war derart durcheinander, dass ich es ihm sagte, obwohl wir uns kaum kannten, abgesehen von ein paar Schichten, die wir zusammen an der Buchausgabe gestanden hatten.

Er wusste natürlich von dem langweiligen Sommerprojekt für uns Praktikanten – eine Art Schatzsuche nach fehlenden Büchern, die im laufenden Schuljahr irgendwo falsch eingeordnet worden waren. An diesem Morgen hatte ich mich emsig durch die Anthropologie gearbeitet, aber als ich Mr Petersen von meinem Erfolg berichtete, war er nicht beeindruckt. Er sagte mir, eine umfassende Suche würde die ganze Woche dauern und ich sollte noch einmal von vorn beginnen.

»Petersen ist ein Arschloch«, sagte Liam und schlang einen Arm um mich. »Was du wirklich brauchst, ist etwas anderes – du musst lernen, wie du mit seinem albernen Projekt richtig umgehst.«

Vielleicht übertreibe ich, wenn ich sage, dass ich in diesem Moment wusste, dass ich Liam meinen willfährigen Körper für seine verdorbene Gier hingeben würde, aber seine Berührungen brachten ein angenehmes Glühen in all meine geheimen Stellen.

Seine warme Hand lag noch auf meiner Schulter, während Liam mir seinen Plan für das besondere Projekt erläuterte. Er wollte in seinem Bereich suchen, bis er drei fehlende Bücher gefunden hatte – laut Petersen war dies die offizielle Vorgabe pro Schicht. Dann würde er sich in irgendeine Ecke der Bücherei verdrücken und einen Roman lesen. »Petersen hat mir gesagt, dass ich gute Arbeit mache«, sagte er grinsend.

Ich brauchte einen Moment, um das zu verstehen. Dann erinnerte ich mich, dass ich am Morgen einen dunkelhaarigen jungen Mann gesehen hatte, der wie Liam aussah und es sich in einem Sessel gemütlich gemacht hatte, um *Krieg und Frieden* zu lesen.

»Hast du keine Angst gehabt, erwischt zu werden?«, flüsterte ich und sah mich nach irgendwelchen überall lauernden Büchereidamen um, die seinen Plan zur Meuterei gehört haben könnten.

»Verdammt, nein. Wer kommt im Juli schon hierher? Ein paar Studenten, die vor der Prüfung stehen und Champignons ähnlicher sehen als Menschen. Du solltest auch deinen Horizont erweitern und mehr lesen.« Er griff aus einem Regal ein zerfleddertes Exemplar von *Lady Chatterley* und reichte es mir.

Ich lachte nervös. »Ich stehe jetzt schon mit dem Boss auf dem Kriegsfuß.«

»Bist du nicht ein bisschen zu alt, um dich vor einem schwarzen Punkt in deiner Personalakte zu fürchten?«

Liam sah mich an, und das Glühen zwischen meinen Beinen entzündete eine rote Flamme der Lust. Ich wusste, dass er mich herausforderte. Mein Körper war bereit; es juckte mich, die Herausforderung anzunehmen.

Dieser Liam, so charmant und sympathisch er auch war, würde einen schlechten Einfluss auf mich haben.

Ich ahnte nicht, dass dies erst der Anfang war.

Zuerst waren unsere Vergehen recht unschuldig. In einer stillen Ecke der Bücherei auf der C-Etage lasen wir Romane, danach erlaubten wir uns eine Mittagspause mitten unter den Studenten. Bald trafen wir uns auch nach der Arbeit in seiner Wohnung. Liam gehörte zu den Kerlen, die stundenlang Pussys lecken können. Er sagte, es brächte ihm eine Menge

Lust, wenn er sah, wie nass ich wurde und wie ich mich auf dem Bett wand. Um ehrlich zu sein, ich genoss es auch.

Das war auch der Grund, warum ich mich kurz nach dem Abendessen vor seiner Tür befand, klopfte und hoffte, er würde mir noch einmal verzeihen, dass ich ihn am Nachmittag zurückgewiesen hatte.

Zum Glück begrüßte Liam mich mit einem breiten Lächeln. Als ich mich entschuldigen wollte, legte er einen Finger auf meine Lippen und zog mich hinein. Im nächsten Augenblick hatte er mich mit seinem Körper gegen eine Wand gepresst, und seine Finger griffen nach dem obersten Knopf meiner Bluse.

Es war die Begrüßung, auf die ich gehofft hatte. Es gab nur noch ein kleines Problem. »Was ist, wenn dein Mitbewohner plötzlich auftaucht?«

Liam verdrehte die Augen. »Ich sage es dir nicht gern, Melanie, aber Jack hat längst gemerkt, dass du keine vollkommene Jungfrau bist. Aber mach dir keine Sorgen. Er ist bei seiner Freundin. Während wir uns hier unterhalten, bumst er sie wahrscheinlich in ihrem Wohnzimmer.«

»Du tust ja fast so, als wäre ich eine prüde Ziege«, protestierte ich.

Liam bedachte mich mit einem zweideutigen Lächeln. »Bist du das denn nicht? Dann lass uns sofort was Wildes tun. Wir bumsen hier, gleich an dieser Wand.«

»Was ist, wenn Jack seine Pläne ändert?« Die Worte waren heraus, bevor ich sie zurückhalten konnte.

»Wovor hast du Angst? Dass es dir vielleicht gefällt?«

Er sah mir direkt in die Augen. Ich schluckte und wich seinem Blick aus. Vielleicht hatte er recht. Seine verrückten Vorschläge jagten mir Angst ein, aber sie machten mich auch heiß.

»He, ich weiß, was dir bei deinen Hemmungen vielleicht helfen könnte«, sagte er mit einer weicheren Stimme. »Warte hier.«

Er kam mit einem Halstuch zurück, so eines, wie es sich Cowboys oder Banditen um den Mund binden, bevor sie eine Bank überfallen.

»Was soll ich denn damit?«, quiekte ich.

»Ich werde dir die Augen verbinden. Im Dunkeln ist es leichter, sich gehen zu lassen.«

In meinem Bauch zog sich alles zusammen, ein Prickeln aus Lust und Angst. Obwohl Liam mich immer damit aufzog, dass ich keine Fantasie hätte, schoss mir jetzt ein verrücktes Bild durch den Kopf: Ich war völlig nackt, abgesehen von dem Tuch vor meinen Augen, und stand einer Formation von Männern gegenüber – wie vor einem Exekutionskommando. Aber anstatt mit Gewehren zielten sie mit ihren Schwänzen auf mich, die purpurnen, geschwollenen Schwänze, bereit, die volle Ladung glitzernder …

»Also, was sagst du?«, bedrängte er mich, und das Bild zerplatzte.

»Ja, sicher, das könnten wir vielleicht versuchen.« Ich wollte kühn und verwegen klingen, aber meine Stimme zitterte ein wenig.

Liams Augen flackerten amüsiert. »Nee, ich glaube, du hast zu viel Angst.«

»Ach, ja?« Wenn er mich reizen und wütend machen wollte, dann war ihm das schon gelungen. Bevor er noch ein weiteres Wort sagen konnte, knöpfte ich schon meine Bluse auf und öffnete meinen BH. Ich bewegte die Schultern, dann lagen beide Kleidungsstücke auf dem Boden. Dann riss ich meine Shorts und den Slip herunter und trat sie quer durchs Zimmer.

Jetzt hatte ich ihn endlich mal überrascht. Liams Mund stand sperrangelweit auf, und seine Blicke glitten mit offensichtlicher Begeisterung über meinen nackten Körper.

»Leg mir die Augenbinde um«, forderte ich ihn auf, erfreut über meinen plötzlich gefundenen Befehlston.

Mit einem schelmischen Lächeln verband Liam mir schnell die Augen. Zu meiner Überraschung war mit einem Mal alles anders. Er hatte mich noch nicht angefasst, aber meine Haut kribbelte, und meine Pussy pochte wie ein zweiter Herzschlag.

Liam strich mit den Lippen über mein Ohr. »Stell dir vor, wir befinden uns zwischen den Regalen. Ich will es dir genau da richtig besorgen, und alle Bücher können zuschauen.« Er nahm meinen Nippel zwischen seine Finger und drehte sanft an ihm.

In der Dunkelheit der Augenbinde konnte ich es wirklich sehen, wie wir beide uns umarmten, rechts und links die langen Bücherreihen wie aufmerksame Zuschauer in einem vollen Stadion.

»Du hast den ganzen Tag darauf gewartet, nicht wahr?«, flüsterte Liam.

Sein Finger fand meine Klitoris. Ich keuchte. Ja, ich hatte den ganzen Tag darauf gewartet.

»Mach es mir jetzt, direkt hier in der Bücherei«, bettelte ich.

»Ich wusste, dass du es drauf hast«, sagte er. Ich hörte das Geräusch, wenn man einen Reißverschluss aufzieht, dann roch ich den Geruch von Gummi. Er streifte sich ein Kondom über. Dann fühlte ich etwas – da unten –, Liam klopfte bei mir mit der Penisspitze an. Ich stellte mich auf die Zehenspitzen und hob die Hüften.

Er schob sich in mich hinein, und ich hörte, wie er von meinem Fleisch aufgesogen wurde.

Ich stieß einen Seufzer aus. Auf diese Weise hatte ich es noch nie getan. Die Wurzel seines Penis presste sich gegen meine Klitoris, und bei jedem Stoß rieb er mich genau an der richtigen Stelle. Ich fühlte mich, als ritte ich auf einem Besenstiel, bereit, hinaus in die Nacht zu fliegen.

Aber Liam war für den Abflug noch nicht bereit. Er glitt mit kräftigen Stößen in mich hinein und rammte meinen Po mit jedem Stoß gegen die Wand. Es fühlte sich wie ein träges, faules Spanking an.

»Gefällt dir das? Vögelst du gern nackt zwischen den Regalen, wo dich jemand sehen könnte?«

»Ja«, presste ich hervor. Tatsächlich war es so, dass es mir besser gefiel, als ich ihm je anvertrauen würde. Denn die Szene in meinem Kopf wurde richtig wild. Die Bücher in den Regalen schwollen an und schimmerten, und ich sah ihre Augen, es waren Männeraugen, die vor Lust glühten. Und jetzt war auch Petersen da, sein kahler Kopf glänzte vor Schweiß, und seine Hose lag zu seinen Füßen. Während er uns beobachtete, rieb er seinen Penis, ein gewaltiges Ding, lang wie ein Gewehr.

Ich begann, meinen Po härter gegen die Wand zu reiben. Ich war dem Orgasmus nahe. Sehr nahe. Die Bücher lehnten sich uns entgegen und flüsterten: *Komm für uns, du Schlampe. Wir wollen dich kommen sehen.*

Petersen gesellte sich diesem Chor zu. *Erledige den Job diesmal richtig, Melanie. Komm für uns. Jetzt.*

Und plötzlich kam ich tatsächlich, wie auf Kommando, ich hob mich hoch auf meinem Besenstiel und brauste zum Himmel, während mich der Orgasmus schüttelte. Liam folgte mir und entleerte sich grunzend in mir.

Wir sackten zusammen, hielten uns fest und keuchten.

»Das hat Spaß gemacht«, gab ich zu, als ich endlich wieder Luft zum Sprechen hatte.

Liam nahm mir die Augenbinde ab. »Ja, das war ein großer Spaß«, stimmte er zu, »aber längst nicht so groß wie morgen, wenn wir es wirklich in der Bücherei tun.«

Jetzt konnte ich darüber lachen. Ich wusste, wo meine Grenzen lagen.

Das Problem war nur, dass Liam wusste, wie er mich anstacheln konnte.

Er brauchte drei Tage, um mich zu überzeugen, dass wir es in der Bücherei trieben. Schließlich konnte ich einfach nicht länger Nein sagen. Aber ich muss auch betonen, dass Liams Plan narrensicher war. Es war am besten, erklärte er, wenn wir uns im Physikanbau träfen, weil dort in der Abteilung Naturwissenschaften nur die ernsthaftesten Streber herumlungerten. Ich musste zugeben, dass ich den ganzen Sommer über niemanden auf der C-Ebene gesehen hatte.

Liam schlug vor, dass ich einen Rock tragen sollte und keine Unterwäsche. Dann konnte ich mich leichter wieder herrichten, falls sich doch jemand näherte. Und dann sagte Liam auch noch, wenn wirklich irgendein Physikstudent durch die Gänge schlich, hätte er sich eine gute Geschichte ausgedacht, um unsere Anwesenheit zu erklären.

Doch es gab noch einen anderen Grund, warum ich Liams Plan zustimmte – und das war der eigentliche Grund. Seit wir an jenem Abend den Sex im Stehen in seinem Zimmer ausprobiert hatten, konnte ich an nichts anderes mehr denken als daran, es zwischen den Regalen zu tun. Selbst wenn ich mit Liam im Bett war, stellte ich mir vor, dass Bücher uns beobachteten und uns schmutzige Wörter zuflüsterten, wenn es mir kam. Die einzige Möglichkeit, diese Gedanken zu vertreiben, so sagte ich mir, bestand darin, die Fantasie auszuleben.

Als der Tag kam, lief alles nach Plan. Bis auf einen kleinen Zwischenfall, der nicht vorhergesehen war. Als ich den Tresen der Bücherausgabe verlassen wollte, um Liam auf der C-Ebene zu treffen, tauchte Mr Petersen hinter mir auf und schaute auf die Liste der fehlenden Bücher in meiner Hand.

»Ah, Sie werden heute in der Abteilung Naturwissenschaften sein, nicht wahr, Melanie?«, sagte er und hob eine Augenbraue, während er meinen kurzen Rock und die nackten Beine wahrnahm.

»Ja, Sir«, antwortete ich und zitterte innerlich. Trotz meiner Fantasie fand ich es kaum erträglich, dass dieser Kerl scharf auf mich war.

Ich erzählte Liam von der Begegnung, aber er lachte nur. »Er ist viel zu faul, um seinen fetten Arsch nach hier unten zu bewegen. Komm schon, wir haben viel zu tun.«

Er zwinkerte mir zu, drückte mich gegen die Wand und gab mir einen trägen Kuss, bei dem ich dahinschmolz.

»Heb deinen Rock hoch«, flüsterte er. »Ich weiß doch, dass du diesen Strebern deine nackte Pussy zeigen willst.«

Klopfenden Herzens nahm ich den Saum in meine Hände und hob ihn bis zur Taille.

Liam trat einen Schritt zurück, um sich an dem Anblick zu laben, als wäre ich irgendein Kunstwerk, das er geschaffen hätte. Irgendwie war ich das auch.

»Beeil dich«, hauchte ich. »Steck ihn rein.«

»Ziemlich forsch heute, was?« Aber er gehorchte und zog seinen Penis aus der Jeans und rollte ein Gummi darüber. Mit einem schnellen Stoß drang er tief in mich ein. Ich biss die Zähne zusammen und unterdrückte ein Stöhnen.

Dann begann er, sich mit entsetzlicher Langsamkeit zu bewegen. Es fühlte sich gut an, fast so gut wie an dem Abend in seinem Zimmer. Das Problem war, wenn ich mich in der realen Bücherei umsah, fand ich nichts, was mich anmachte. Die Bücher blieben stumm, gleichgültig, vielleicht ein wenig missbilligend. Petersen und seine verrückte überlange Waffe waren nirgendwo zu sehen.

So pervers es auch war, aber ich schloss meine Augen und stellte mir vor, wieder in Liams Zimmer zu sein. Es dauerte nur einen einzigen Augenblick, dann gierten die Bücher wieder nach mir, Petersen stand erneut auf seinem Posten und pumpte sein riesiges Organ, die Augen starr auf meine entblößten Schenkel gerichtet.

Wir beobachten Sie, Melanie. Wir beobachten Sie, wie er Sie im Stehen nimmt, fest gegen die Wand gedrückt.

Der Trick funktionierte. Ich stieß meine Hüften gegen ihn und ruckte ein bisschen nach links, damit der Druck auf meine geschwollene Klitoris zunahm. Noch eine Minute, dann würde ich in diesem Tempel der wissenschaftlichen Lehre kommen, auf Liams Penis aufgespießt; das schlimmste böse Mädchen, das es je gegeben hatte.

Mitten im Stoß verharrte Liam plötzlich.

»Was ist los?«, keuchte ich.

»Ich glaube, ich habe den Aufzug gehört.«

Ich musste meinen ganzen Willen aufbieten, um nicht laut aufzustöhnen. »Ich bin kurz vorm Kommen, verdammt. Mach weiter.«

»Wir sollten aufhören, das wäre besser.« Er wollte sich aus mir zurückziehen, aber ich griff an seinen Hintern und presste ihn gegen mich.

»Feigling«, zischte ich.

Sein Kinn klappte nach unten, aber ich starrte ihn an mit der ganzen Wut einer Frau am Rand eines großen, erderschütternden Orgasmus. Zum Glück war dies eine Herausforderung, der er nicht gewachsen war. Er rammte sich so hart in mich hinein, dass mein Hintern gegen die Wand klatschte.

Das Klatschen schickte einen gewaltigen Lustschauer meinen Rücken hinauf. Ich schloss wieder die Augen. Die Bücher murmelten immer noch ihre Obszönitäten, und auch Petersen war dabei. Seine Stimme hallte in meinem Kopf wider, fast so, als riefe er mich wirklich.

Melanie.

Dieses Wort genügte mir schon. Ich griff Liams Hinterbacken und presste mein Gesicht gegen seine Schulter, als es mir kam. Mein Körper schwankte bei jedem Zucken, das mich schüttelte.

»Melanie? Sind Sie da unten?«

Ich erstarrte. Liam zog sich mit einem Ruck aus mir zurück und steckte seinen erschlaffenden Penis wieder in seine Jeans.

Es war tatsächlich Mr Petersen, der meinen Namen gerufen hatte.

Ohne nachzudenken, packte ich Liams Schulter und zog ihn mit mir zu Boden, dann krümmte ich mich und rollte mich wie ein Ball zusammen. Hastig zog ich meinen Rock über die nackten Backen.

»Melanie?«

Petersens untersetzter Körper tauchte am Ende unserer Regalreihe auf. Ich krümmte mich noch ein wenig mehr.

»Was läuft hier mit euch beiden?«

Ich hielt den Atem an. Dies war Liams Auftritt. Er sollte etwas Überzeugendes vorbringen. Er sollte uns retten. Schließlich war er der Meister, der wusste, wie man mit dem Chef umsprang. Doch leider hatte er offenbar einen Knoten in der Zunge, er, der sonst immer so geschmeidig daherreden konnte.

Es hätte eine Katastrophe werden können, ein Desaster, aber tatsächlich muss ich Liam danken, dass er mir geholfen hat, meine verborgenen Talente zu entdecken.

»Es tut mir leid, Mr Petersen«, sagte ich mit schwacher, brüchiger Stimme. »Es ist meine Schuld. Wissen Sie, ich bin … ich bin Diabetikerin, und ich hatte keine Zeit fürs Frühstück … und kein Geld. Wir werden erst morgen bezahlt, und mir wurde plötzlich ganz schwindlig, ich bin hingefallen. Liam hier hat mir geholfen …«

Petersens grimmiger Gesichtsausdruck veränderte sich zu einer Miene der Besorgnis. Er trat näher.

»Sind Sie in Ordnung? Sind Sie sicher, dass Sie keinen Arzt brauchen?«

»Nein, nein … das geht schon wieder. Ich muss nur was essen.« Ich versuchte ein schwaches Lächeln.

Der Büchereileiter griff in seine Tasche und holte seine Brieftasche heraus. »Hier, Liam, bringen Sie das Mädchen in die Mensa, und kaufen Sie was zu essen für die Arme. Dann soll sie auf ihr Zimmer, damit sie sich ausruhen kann. Aber kommen Sie gleich zurück, wenn Sie sich um sie gekümmert haben. Wir brauchen jemanden an der Bücherausgabe.« Er schüttelte den Kopf und ging zurück zum Lift. »Verrückte Mädchen und ihre Diäten.«

Liam kriegte den Mund nicht mehr zu. Ich sah, dass er beeindruckt war. »He, du bist gut in solchen Sachen.«

Ich setzte mich auf und glättete meinen Rock. In diesem Moment hätte ich ihm viele Dinge sagen können. Wer ist es denn, der nicht weiß, wie man mit dem Boss umspringt? Wer hat keine Vorstellungskraft? Bist du nicht froh, dass ich mich freiwillig für die Theatergruppe in meiner Jahrgangsklasse gemeldet habe und dass mein Onkel Diabetiker ist?

Aber ich dachte, ich sollte sein Versagen gnädig zur Kenntnis nehmen, genau so, wie Liam mich am ersten Tag behandelt hatte. Also lächelte ich nur und zog Petersens Zwanziger aus seiner Hand.

»Komm, böser Junge«, sagte ich. »Das Mittagessen geht auf mich.«

Wie man ein Problem löst

Von Sommer Marsden

Kleinkarierte Leute finde ich zum Kotzen. Sie wissen schon, welche Leute ich meine. Sie wissen alles. Sie haben alles schon mal getan. Am schlimmsten aber ist, dass sie glauben, das Recht zu haben, jeden und alles beurteilen zu dürfen.

Das trifft, kurz gefasst, auf Tricia zu. Die kleinkarierte Engstirnigkeit in Person, mit der ich mich rumschlagen muss. Eine putzmuntere kleine Hexe, die immer über irgendwas labert. Meistens über ein Thema, von dem sie keine Ahnung hat. Ich könnte Tricia sagen, dass ich fossile ägyptische Katzenhaare sammle, und sie würde den Experten dafür kennen. Oder sie würde behaupten, eine seltene fossile Katze zu besitzen. Und sie würde jemanden kennen, der die größte Sammlung von fossilen Katzenhaaren auf diesem Planeten besaß.

Ja, okay, ich hab es mit voller Absicht gemacht. Ich hab das T-Shirt angezogen, um sie auf hundertachtzig zu bringen. Ich hatte mehr als genug von Tricias Scheiß. Ja, deshalb habe ich sie reizen wollen.

Man kann es mir nicht verdenken.

Das Mitarbeiteressen war als Lohn für unsere harte Arbeit im letzten Quartal gedacht. Wir hatten spektakuläre Ergebnisse erzielt, sagten die Manager. Unsere Belohnung? Ein Caterer lieferte ein Essen, dazu floss der Alkohol, und wir durften bequeme Kleidung tragen.

Eigentlich hatte ich keine Lust, noch mehr Zeit im Büro zu verbringen, aber ich dachte, nun, was soll's, und ging hin – in meinem kurzen Baumwollröckchen und ja, ja, um zu provozieren, trug ich mein Lieblingsshirt. Auf der Vorderseite stand in großen roten Lettern: WAS WILLST DU TUN? MIR DEN HINTERN VERSOHLEN? Und auf dem Rücken stand: OH, JA, PRIMA.

Ich freute mich schon vorher unbändig auf Tricias Gesicht, wenn sie es las, und dann sah ich tatsächlich, wie ihre Lippen sich zu einem Strich der Missbilligung zusammenzogen.

»Warum trägst du so was?«, zischte sie, und ich machte ganz große Augen, als würde mich ihre Reaktion überraschen.

»Was denn?«

Leo stand neben uns. Er schob sich noch näher heran, schüttelte sich die kaffeebraunen Haare aus den blauen Augen und gab sich alle Mühe, nicht zu grinsen. Er schien sehr interessiert an unserem kurzen Wortwechsel. Ich lächelte ihn kurz an und hob die Schultern.

»Das ist schrecklich. Eine erwachsene Frau trägt ein T-Shirt, auf dem Spanking propagiert wird. Wer steht schon auf … eh … Gewalt im Schlafzimmer?« Sie spuckte das Wort Gewalt aus, und ich konnte sehen, wie sich ihre kleinen Hände zu fetten kleinen Fäusten ballten.

»Gewalt?« Ich spürte, wie ein Feuer des Ärgers mein Inneres wärmte. Vielleicht ging meine Provokation nach hinten los. Ich hätte vielleicht darauf verzichten sollen. Bisher hatte ich nur mich selbst provoziert, denn jetzt wollte ich Tricia würgen, bis sie ihre großen grünen Augen verdrehte.

»Ja, Gewalt!«

»Aber Tricia«, sagte Leo und beobachtete uns beide aufmerksam. »Ich glaube nicht, dass Spanking – insbesondere, wenn beide einverstanden sind – unter Gewalt fällt. Ich meine, wenn du einen hübschen harten Arschklatscher haben willst, was soll falsch daran sein?« Er starrte auf die Schrift auf meinem T-Shirt, schaute mir dann in die Augen und zwinkerte mir zu.

Ich nahm einen tiefen Atemzug und bemerkte jetzt erst, dass ich die ganze Zeit die Luft angehalten hatte. Aber Tricia schüttelte energisch den Kopf, und ihre kurzen Shirley-Temple-Locken flogen hin und her. Ich sah ihr zu, wie sie das halbe Glas ihres weißen Zinfandel herunterkippte, dann nahm sie mich ins Visier.

»Du bist nichts anderes als eine Schlampe«, sagte sie.

»Danke«, sagte ich und akzeptierte das Bier, das Leo mir hinhielt. »Ich werde mal sehen, ob ich ein T-Shirt mit dem Aufdruck SCHLAMPE finde.«

Tricia schnappte nach Luft und begann, hilflos zu stottern. Ich weiß nicht, was sie erwartet hatte. Tränen? Dass ich spontan mein T-Shirt auszog und in den nächsten Mülleimer warf? Mich spontan zum Besseren änderte? *Kein Spanking mehr für mich! Tricia hat mir den Weg ins Licht gezeigt.*

Ich spielte mit meinem Ring und wartete. Ich würde zusehen, wie sie sich ins Verderben ritt, wenn es das war, was sie wollte. Aber ich fragte mich, ob ich auch so gelassen reagiert hätte, wenn Leo nicht dabei gewesen wäre. Er sah die Dinge, wie ich sie sah, und das gab mir Kraft.

»Wenn jemand versuchen würde, mich zu schlagen ...« Sie sprach den Satz nicht weiter, aber ihr Mund arbeitete wie der eines Fischs auf dem Trockenen.

»Ja?« Ich ließ das Wort lange nachklingen und starrte sie an.

»Ich würde ... ich würde ...«

»Schreien? Heulen? Zurückschlagen? Würde es dir kommen?« Das letzte Wort zog ich in die Länge, und ich sah, wie Leo die Luft anhielt und dann leise gluckste. Er jedenfalls hatte Spaß an unserer Unterhaltung.

»Das ist ja entsetzlich«, grummelte sie und wich einen Schritt zurück, als hätte ich was Ansteckendes an mir. Trägerin einer schlimmen Krankheit.

»Jede, wie es ihr gefällt«, sagte ich und nahm einen weiteren Schluck Bier. Ich würde mir von ihr nicht die Laune verderben lassen.

»Du bist …«

»Das reicht jetzt, Tricia«, schaltete sich Leo ein. Er streckte sich, und mir fiel jetzt erst auf, wie groß er war. Wie breit seine Schultern waren. Wie groß seine Hände und wie lang seine Finger waren. Ich spürte ein Pulsieren zwischen meinen Beinen und presste die Schenkel zusammen, um mich zu beruhigen. »Du überschreitest alle Grenzen. Alle Menschen sind verschieden. Warum gehst du nicht zu unserem Boss und sagst hallo? Mr Jones steht da hinten und sieht ziemlich verloren aus. Du könntest ihm ein bisschen in den Arsch kriechen.«

Tricia öffnete den Mund. Schloss ihn. Öffnete ihn wieder und stakste wütend davon.

Leo hakte sich bei mir unter, und meine Nippel wurden sofort hart. Der Atem gefror in meiner Kehle, und ich fühlte mich schwindlig. Er hielt mich fest, hart und autoritär. Ein Tropfen Feuchtigkeit rann aus mir, und mein Höschen wurde klamm. Warum hatte ich mich nie für ihn interessiert?

»Das hast du mit Absicht gemacht«, sagte er und zerrte mich zur Tür. Seine Stimme klang tief, und seinen Atem spürte ich heiß an meinem Ohr. Er öffnete die Tür und schob mich in die Eingangshalle. »Du hast es getan, um sie auf hundertachtzig zu bringen, und jetzt bist du selbst auf hundertachtzig, nicht wahr?«

Er hörte sich nicht wirklich wütend an, sondern nur sehr intensiv.

Ich wollte den Kopf schütteln, aber dann begriff ich, dass ich nicht lügen wollte. »Okay, ich habe das T-Shirt angezogen, weil ich es leid war, ihre Predigten zu hören, tagein, tagaus. Alle möglichen Themen. Ich kann es nicht ausstehen, wenn Leute so tun, als befände sich das ganze Wissen des Universums in ihrem kleinen Gehirn.«

Ich stolperte über den blauen Teppich, als er die Bürotür aufschloss und mir einen Schubs hinein gab. Unser Büro lag dunkel und still da. Ich konnte meinen Atem hören, harsch und röchelnd. Von hier aus konnte ich die Partystimmung da draußen gar nicht mitbekommen. Ich stand am verlassenen Empfangstresen und wartete.

»Du hättest es besser wissen müssen, Gabrielle. So dumm bist du nicht.«

Ich nickte. Ich weiß nicht, warum. Ich tat es einfach. Ich war mit allem einverstanden, was aus seinem Mund kam. Seine blauen Augen schienen in einem gedämpften Licht zu glühen.

»Und jetzt steckst du in Schwierigkeiten.«

Das Wort allein ließ es in meiner Spalte zucken und flackern. Mein Herzschlag schien sich zu verdreifachen, als ein Angstgefühl mein Rückgrat hinaufschoss. Ich schluckte, und in meiner Kehle knirschte es.

»Es tut mir leid«, flüsterte ich. Der Drang, mich zu entschuldigen, war so stark, dass es mir einfach rausrutschte.

»Gehen wir.«

Er führte mich in den Kopierraum und schaltete das Licht ein. Mit einem verärgerten Zischen blitzten die Neonröhren auf. Dann stieß er mich weiter nach vorn, und ich musste mich bemühen, auf meinen Plateausandalen die Balance zu halten. Die Feuchtigkeit zwischen meinen Beinen nahm zu, mein Puls schlug schneller. Mein Körper schien vor Elektrizität zu sirren, als ich neugierig und ängstlich zugleich darauf wartete, was als Nächstes passieren würde.

»Beuge dich über den Kopierer, Gabrielle«, blaffte er mich an, und ich gehorchte.

Ich faltete meinen Körper über die Oberfläche des Geräts und legte den Kopf auf den harten Kunststoff. Ich konnte mein Herz schlagen hören. Meine Nippel kribbelten, und ich konzentrierte mich darauf, meinen Po nicht lüstern hin und her zu bewegen, als wäre ich eine Hure. Er sollte nicht sehen, wie sehr ich das wollte. Wie sehr ich es brauchte.

Seine großen Hände griffen unter meinen Rock, und seine schwieligen Handflächen strichen über meinen Hintern. Ich biss mir auf die Lippen, um ein Stöhnen zu unterdrücken, dann schloss ich die Augen und versuchte, reglos stehen zu bleiben. Nur für einen Moment gehorchte mein Körper nicht, und ich schmiegte meine Rückseite gegen seine warme Haut. Ich hoffte inbrünstig, dass er einen Finger in meine warme Pussy schöbe. Und dass ein anderer Finger auf meiner Klitoris wie auf einem geliebten Instrument spielte.

»Halt still«, befahl er. Ich erstarrte und hielt den Atem an. »Deinem Outfit zufolge bist du auf diesem Gebiet ja einiges gewohnt. Normalerweise würde ich mit zehn beginnen. Aber bei dir, meine kleine ungezogene Hexe, fangen wir mit zwanzig an.«

Meine Muschi zog sich zusammen, fand aber nichts, was sie melken konnte. Der Mann hatte einfach nur ›zwanzig‹ gesagt, und schon schmolz mein Körper dahin.

Ohne weiteres Federlesen zog er mir das weiße Spitzenhöschen aus und warf es auf den Boden. Wieder musste ich gegen den Drang ankämpfen, ihm mit meinem Po zuzuwedeln. Oder ihn ungeniert um meine Bestrafung anzubetteln. Ich musste mich ungeheuer anstrengen stillzuhalten.

Der erste Schlag kam ohne jede Vorwarnung. Da war kein Sirren in der Luft, keine elektrische Ladung. Er landete einfach mit einem scharfen Laut, als ob ein Ast bräche, und auf meiner Haut erblühte eine Blume aus Feuer. Der nächste Schlag kam nicht weniger unerwartet. Ich krachte gegen den Kopierer, während mein Körper auf den Schmerz mit einer Flut von Lust reagierte. Ich hätte alles für die Erlaubnis gegeben, mich selbst berühren zu dürfen. Ein paar Finger in meinen Körper zu rammen, meine Klitoris zu streicheln. Aber ich fragte nicht, und er hätte es auch nie gestattet.

Nach zehn Schlägen vibrierte mein ganzer Körper, und ich konnte spüren, wie die Striemen anschwollen. Es gab keine leichten Berührungen, keine verspielten Klatscher. Dies war eine echte Bestrafung. Man zog mich wegen der Provokation einer Kollegin zur Verantwortung.

»Zwölf«, knurrte Leo, und ich spürte, wie seine dicken Finger in mich hineinglitten. Ich stöhnte auf, als er mich mit den Fingern befriedigte. Ich blieb so still, wie es nur menschenmöglich war, denn wenn ich mich über Gebühr bewegte, würde er bestimmt aufhören. Er trieb seine Finger tief in mich hinein. Strich über meine empfindlichsten Stellen, bis meine Knie schwach wurden und mein Kopf sich anfühlte, als wollte er davonfliegen. Aber er hörte nicht auf zu schlagen und zu zählen.

»Sechzehn«, grunzte er. Seine Stimme klang rau, was mich nicht wunderte, denn seine Hände mussten brennen. Jeder Schlag brachte mich dem Höhepunkt ein bisschen näher, und dann hörte ich, wie er seinen Reißverschluss öffnete. Ich wäre fast allein durch das Geräusch gekommen.

Er stocherte mit der Eichel herum, dann öffnete er mich

weit mit seinen Fingern und stieß in mich hinein. Meine Brüste knallten auf den Plastikdeckel des Kopierers, als er mit harten, schnellen Stößen begann, die ich in der raschen Folge gar nicht mehr zählen konnte.

Ich klammerte mich am aufklappbaren Deckel fest und stieß Leo mein Hinterteil entgegen. Ich hörte wie durch einen Schleier die elektronische Türklingel, die mir sagte, dass jemand das Büro betrat. Leo setzte zum finalen Schlag an und seufzte in mein Ohr: »Braves Mädchen. Braves Mädchen. Es ist gut, wie du deine Bestrafung angenommen hast.«

Seine Finger krallten sich in mein Hüftfleisch, und sein Schaft pflügte in mich hinein. Ich wollte ihm sagen, dass ich dieses Geräusch gehört hatte, aber ich war viel zu weit weg, um das tun zu können. Es war mir egal. Mir kam es nur auf das Gefühl an, ihn in mir zu spüren, und die süße Lust, die sich in meinem Körper zu Feuer verwandelte.

Er streichelte meine Klitoris mit einem Finger und übte genau den richtigen Druck aus, sodass ich laut zu singen begann. Mir kam es; ich ließ den Kopf auf den Kopierer fallen, und mein Körper wurde starr, als Leo gleich darauf ebenfalls kam. Noch ein letzter Stoß, dann folgte ein Geräusch, das nicht mehr menschlich klang.

Dann waren nur noch unsere Atemgeräusche zu hören. Und die leichten Schritte direkt vor unserer Tür.

»Komm hoch«, flüsterte er in mein Ohr und half mir auf und drückte mich an sich. Er küsste meinen Nacken, was sich so anfühlte, als hätte er mir mit seinen heißen Lippen ein Brandzeichen verpasst. Ich schaute mich um und suchte mein Höschen, aber ich konnte es nirgendwo finden. Am Montagmorgen würde jemand eine ziemliche Überraschung erleben.

Ich strich meinen Rock glatt und tastete mit den Händen

kurz über meine glühenden, geschwollenen Pobacken. Ich war Wasser, Feuer, Wind und Luft. Ich kam mir formlos vor.

Leo riss die Tür auf. Tricias blasses, entsetztes Gesicht starrte uns entgegen.

»Sie war ungezogen, Tricia«, sagte er. »Aber keine Sorge, ich habe das Problem gelöst.« Dann zwinkerte er ihr zu und ging an ihr vorbei.

Tricias Mund klaffte auf, als sie mich ansah. Kein Zweifel, dass mein Gesicht in ein charmantes Pink getaucht war, meine Haare waren sicher zerzaust, und die Augen hatten bestimmt einen glasigen Schimmer. Der Anblick einer Frau, die ordentlich durchgebumst worden war.

»Entschuldige, Tricia«, murmelte ich und unterdrückte ein Lachen.

Leo packte mich am Arm und sagte laut: »Wir sind noch nicht fertig. Ich bringe dich nach Hause.«

Um Erlaubnis fragte er nicht.

Ich nickte, dann drehte ich mich um und lächelte Tricia an. Zum Glück gibt es kleinkarierte Leute.

Wie man es seinem Boss besorgt

Von Elizabeth Young

Er bückt sich über den Schreibtisch, und ich kann meinem Boss in den After gucken. Nicht zum ersten Mal frage ich mich, ob meine offensichtliche Neigung zur Selbstzerstörung ein Fetisch oder eher eine Charakterschwäche ist. Diesem ganzen Geschehen wohnt eine Lächerlichkeit inne, und als ich meine Fingerspitze mit Speichel benetze, überrascht es mich nicht, dass unsere Arbeitsbeziehung eine Grenze überschritten hat.

Ich meine, welchen Sinn macht es, deinen Boss in den Arsch zu ficken, wenn du deine Karriere nicht ruinieren willst? Also stehe ich da, bereit zur Einführung, starre auf seine üblichen Khakis zu seinen Füßen und frage mich, ob ich noch so viel Vernunft habe, einfach das Büro zu verlassen. Aber in diesem Augenblick schiebt er mir seinen Hintern entgegen.

Also machen wir weiter.

Sein Arsch ist so, wie ich es erwartet habe, glänzend und lederfarben, sauber, ohne ein Härchen in der Kerbe. Ich lasse einen Finger auf und ab gleiten und fühle die seidige Glätte. Instinktiv schnellt meine Zunge aus dem Mund. Als ich einen Finger gegen die Öffnung drücke, entspannt er sich, und ich gleite hinein. Meine Fingerspitze dringt langsam ein, bis er sich an mich und an meinen Rhythmus gewöhnt hat.

Er nimmt es so wie alle Manager in den Dreißigern, mittlere Führungsebene. Wie selbstverständlich. Irgendwo in ihren Stammhirnen gibt es eine Stelle, die ihnen sagt: *Ja. Anales Fingern gefällt mir. Aber nur, wenn eine Untergebene es ausführt, clever und schlecht bezahlt.*

Sein Atem geht schneller, während ich vor- und zurückgleite. Sein Schaft, steinhart, hüpft über den Schreibtischrand und sondert Saft aus dem Schlitz ab, und dieser Saft nässt seine Hemdschöße. Ich setze noch einen weiteren Finger ein, öffne ihn damit noch ein bisschen weiter und spüre, wie seine Muskeln sich anspannen.

»Härter«, grunzt er und presst sich gegen meine Finger, bis er sie bis zu den Knöcheln verschlingt. Sein Hintern saugt mich gierig ein, zieht mich an, will meine Finger tiefer in sich spüren. Und als er gerade in Fahrt kommt, ziehe ich mich aus ihm zurück.

»Braver Junge. Und jetzt auf die Knie«, sage ich, und er macht sich klein, direkt vor mir. Es gibt nichts Schöneres auf der Welt, als einen Mann auf den Knien zu sehen. »Jetzt mach dich an die Arbeit, mein Lieber«, sage ich und hebe meinen Rock hoch genug, um ihn auf die richtige Idee zu bringen.

Er gleitet mit den Händen unter meinen Rock und schiebt ihn bis zu den Hüften hoch. Ich spüre, wie er über meine Haut streicht, als er den Stoff unter den Gürtel schiebt. Er beugt sich vor, will loslegen, aber ich klatsche ihm hart ins Gesicht. »Ich habe nicht gesagt, dass du mich schon berühren darfst.«

Vielleicht sollten wir einen Moment innehalten und darüber sinnieren, dass ich meinem Boss gerade eine Ohrfeige gegeben habe. Dabei hatte ich keinen anderen Grund dazu als den, dass mir danach war und ich wohl den Verstand verliere.

Ich zögere einen Augenblick und erwarte, dass er mich feuern wird. Aber er sitzt nur da und lächelt.

Vielleicht habe ich ihn doch falsch eingeschätzt.

Ich lasse ihn warten, bis ich es nicht länger aushalten kann, dann drücke ich sein Gesicht in mich hinein, reibe mich gegen Mund und Nase. Ich stelle mir vor, dass seine Zunge in mich eindringt, dass sie mich von der Klitoris bis zum Poloch leckt, und diese Gedanken reichen aus, um mein Höschen nass zu machen und sein Gesicht. Ich spüre, wie sein Kinn durch den Druck, den ich ausübe, meine Spalte öffnet. Es fühlt sich so gut an, und ich lechze danach, ein bisschen Schmerz zu spüren.

»Zerreiß mein Höschen.«

Wenn schon pervers, dann klassisch.

Er packt mein Höschen und versucht, mir den Stoff vom Unterleib zu reißen, aber anstatt zu reißen, dehnt sich das Material und brennt sich in meine Haut, als wollte er mir das Fleisch vom Bauch reiben.

»Mit den Zähnen«, feuere ich ihn an. »Du schaffst das schon.«

Er schiebt sein Gesicht wieder gegen mich, und seine Zähne greifen den Stoff am Schenkel. Er nimmt den Kopf zurück, den Stoff zwischen den Zähnen, und sägt mein Höschen durch, bis es sich vom Gummiband der einen Beinöffnung löst. Er lässt los, das Höschen schnellt zurück, und seine Zunge schlängelt sich durch ein Loch im Stoff und streicht an meiner Haut auf und ab. Wieder zieht er den Stoff von meiner Haut, und seine Nägel greifen durch meine Schamhaare, bis der vordere Teil meines Höschens zerrissen ist. Meine nasse Spalte ist entblößt.

Er wartet, verharrt in der Nähe der Hitze, die zwischen meinen Beinen aufsteigt. Seine Zunge stößt zwischen den

Lippen vor, als könne sie es nicht erwarten einzutauchen, aber ich sage immer noch nichts. Es ist eine Folter, ihn so nahe zu haben, seinen Atem auf mir zu spüren. Ich will, dass er es tut, dass er nicht auf meine Erlaubnis wartet.

Ich spüre, wie er näher kommt, noch bevor er sich bewegt, aber dann tut er es. Seine Zunge teilt meine Lippen und schlüpft in die Falten, die Spitze erforscht mich, dringt ein, zuerst versuchsweise, dann plötzlich tiefer, und ich spüre, wie meine Knie nachgeben, und er muss mich festhalten. Seine Zunge hält mein Gleichgewicht.

Dann geht es los.

Wie Blitze zucken Gedanken durch meinen Kopf. *Was mache ich hier eigentlich? Ein bisschen mehr nach rechts. Habe ich heute Morgen die Katze gefüttert? Ist die Ablage erledigt? Oh. Oh, Himmel. Ja, so ist es gut. Härter. Vergiss nicht, heute Abend Milch zu kaufen …*

Er schiebt mich gegen den Schreibtisch, auf dem ich ihn eben noch liegen hatte. Ich lehne mich zurück, den Po gegen den Rand gedrückt, und er stößt sein Gesicht in mich hinein. Seine Finger gleiten über meine Klitoris und ziehen die Kapuze herunter, die sie bedeckt. Seine Zunge löst sich aus meiner Pussy und umkreist die Klitoris, streichelt und saugt, bis ich glaube, sterben zu müssen. Ich bin dem Orgasmus so nahe, dass sich meine Möse wie ein Güterzug anfühlt.

Er löst sich von mir und stellt sich aufrecht hin. Ich will ihn schlagen, weil er mich kurz davor verhungern lässt. Er wehrt meine Hand ab, dreht mir den Arm auf den Rücken und presst seinen Körper gegen meinen.

»Dreh dich um«, sagt er, und ich gehorche. Er hat keine Mühe, die Rollen zu tauschen. Er lässt meinen Arm los, und ich stehe vor dem Schreibtisch, die Hände auf der glatten Fläche, weil ich mich irgendwo festhalten muss. Er beugt mich hinab, tritt meine Beine weit auseinander, streicht mit einer Hand über meinen Hintern und packt meine Klitoris.

Er schiebt zwei Finger in mich hinein, zieht meinen eigenen Honig heraus und cremt meine Schenkel damit ein, bis ich zu tropfen anfange. Er reibt seinen Schwanz gegen mich, ölt die Eichel ein und ersetzt die Finger mit dem rammenden Schaft. Ich gehe auf die Zehenspitzen hoch, und er beginnt, mich langsam zu nehmen, zieht sich ganz zurück und rammt dann wieder hinein. Ich beiße mir hart auf die Lippen und fühle, wie das Stöhnen aus meiner Kehle sprudelt.

Er zieht sich aus mir zurück und langt in eine Schreibtischschublade, um ein Kondom herauszuholen. Er rollt es über seinen Stab und spreizt meine Pobacken. Ich bin so nass, dass er mühelos in mich hineingleitet. Er pumpt, und seine Hoden klatschen gegen die Rückseiten meiner Schenkel. Er greift von hinten zu und steckt seine Finger in meine Spalte, während sein Handrücken gegen meinen Kitzler presst. Er schiebt sich vor und zurück, bis ich es nicht mehr unterdrücken kann und laut herausschreie.

»So«, sagt er, als wir uns voneinander befreien, »glauben Sie, dass Sie die Laraby Ablage morgen schaffen?«

Ich habe vor, mich morgen krank zu melden.

Headhunter

Von CB Potts

»Sie arbeiten schon ziemlich lange bei Langston Brothers, nicht wahr?« Meredith schaute mich über ihrem Martini fragend an. Ihre Augen waren tiefgrün mit olivgrünen dunklen Flecken.

»Seit vier Jahren.« Ich ließ mein Getränk unangerührt stehen. Nach dem stressigen Tag würde mir der Drink viel zu gut schmecken. Ein weiterer Finanzskandal war bekannt geworden und trieb nervöse Investoren von einem Fond zum nächsten. Für mich bedeutete das zwölf Stunden mit einem Telefon im Ohr und Hunderttausende Aktien im Computersystem immer wieder neu verteilen, das ständig abzustürzen drohte.

Am Ende des Chaostages eine Einladung zu einem Drink, ausgesprochen von einer leitenden Angestellten von Sullyman. Nicht wirklich unsere Konkurrenz – sie waren viel zu klein für Langston –, aber immerhin. Und auch so interessant, dass wir uns in einem kleinen Club fast auf der anderen Seite der Stadt trafen, fernab von neugierigen Blicken.

Normalerweise akzeptiere ich Einladungen dieser Art nicht. In neun von zehn Fällen werden sie von Anfängern ausgesprochen, die eine Adresse bei Langston haben wollen. Aber diesmal ist es anders. Meredith hatte sich nicht so hungrig angehört. Sie war gelassen und selbstsicher, und obwohl ich mich schäme, es zuzugeben, klang ihre Stimme wahnsinnig sexy. Ich hoffte, dass ihr Aussehen zu der Stimme passte, und sagte deshalb zu.

Sie hatte mich nicht enttäuscht. Meredith war klein und blond – passt genau in mein Beuteschema. So schlank, wie man es durch regelmäßige Besuche im Fitness Center wird, aber nicht so übertrieben dünn, als würde sie dort wohnen. Sie roch auch gut, ein Hauch von Zitrusfrüchten umgab sie. Am besten gefiel mir, dass sie clever war. Sehr clever. Nach drei Silben aus ihrem Mund wusste ich, dass Meredith nicht hier war, um einen Fuß in die Tür bei Langston zu bekommen. Sie heckte irgendeinen Plan aus, und ich wollte einen klaren Kopf behalten, um herauszufinden, was für ein Plan das war.

»Eine lange Zeit.« Sie winkte dem Kellner. Perfekt manikürte Fingernägel. Kurze, perfekt manikürte Nägel.

»Nun, so lange auch wieder nicht.«

»Lange genug, um es inzwischen zu einer eigenen Abteilung gebracht zu haben, statt für Ron Coleman zu arbeiten.« Blonde Haare hinter ein kleines Ohr gesteckt gaben den Blick frei auf einen geschmackvollen Diamanten. »Wie halten Sie das aus?«

»Ron ist sehr intelligent.« Ich nippte an meinem Drink. Der kühle Gin vertrieb den bitteren Geschmack aus meinem Mund. »Ich habe viel von ihm gelernt.«

»Wenn Sie nach vier Jahren noch nicht so weit sind, Ihre Untergebenen auszubeuten und die Lorbeeren für deren Arbeit einzuheimsen, wann wollen Sie das denn erreichen?« Sie leerte ihr Glas in einem kräftigen Zug und gab das Zeichen für eine neue Füllung. »Ich habe ihn schon nach drei Monaten durchschaut.«

»Gut für Sie.« Ich lächelte dünn und sah mich in der Bar

nach einem Notausgang um. »Trotzdem verdiene ich doppelt so viel wie Sie. Ist das nicht seltsam?«

»Halb so viel.« Meredith lächelte. »Aber das muss nicht so bleiben.«

»Wie bitte?«

Sie beugte sich vor und lehnte ihre Nadelstreifenellenbogen auf das Tischtuch. Die goldene Uhr, die unter der Manschette herauslugte, war echt. Keine Ringe an den Fingern, mit denen sie das Kinn stützte.

»Sie verdienen halb so viel Geld, wie Sie verdienen könnten. Die Verhältnisse bei Langston sind uns bekannt, und selbst mit einem großzügigen Jahresendbonus haben Sie nur halb so viel auf dem Konto, wie wir Ihnen zahlen würden.«

Ich nahm mein Glas zwischen weit gespreizte Finger und sagte: »Sie sprechen von einer halben Million Dollar.«

Meredith lachte. »Netter Versuch. Wir sprechen von dreihunderttausend – plus mehr Aufstiegschancen, als Sie bei Langston je erhalten werden.«

»Weil ich Chinesin bin?«, fragte ich. Sullymans Abteilung für den Pazifischen Raum hatte in letzter Zeit gut abgeschnitten. Sehr gut sogar.

»Weil Sie wahnsinnig talentiert sind. Wir haben den Kauf von O'Hare verfolgt. Es war verdammt mutig, den Deal über Kenia durchzuziehen. Nicht viele Händler hätten sich getraut, so viel Geld durch Afrika zu leiten.«

Ich lächelte. »Ich habe eine Schwäche für aufstrebende Märkte.«

»Sie haben auch eine Schwäche für Mädchen, habe ich gehört.« Meredith beugte sich wieder vor und senkte die Stimme zu einem Flüstern. »Deshalb sitzen Sie seit vier Jahren am selben Schreibtisch.«

»Wenn Sie das sagen.« Ich trank wieder einen Schluck. Es

war was Wahres dran, was sie sagte. Langstons konservatives Weltbild war bekannt. »Aber das sollte kein Problem sein.«

»Sollte es nicht, ist es aber.« Sie sah mir in die Augen. »Die Tatsache, dass Sie seit zweieinhalb Jahren keine Freundin mehr gehabt haben, bedeutet nicht, dass man vergessen hat, dass Sie lesbisch sind.«

Meine Beziehung mit Rina war nicht gerade öffentlich bekannt gewesen, erst recht nicht die Beendigung des Verhältnisses. Jetzt war ich es, die sich vorbeugte. »Wie lange beobachten Sie mich schon?«

»Was das Professionelle angeht, seit vier Monaten.« Meredith senkte den Blick. »Privat seit Rina mit meiner Ex zusammengezogen ist.«

»Ich wünsche ihr viel Glück.« Grinsend fügte ich hinzu: »Rina ist ein teures Mädchen.«

Meredith lachte. »Dann hat die Gerechtigkeit sie eingeholt. Carolyn gab das Geld schneller aus, als ich es verdienen konnte.«

»Und wofür geben Sie jetzt Ihr Geld aus?«

Die grünen Augen schauten wieder hoch, blickten in meine. Eine blonde Augenbraue hob sich ein wenig.

»Ich behalte es.«

»Dann kannst du das Zimmer bezahlen.«

Noch etwas abgelegener als der Club bot das Motel außer den schweren Vorhängen vor den Fenstern, einem Bett so groß wie eine Turnhalle und einem versteckten Parkplatz kaum weitere Annehmlichkeiten. Das war auch nicht erforderlich. Wir waren schließlich keine Michelin-Tester.

»Gehört dies zu den Gepflogenheiten bei allen Kandidaten für Sullyman?«, fragte ich.

Meredith gluckste. »Nur wenn wir eine unglaublich heiße Lesbe anstellen wollen.«

Das Gespräch brach ab, als sie meinen Blazer von den Schultern schob. Ich langte nach ihr, denn ich war begierig zu sehen, was ich mich den ganzen Abend schon gefragt hatte, aber sie bremste mich.

»Lass mich. Du bist der Gast.«

Ihre Finger flogen über die Knöpfe meiner Bluse, dann segelte die Seide lautlos zu Boden. Mein Rock folgte nach, begleitet von einem flüsternden Streicheln. Ziemlich nüchterne Unterwäsche flatterte wie hellblaue Schmetterlinge auf den Teppich.

»Du bist noch schöner, als ich mir vorgestellt habe«, flüsterte Meredith. Ein schmutziges Grinsen breitete sich auf ihrem Gesicht aus. »Und ich kann mir eine ganze Menge vorstellen.«

Erst danach küssten wir uns – ich völlig nackt, sie noch vollständig angezogen. Ihr Mund, das waren Martinis und teure Zähne, vollkommen glatt unter meiner Zunge. Sie legte ihre Hände auf meine Haare, hielt meinen Kopf während der Dauer der Küsse, und sanfte Handflächen bedeckten meine Ohren.

»Leg dich zurück«, wies sie mich an.

Ich kroch aufs Bett, die braunen Augen weit geöffnet, während Meredith aus ihren Kleidern stieg. Es war kein bloßes Ausziehen. Sie ließ ihre Sachen elegant herabgleiten, schob ihre Hüften nach rechts und nach links, bis ihre gut geschnittene lange Hose zu Boden fiel. Darunter sah ich einen Tanga mit schwarzer Spitze.

Ich hob eine Augenbraue. »Ich sehe, dass du dich für das Treffen gut vorbereitet hast.«

»Sagen wir, ich hegte Hoffnungen«, antwortete sie. Sie trug

natürlich einen passenden BH, der die kleinen runden Brüste umschmiegte und nur einen Hauch von Ausschnitt freigab. Ich wollte die Brüste ans Licht holen, wollte sie berühren und schmecken, aber Meredith hatte andere Pläne.

Ihren ersten Kuss gab sie mir einen Zentimeter oberhalb des linken Knöchels auf die Innenseite des Schenkels. Ihre Lippen fühlten sich wie Feuer an, als sie sich streichelnd und küssend weiter nach oben arbeitete.

Als sie mein Knie erreichte, keuchte ich laut.

»Geduld«, murmelte sie. »Wir haben die ganze Nacht.« Einen Arm schlang sie um meinen Oberschenkel, damit meine Bewegungen eingeschränkt blieben. Ich konnte fühlen, wie ihre Zunge geheime Nachrichten auf meiner Haut absetzte, Worte der Vorfreude und Sehnsucht.

»Bitte«, flüsterte ich.

Jeder Quadratzentimeter meines Körpers war mit kaltem Schweiß bedeckt; es gab kein Stückchen Haut, das von der Berührung ihrer Hand und dem sanften Kosen ihrer Lippen nicht feurig rot brannte. Meine Hüften hoben sich ohne mein Zutun vom Bett ab und bettelten um Beachtung.

Ich spürte sie ganz oben auf meinem Schenkel lächeln. Ihre Haare streiften leicht über meinen Schamberg, goldene Strähnen, die durch spärliche schwarze Löckchen zogen.

Sie legte die Hände unter meine Pobacken, hob mein Becken an und starrte für einen Moment auf meine Spalte. »Absolut wunderschön.«

Dann senkte sie den Kopf.

Ihre Zunge war so heiß, ein perfekt brennendes Holzscheit, das durch meine Falten huschte. Die Zunge stieß vor und begann wie eine hungrige Katze zu lecken. Köstliches Reiben gegen meine Klitoris, zuerst fest und hart, dann leicht wie eine Feder.

Meine Beine zitterten. Sie schlang je einen Arm um meine Schenkel und hörte nicht mit dem Lecken und Reiben auf. Sie hielt ihr Gesicht im Zentrum meines Universums vergraben. Geräusche, die ich längst vergessen glaubte, drangen aus meinem Mund – tiefe, kehlige Stöhnlaute, inbrünstiges Betteln an eine Gottheit, die sich sonst selten um mich schert.

Aber Meredith hielt durch, stieß ihre Zunge tief in mich hinein, ein ungeheuer talentierter Pseudoschwanz verlangte Einlass. Ich bäumte meine Hüften hoch, um jedem Zungenschlag zu begegnen, als wollte ich sie herausfordern, mir mehr zu geben. Ich mahlte gegen ihr Kinn.

Ich konnte spüren, wie sich der Höhepunkt anbahnte, wie in mir die Lust aufquoll. Lange vernachlässigte Nervenenden frohlockten in einem Zucken der Lust und schickten elektrische Schockwellen durch meinen ganzen Körper. Ich wurde geschüttelt wie eine Feder im Hurrikan.

Und dann, oh, so behutsam, presste Meredith ihre Lippen auf meine glühende Klitoris und nahm sie ganz im Mund auf.

Die Schleusentore waren geöffnet. Welle auf Welle meines Orgasmus brach sich Bahn und schickte mich weiter über den Klippenrand hinaus, als ich je gewesen war. Es überraschte mich, dass die Cops nicht kamen. Meine Schreie waren so laut, dass man sie im Weltall gehört haben muss.

Meredith kniete sich auf den Bettrand. »Hört sich ganz so an, als hättest du es genossen.«

»Komm her«, sagte ich und zog sie neben mich nach unten. Ihr Tanga war in der nächsten Sekunde verschwunden, weggerissen, um die goldenen Fransen ihres Buschs zu entblößen. Sie war schon sehr nass, und der aufsteigende Geruch ihrer Erregung vermischte sich mit den Zitrusaromen ihres Parfums.

Sie war wie flüssiger Samt, glatt und heiß zugleich, und sie wand sich unter mir. Die ganze Zeit hörte ich sie stöhnen. »Mehr, mehr, mehr«, und natürlich gehorchte ich und leckte und schlürfte mich durch ihre Schreie.

Meine Finger glitten leicht in sie hinein, ich drehte sie hin und her und nuckelte an ihrer Perle.

Ihr Orgasmus kam schneller als bei mir – vielleicht war sie erfahrener als ich, aber sie war kein bisschen leiser. Ich lag hilflos zwischen ihren Schenkeln, meine Nase auf dem Schambein platt gedrückt, als sie durch einen gewaltigen Orgasmus wirbelte.

Das Glühen erstarb langsam, und so lagen wir in einem stillen Zimmer nebeneinander und atmeten einträchtig.

Meredith hob sich auf ihre Ellenbogen und nahm eine Strähne meiner langen schwarzen Haare zwischen die Finger. »Ich will das Geschäftliche nicht mit einem höchst köstlichen Vergnügen vermischen, aber habe ich eine Chance, dich zu Sullyman zu locken?«

»Das kommt drauf an«, sagte ich und legte einen Arm unter meinen Kopf. »Gibt es eine Chance, dein Angebot auf dreihundertfünfzig zu erhöhen?«

Meredith lachte laut auf. »Du bist unmöglich.« Sie rollte sich auf mich und schob meine Schenkel mit ihren Knien auseinander. »Aber wenn ich an dein ganz besonderes Talent denke«, sagte sie lächelnd, »bin ich sicher, dass wir das arrangieren können.«

Zu spät zur Arbeit

Von Shelly Jansen

Ich war spät dran. Wieder einmal. Ich merkte, wie Marcus mich beobachtete, und als ich zu ihm schaute, sah ich ihn lächeln. »Du bist wie ein Comic«, sagte er grinsend, »der im Zeitraffer abläuft.« Er sieht mir gerne zu, wie ich mich auf den Tag vorbereite, auch wenn ich nicht in Eile bin. Aber als er sich mir im Schlafzimmer in den Weg stellte und meinen Nacken küssen wollte, entwand ich mich ihm.

»Ich bin spät dran«, beharrte ich und zeigte auf den Wecker auf dem Nachttisch. Ich war fast fertig. Ich musste nur noch letzte Hand ans Make-up anlegen.

Marcus sah mich mit seinen dunkelbraunen Augen sehnsüchtig an. »Für einen Kuss ist es nie zu spät, eh, Baby?«

»Stimmt«, sagte ich und zog mir die Lippen nach. Ich würde einen Kuss von Marcus gegen gar nichts eintauschen, und so entspannte ich mich und ließ mich umarmen. Marcus nutzte die Situation voll aus. Während er mir auf die Unterlippe biss, strich er die Perlmuttknöpfe meiner Seidenbluse entlang, dann fuhr er mit den Fingerspitzen über meine vollen Brüste. Meine Nippel wurden sofort hart, und ich musste mich zwingen, den Blick auf die Uhr nicht zu vergessen.

»Wir verschieben den Spaß auf heute Abend«, schlug ich ihm vor. »Versprochen. Dann gehöre ich nur dir.«

»Fünf Minuten, Nicole«, bettelte er, nahm meine Hand und

drückte sie auf den Schritt seiner Jeans. »Nur fünf Minuten, Schatz.«

»Ich kann nicht«, widersprach ich. Während ich das sagte, schlug die Türklingel an. »Das ist Carla. Sie nimmt mich heute mit.«

»Das weiß ich«, sagte Marcus und verwirrte mich damit. Ich erinnerte mich nicht, es ihm gesagt zu haben. Normalerweise hole ich Carla bei ihrer Wohnung ab.

Doch daran konnte ich in diesem Moment nicht denken, denn Marcus hatte seine Hände in meine langen dunklen Haare geschlungen und zog mich jetzt in einer stürmischen Umarmung an seine Brust. Durch seine verblichene Jeans konnte ich seine beeindruckende Morgenlatte spüren, und mein Entschluss, eine gute, brave Angestellte zu sein, geriet gefährlich ins Wanken, bis es wieder an der Tür klingelte. Ich musste meinen Slip wechseln, bevor ich zur Arbeit aufbrach. Marcus' Kuss hatte mich ganz nass werden lassen.

»Ich muss gehen.« Ich sprintete über den Flur zur Tür. Marcus trottete hinter mir her. Ich würde Carla im Wohnzimmer warten lassen, während ich zurück ins Schlafzimmer ging, um einen frischen Slip anzuziehen. Das war mein Plan. Als ich die Haustür öffnete, hörte ich Marcus hinter mir leise lachen.

»Ziemlich gewagtes Outfit.« Carla grinste mich an. »Obwohl ich mir nicht sicher bin, ob das fürs Büro angemessen ist. Selbst für einen Freitag nicht.« Sie hob ihre spiegelnde Brille und schob sich die blonden Haarsträhnen aus den Augen. Dabei lächelte sie mich wissend an. Ich hatte keine Ahnung, wovon sie redete. Aber dann fühlte ich die kühle Morgenbrise auf meiner nackten Haut und sah an mir hinunter.

»Marcus!«, rief ich entsetzt, und errötend versuchte ich, meine Blößen zu bedecken. Während wir uns im Schlafzimmer geküsst hatten, hatte er meine Bluse aufgeknöpft. Sie hing an der Taille herum und gab den Blick auf meinen rosafarbenen Spitzen-BH und den flachen Bauch frei, gestählt durch viele Stunden Bauchpressen. »Wolltest du mich in diesem Zustand zur Arbeit gehen lassen?«

»Du siehst wunderschön aus«, sagte mir Carla, trat ein paar Schritte vor und zog die Tür hinter sich zu. Ich drehte mich nach ihr um, überrascht von ihrer sinnlichen Stimme. War es Einbildung, oder hatte sie sich nicht auch ziemlich sexy gekleidet? Sie trug ein rosa Kleid, das ihre Kurven umschmiegte. Ihre langen Beine waren nackt, und rosafarbene Espadrilles komplettierten ihr Outfit. »Absolut wunderschön«, wiederholte sie.

»Das habe ich auch gedacht«, stimmte Marcus zu. Langsam gingen sie um mich herum, wie Tiere, die ihre Beute umkreisen. Mir wurde allmählich bewusst, dass hier irgendwas vor sich ging, aber ich hatte keine Ahnung, was.

Als Marcus mich von hinten packte und Carla von vorne auf mich zukam und meine leicht geöffneten Lippen küsste, wusste ich, dass ich richtiglag. Das hielt mich nicht davon ab, meine Lippen auf den Mund meiner schönen Kollegin zu pressen und dem Verlangen nachzugeben, das sich in mir aufbaute. Wieder spürte ich Marcus' Erektion, aber jetzt drückte er seinen steinharten Schwanz gegen meinen Hintern. Ich war so nass, dass ich glaubte, zwischen den beiden zu schmelzen. Als Carla begann, meine Brüste zu streicheln, während sie mich weiter küsste, stieß ich einen lauten Seufzer aus. Ihre Fingerspitzen fühlten sich ganz leicht an. Ich wünschte, sie würde härter zupacken, meine Brüste ganz in ihre Hände nehmen und kräftig drücken.

»Wir werden zu spät kommen …«, stammelte ich, als wir uns voneinander lösten, als ob dies die wichtigste Erkenntnis wäre. *Als ob.* Hier stand ich halb nackt und küsste meine Kollegin, und mein Freund machte fröhlich mit.

»Wir gehen heute nicht zur Arbeit«, sagte Carla wie nebenbei, während sie ihre Sonnenbrille auf unseren Wohnzimmertisch legte.

»Wir gehen nicht ...?«

»Nein, ihr geht nicht«, bekräftigte Marcus.

Ich warf einen Blick auf Marcus, der mich mit seinem berühmten sexy Lächeln ansah. Seine Hände waren jetzt überall auf meinem Körper. Er öffnete die letzten Knöpfe meiner Bluse. Und um das Ganze perfekt zu machen, hakte er auch den BH auf.

»Was läuft hier eigentlich?«, murmelte ich einfältig, fing den Spitzen-BH in meinen Händen auf und verschränkte die Arme vor den nackten Brüsten.

Ich fühlte mich durcheinander und entblößt, als wäre ich mitten in einem Traum. Aber es war kein schlechtes Gefühl, stellte ich überrascht fest, und als Carla vor mir auf die Knie ging und an der Seite meines Rocks den Reißverschluss aufzog, sagte ich kein Wort. Ich sah ihr nur zu, wie sie den marineblauen Stoff teilte und den teuren Rock über meine langen, schlanken Schenkel nach unten zog. Ihre Finger entfachten sogar durch die Strümpfe ein Feuer auf meiner Haut.

»Erinnerst du dich an deine heimliche Fantasie, von der du mir neulich abends erzählt hast?«, fragte Marcus, breitete meine Arme aus und nahm mir die Bluse ab.

Natürlich erinnerte ich mich, und meine Wangen flammten in der Erinnerung auf. Zuerst hatten wir uns eine halbe Flasche Rotwein geteilt, und dann hatten wir uns gegenseitig von unseren heimlichen, verbotenen Fantasien erzählt. Zum Glück ergänzten sie sich bei uns. Er wollte mit mir und einem anderen Mädchen eine *Ménage-à-trois* erleben, und ich wollte meine schöne Freundin Carla in unser Schlafzimmer einladen. Noch als ich meine heimlichen Wünsche flüsterte, wusste ich schon, dass ich nie den Mumm haben würde, diesen Traum in die Realität umzusetzen. Aber Marcus hatte diesen Mumm.

»Ich habe angerufen und uns krankgemeldet«, erklärte Carla aus ihrer Position zu meinen Füßen. Sie schaute bewundernd zu mir hoch und strich mit den Fingern über die Spitze meines Strumpfhalters. Sie gehörten zu einer meiner erotischsten Garnituren, und insgeheim war ich froh, dass ich mich gerade heute für sie entschieden hatte. »Ich habe gesagt, wir hätten uns die Nacht mit der Arbeit am Miller-Projekt um die Ohren geschlagen und jetzt gingen wir auf dem Zahnfleisch. Ich habe versprochen, dass wir die Unterlagen gleich am Montagmorgen mitbringen. Miss Delacorte klang sehr vernünftig, als sie hörte, dass wir das ganze Wochenende unbezahlte Überstunden machen wollen.«

»Und das hast du alles hinter meinem Rücken getan?«, fragte ich, obwohl das ja nun klar auf der Hand lag, und die Antwort war mir auch egal. Sie kniete immer noch vor mir, und jetzt drückte sie ihr Gesicht gegen meine vom Slip bedeckte Pussy. Im nächsten Moment schnipste ihre Zunge gegen meine Klitoris.

Ich geriet leicht aus dem Gleichgewicht, aber Marcus war direkt hinter mir und hielt mich fest, während Carla mich durch den hübschen Slip leckte. Ihr warmer Atem und die nasse Zunge sandten Funken durch mich hindurch, selbst durch die Stoffbarriere, und ich war ganz verzweifelt, weil ich ihre Küsse auf der nackten Haut spüren wollte.

Marcus musste mein unausgesprochenes Verlangen gespürt haben, denn er brachte mich hinüber zu unserem großen roten Sofa und winkte Carla, uns zu folgen. Sekunden später lag ich ausgebreitet da, und Carla schmiegte sich zwischen meine Schenkel und zog mir den Slip aus. Ich keuchte auf, als ich fühlte, wie sie meine unteren Lippen mit den Fingern teilte und dann den Mund auf meine wartende Pussy drückte. Ich lehnte den Kopf zurück gegen eines unserer weichen Kissen und schloss die Augen, aber das ließ Marcus nicht zu.

»Schau mich an«, raunte er, und ich gehorchte seinem Befehl sofort, öffnete die Augen und starrte zu ihm hoch, während Carla mit dem köstlichsten Pussylecken fortfuhr, das ich mir nur vorstellen konnte. Sie teilte meine Lippen so weit, dass ich tief in mir einen Schmerz spürte, aber es war ein guter Schmerz, der mich nach allem lechzen ließ, was sie zu geben hatte.

Dann stülpte sie ihren Mund direkt über meine Klitoris, umringte sie mit den Lippen und schnalzte mit der Zunge dagegen, immer und immer wieder. Ich wand mich unter ihr und stöhnte und labte mich an jedem neuen Gefühl. Carla schien genau zu wissen, wie sie mich berühren musste. Sie beschrieb mit der Zungenspitze einen Kreis um meine Perle, ohne sie selbst zu treffen, dann stieß sie wieder kräftig dagegen, und ich fühlte, wie sich in mir eine Spirale der Lust aufbaute.

Himmel, das war einzigartig – und plötzlich wollte ich mehr.

»Ich will dich schmecken«, sagte ich und streckte die Finger nach unten zu ihren gesträhnten Locken.

Carla konnte es nicht schnell genug gehen, meinen Wunsch zu erfüllen. Sie stand auf und entledigte sich mit einer einzigen Bewegung ihres Kleids, und ich schnappte nach Luft, als ich sah, dass sie unter dem hellrosa Wickelkleid völlig nackt war.

»Ich komme vorbereitet«, sagte sie lächelnd, stellte eine

Hüfte heraus und nahm eine Mannequinpose ein. Sie war frisch rasiert, die Pussy vollständig blank, und sie sah so aus, als käme sie gerade vom Strand einer tropischen Trauminsel. Ihre Haut glänzte warm und golden im frühen Sonnenlicht. Nur vom Anblick war ich schon ganz benommen, und ich war hin und weg, als sie sich zurück übers Sofa beugte und sich zu einer sinnlichen Neunundsechzig über mich legte.

Ich hatte noch nie die Pussy einer anderen Frau geschmeckt, aber ich zögerte nicht. Ich spürte, wie Marcus mich beobachtete, als ich ihre Lippen mit den Daumen auseinanderzog, dann schob ich meine Zunge vorsichtig zu ihrer Klitoris. Ich begann sehr behutsam, tastete mich langsam vor, bis Carla sagte: »Härter, Nicole. Ich will es spüren.«

Jetzt hatte ich die Freiheit, meine Zunge wild gegen ihre Klit flattern zu lassen. Ihre Säfte breiteten sich rasch auf meinen Lippen und Wangen aus, und ich genoss die glänzenden Empfindungen, von ihrer erotischen Flüssigkeit durchtränkt zu werden.

Ich achtete darauf, was sie zwischen meinen Beinen anstellte, und wiederholte das spiegelverkehrt bei ihr. Ich trank von ihr und zog mit der Zunge immer kleinere Kreise um ihre Klitoris.

Als ich den Kopf leicht neigte, sah ich Marcus uns gegenüber im Sessel sitzen, die Jeans weit geöffnet, die Hand an seinem pochenden Schaft. Er starrte wie gebannt zu uns herüber, und ich erkannte, wie begeistert er war. Mein Herz schlug schneller, seit ich wusste, dass er uns beobachtete.

Wir lieferten eine Show für ihn ab, auch wenn wir auf unsere eigene Lust aus waren. Ich mochte mich nicht entscheiden, welche Vorstellung schärfer war ... aber dann hörte ich auf nachzudenken und richtete meine Aufmerksamkeit wieder auf den Preis über mir, und ich leckte und schleckte, während Carla versuchte, mich zum Orgasmus zu bringen.

Ich ahnte es nicht, bevor es geschah. Ganz plötzlich kam es mir, hart und heftig, und ich bäumte mich gegen sie auf. Ich saugte ihre Klit, als wäre sie ein Stück Zuckerstange. Meine Aktivitäten ließen auch sie den Orgasmus erreichen, sodass wir zusammen kamen, als wären wir eins, vereint und verbunden.

Carla kam still, was mich wunderte. Ich hatte sie für ein Schreimädchen gehalten, das im Moment des einsetzenden Höhepunkts seine Lust herausbrüllt. Aber nein, bei ihr lief es fast lautlos ab, auch wenn die Wucht des Orgasmus ihren Körper schüttelte. Aus irgendeinem Grund erregte mich ihre verborgene Lust noch mehr. Ich spürte den Wunsch, sie zu brechen, sie das nächste Mal zum Schreien zu bringen. Und ich wusste, dass das nächste Mal schon bald geschehen würde.

Wir lagen da auf der Couch, zuckend und zitternd, benommen und außer Atem. Es dauerte noch eine Weile, bevor ich wieder sprechen konnte.

»Marcus«, sagte ich leise, »lass uns ins Schlafzimmer gehen. Wir brauchen mehr Platz.«

Unser sexy Trio ging hinaus auf den Flur, ich voran, nackt bis auf Strumpfgürtel und Strümpfe. Ich hatte Carla an die Hand genommen und zog sie hinter mir her. Marcus folgte uns, und als ich über die Schulter schaute, sah ich, dass er sich während des hastigen Gehens die Kleider abstreifte. Als wir unser Schlafzimmer erreichten, war er nackt, abgesehen von seinen blau-weiß gestreiften Boxershorts.

Carla und ich sagten kein Wort. Es war, als hätten wir das

Ganze seit Langem geprobt. Wir griffen nach Marcus und stießen ihn aufs Bett. Sie zog ihm die Boxer aus und warf sie in die Ecke. Der Ausdruck auf Marcus' Gesicht zeigte mir, wie sehr er es schätzte, von einer Lady ausgezogen zu werden.

Ich kletterte auf die eine Seite von ihm, und Carla legte sich auf seine andere Seite. Während ich begann, seinen unheimlich harten Schwanz zu saugen, kitzelte sie seine prallen Hoden mit der Zungenspitze. Ich stellte mir vor, wie sich ihre langen, weichen Haare auf seiner nackten Haut anfühlen mussten, und dazu noch unsere Busen, die wir gegen ihn drückten, als wäre der eine das Echo des anderen.

Marcus stöhnte und krümmte den Rücken, und das nahm ich als Aufforderung, mit meiner Freundin den Platz zu tauschen. Ihr Kopf ging nun auf seinem Schaft auf und ab, während ich seine Hoden in der warmen, feuchten Hitze meines Mundes badete.

»Oh, Mädchen«, seufzte er, und sein ganzer Körper zitterte. »Oh, meine Mädchen …«

»Er ist bereit«, murmelte Carla mir zu, dann hob sie ihre blonden Augenbrauen und stellte mir eine stumme Frage. Ich nickte, und sofort grätschte sie über seinen hart pochenden Ständer. Marcus starrte mich an, als Carla auf ihm zu reiten begann.

Ich hielt dem Blick meines Mannes stand, so lange es ging, aber dann zog mich Carlas Körper in seinen Bann. Ich kniete mich neben sie und fing an, ihre Nippel zu lecken, erst den einen, dann den anderen. Ich nahm sie abwechselnd zwischen Daumen und Finger und quetschte sie kräftig, und Carla stöhnte und ritt härter und schneller auf Marcus' Stange.

»Komm her«, sagte er und zog mich an sich.

Kurz darauf kniete ich breitbeinig über seinem Mund, Carla direkt gegenüber. Wir grätschten beide über ihm und bezogen unsere Lust von seinem Körper. Marcus neckte meine geschwollene Klitoris mit Zunge und Zähnen, während Carla mit ihren Fingern über meine Rippen strich, die Brüste hochhob. Sie und ich beugten uns vor und begannen uns zu küssen, und das war der Moment, in dem ich glaubte, jede Kontrolle zu verlieren. Wir hatten das perfekte Dreieck gefunden, eine Kreation wie aus unseren Fantasien. Marcus stieß seinen Schaft in Carlas Pussy und seine Zunge in meine. Ich wurde von erotischen Zuckungen geschüttelt, und mein ganzer Körper stand in Flammen, als Carla plötzlich sagte: »Tauschen!«

Es brach mir fast das Herz, dass ich meine wunderbare Position aufgeben sollte. Ich musste mich zwingen, meine Pussy von Marcus' köstlichem Mund und seiner quälenden Zunge zu lösen, aber als ich seinen feucht schimmernden Schwanz sah, wie er so bereit auf mich wartete, konnte ich es kaum erwarten, mich auf ihm zu pfählen. Es dauerte nur Sekunden, bis ich ihn zwischen meinen Schenkeln hatte, während Carla meine bisherige Position übernahm und ihre Pussy über dem wartenden Mund meines Mannes schweben ließ.

Wir begannen sofort wieder mit unseren Bewegungen, und ich spürte, wie sich mein Orgasmus ankündigte. Ich hatte Mühe zu atmen. Ich wurde so geil beim Anblick meiner gebräunten, biegsamen Freundin, wie sie von Sekunde zu Sekunde immer erregter wurde, während Marcus' überlaufender Schaft mich ausfüllte. Ich glaube nicht, dass er schon mal so hart gewesen war.

»Ich komme jetzt«, rief ich.

»Wag es bloß nicht«, warnte mich Carla. »Wir kommen alle zusammen. So muss das sein. Du wartest, bis Marcus bereit ist . . .«

»Bist du?«, zischte ich. »Kommst du, Marcus?«

Seine Antwort wurde von Carlas Spalte gedämpft, aber ich konnte hören, dass er ›ja‹ gesagt hatte.

»Jetzt?«, fragte ich Carla. »Bist du bereit?« In meiner Stimme schwang Verzweiflung. Ich glaubte nicht, dass ich noch lange durchhalten konnte. Was war, wenn Carla Nein sagte? Was, wenn sie mir sagte, ich sollte warten?

Zu meiner großen Erleichterung sagte sie: »Ja, jetzt, Nicole. Jetzt, Liebling. Jetzt!«

Ich mahlte meine Hüften gegen Marcus, und ich spürte, wie er sich in mir ergoss. Jeden Stoß spürte ich, jedes Pumpen seiner Hüften brachte mich höher. Aber dann erinnerte ich mich daran, wie es Carla zuvor gekommen war. So still. So verinnerlicht. Diesmal wollte ich, dass auch sie laute Geräusche von sich gab, und das sagte ich ihr.

»Geh aus dir raus«, sagte ich. »Mir zuliebe. Lass mich hören, wie es dir kommt.«

Unsere Blicke trafen sich, und sie starrte mich so feurig an wie diese verblüffenden Blitze, die mich durchschossen. Als könnte sie Kraft durch mich gewinnen, teilte sie ihre Lippen, und die schönsten Stöhnlaute kamen heraus.

»Oh, Nicole«, flüsterte sie.

»Lauter!«

»Nicole!«, schrie sie, und der Klang ihrer unkontrollierten Stimme ließ mich kommen wie ein Kraftwerk. Während die magischen Vibrationen in mir tobten, beugte sich Carla noch einmal vor und küsste mich, und wie wir so zusammen waren, kam es uns gleichzeitig.

In den ersten Minuten sagte niemand etwas. Dann legte sich Carla neben Marcus. Sie strich mit den Fingerspitzen an ihrem Körper auf und ab und schaute mich an. Auch ich ging von Marcus hinunter und legte mich auf seine andere Seite. Er war die Sandwichfüllung zwischen uns. So verharrten wir eine ganze Weile, warm und befriedigt in der Bettmitte. Dann schaute Carla auf den Wecker auf dem Nachtschränkchen.

»Denkt doch nur mal an alle Leute, die jetzt an ihren Schreibtischen sitzen«, sagte sie kichernd.

»Oder an die, die sich abhetzen, weil sie sich verspätet haben«, fügte Marcus hinzu. Er kitzelte mich, und ich begann zu lachen, als mir einfiel, wie ich mich früher am Morgen beeilt hatte, während er mir zuschaute. Die ganze Zeit hatte er gewusst, dass meine Hetze vergebens war, weil sein Geheimplan jeden Moment in die Tat umgesetzt würde.

»Aber wir, wir haben nichts anderes zu tun, als den ganzen Tag zu vögeln«, sagte Carla. Sie lehnte sich über Marcus und gab mir einen Kuss auf die Lippen.

Zwischen uns hörten wir Marcus sagen: »Und erinnert euch, ihr zwei sollt übers Wochenende viele Überstunden machen.«

»Oh, ja«, sagte Carla und kicherte wieder. Diesmal kicherte ich mit, während wir zu dritt sagten: »Überstunden ...«

Im Reich der Lust

Von Maxim Jakubowski

Ich habe ein Eckbüro. Aber der Ausblick bietet nichts Besonderes. Der Ruß auf den Londoner Dächern und die grauen, regennassen Straßen entlang der Grenze zu Soho sind nicht wirklich ansehnlich. Obwohl die Firma, in der ich arbeite, die dritte Etage des Gebäudes gemietet hat, ist dies gleichzeitig auch die oberste Etage, was für ein begrenztes, ödes Panorama sorgt. Keine Themse, die sich unten dahinwindet, keine romantische oder historische Sehenswürdigkeit, mit der ich mich beschäftigen könnte, um den dicken Aktenordnern zu entkommen, die sich auf meinem Schreibtisch türmen, oder dem flackernden Bildschirm meines iMac.

Meine Gedanken schweifen oft ab in diesen Tagen. Zu viel. Viel zu viel. Gut, dass ich zum Management gehöre. Solch geistige Abwesenheit würde man mir kaum verzeihen, wenn ich ein kleiner Angestellter wäre. Aber dann hätte ich auch kein Eckbüro.

Normalerweise steht die Tür zu meinem Büro offen, damit die Mitarbeiter draußen immer Zugang haben. Gutes Management, hat man mich gelobt, aber die offene Tür hat eher etwas damit zu tun, dass ich mich einsam fühle, isoliert im Kokon meines Büros, ohne sie hätte ich keinen Kontakt mit der Außenwelt; ich könnte das Rascheln der Röcke nicht hören, die süßen Stimmen der tratschenden Frauen, das Klingeln der anderen Telefone, wenn meins stumm bleibt. Denken ist eine einsame Angelegenheit. Und Denken ist offenbar das, wofür sie mich bezahlen.

Aber dann schummle ich.

Für jeden krass überbezahlten Gedanken für Anzeigenkampagnen und Slogans und gelungene Überzeugungsarbeit, die potenziellen Käufer da draußen dazu zu bringen, begierig mehr Orangen- oder Schokoladen- oder Erdbeereis oder Fertigdesserts in verwirrenden Geschmacksrichtungen zu konsumieren, gewähre ich mir private Momente; heimliche Gedanken, die wenig mit meinem Job zu tun haben. Meine Welt innerhalb der Welt.

Veronica bringt mir ein Dossier, das ich prüfen soll. Sie hat eine Birnenfigur, aber immer ein wunderschönes Lächeln. Und einen großartigen Arsch. Ein Hintern, der mich mächtig inspiriert. Unter dem Stoff ihres Rocks ist die Linie ihres Höschens deutlich zu sehen. Ich weiß, dass sie an manchen Tagen Strings trägt, dann schlägt meine Fantasie Purzelbäume.

Ich könnte das zweifellos blasse und harte Fleisch ihres fröhlichen Arschs zeichnen und sogar raten, welche Schattierung von Pink die gewaltigen Ausmaße annehmen würden, wenn ich sie hart und scharf klatschte, während sie mir den Po in der Hundestellung entgegenstreckte. Die gerunzelte Öffnung ihres Anus würde mich anzwinkern, ihre feuchte Spalte sich nur ein wenig teilen. Veronicas Hintern ist eine verlockende Einladung für den Abdruck meiner fünf Finger.

So verlockend, dass ich fast zum Fetisch-Freak werden könnte, dabei bin ich vom Temperament her eher sanft pervers.

Und dann ist da Suzanne, die mit den langen dunkelblonden Haaren, die ihr bis fast zum Po reichen, und die sich in unseren wöchentlichen Kreativgesprächen immer nur scheu zu Wort meldet. Sie hat dicke, fleischige Lippen, die geradezu nach einem schrecklichen Objekt zu betteln scheinen, das sie in ihrer geografischen Mitte obszön schunkeln würde. Vielleicht einem Penis? Meinem? Auf den Knien vor mir, während mein Blick auf den rasiermesserscharf gezogenen Scheitel starrt, der ihre seidigen Haare teilt.

Nur zögerlich lässt sie die Zunge sehen, die sich von der scharlachroten Blume der Lippen löst, bevor sie unvermeidlich die raue Struktur meiner prallen, blutgefüllten Eichel schmeckt und mutig in einer einzigen hungrigen Bewegung meinen Penis aufnimmt und tief in ihrer Kehle versenkt.

Suzannes Gesicht verrät Unschuld und Wissen gleichermaßen, aber ich wäre nicht überrascht, wenn ihr Geschick beim Schwanzsaugen genauso ausgeprägt wäre wie ihr stets willkommenes Querdenken, das sie oft bei der Arbeit zeigt. Bei unseren Besprechungen ziehen mich ihre Lippen hypnotisch an, wenn sie zu einem Keks greift, der Sekunden danach ihre Schwelle durchbricht. Ihr Schreibtisch steht rechts von der Tür meines Büros. Das Fenster hinter ihrem Stuhl bietet die Aussicht, die ich auch habe. Eingeschränkt und öde. Vielleicht träumt Suzanne in ihrer privaten Bürozeit ja auch von einer Welt der Blowjobs.

Polly ruft mich an. Ihr eigenes Büro liegt am anderen Ende des Flurs, aber sie zieht es vor, auf diese Weise zu kommunizieren. Sie ist für die Werbebudgets zuständig. Ihre Augen sind braun und ein bisschen asiatisch. Sie ist über ihre Mutter ein Viertel malaysischer Abstammung. Polly ist immer in Bewegung, aktiv wie ein Ameisenhaufen, dünn wie ein Rechen, kleine feste Brüste mit Nippeln, die immer erigiert und sichtbar sind, ganz egal, ob sie einen Kaschmirpulli oder ein T-Shirt trägt.

Sie brummt förmlich vor Selbstvertrauen, aber ich ahne,

dass das nur eine Fassade ist, eine hauchdünne Schicht, und dass sie tief im Herzen ein verunsichertes kleines Mädchen ist, das privat darum bettelt, in eine Zweierbeziehung aufgenommen zu werden.

Würde sie nicht vollkommen aussehen mit einem ledernen Hundehalsband oder mit einer engen Vivienne-Westwood-Kette um den schlanken Hals? Ein gefügiges Mädchen, das ich an einer Leine in ein Zimmer voller Menschen führen und als meine Sklavin präsentieren würde, an der sich alle auf ihre Weise erfreuen könnten.

»Zeige dich«, würde ich befehlen, und sie würde ihren Mantel ablegen und darunter ihren nackten Körper entblößen. Ihre Nippel wären kunstvoll gepierct, die schmalen Goldringe ebenso aufgerichtet wie die Warzen. Die Spalte wäre glatt rasiert, und wenn irgendein anderer Gast sie anweisen würde, die Beine weit zu öffnen (sie braucht keine Spreizstange, weil sie eben so ein folgsames Mädchen ist), könnte man den Diamanten auf der Kapuze der Klitoris sehen, direkt über dem Eingang der Labien, schon bedeckt von ihren würzigen inneren Säften.

Was wird die Sklavin heute vorführen müssen?, fragt sie sich, ein wenig schamvoll, was ihre Situation angeht, aber auch sichtbar erregt und unterwürfig. Alles, was Polly während des Telefonanrufs wissen will, ist, ob ich dem Budget für das Soft-Drink-Projekt schon zugestimmt habe, an dem unser Team gerade arbeitet, und welcher Buchungsnummer die Entwicklungskosten zugeordnet werden sollen.

Jasmin, meine Stellvertreterin, kommt herein. Die langen Beine gleiten über den mir dienstrangmäßig zustehenden Teppich meines Büros, dann setzt sie sich schamlos auf die Ecke meines Schreibtischs, wobei sie mehr von ihrem Oberschenkel enthüllt, als ein älterer Abteilungsleiter tolerieren würde. Sie erklärt mit umständlicher Genauigkeit, warum die Kreativabteilung wieder einmal die Beschreibungen für einen bestimmten Auftrag missverstanden hat und dass wir jetzt ein Terminproblem haben. Als ob ich das nicht schon längst wüsste.

Aber sie versichert mir: Sie wird heute länger bleiben und Frank, unseren schwulen Art Director, nicht aus den Augen lassen, bis er die Tafeln für die Präsentation abgeschlossen hat. Sie hat eine altmodische Brille auf und spricht ein steifes Oxford-Englisch. Ich weiß, dass sie mit einem australischen Grafiker zusammen ist, den sie vor ein paar Monaten in einer Bar kennengelernt hat, und dass dies ihre erste feste Beziehung seit über einem Jahr ist.

Mein Blick hält sich an ihren bestrumpften Beinen fest, die sie auf meinen Schreibtisch drapiert, und geht dann, wie bei Supermann, darüber hinaus. Sie trägt immer weiße Slips; sie hat sie mir oft genug – stets nur für Augenblicke – gezeigt. Unter der Baumwolle oder Seide stelle ich mir ihr Schamhaar dunkel und kraus vor, und ihre Möse ist eng und trocken. Aber wenn sie vögelt, kommt sie laut und hysterisch, ihr ganzer Körper vibriert im Rhythmus der Stöße des Schafts, der sich tief in sie gräbt. In den Winkeln ihrer blassgrünen Augen bilden sich Tränen.

Ja, ich glaube, Jasmin muss in der Umarmung der Lust eine Schönheit sein, dann fällt ihre bürgerliche, zurückhaltende Fassade, und sie erreicht schon unter der bloßen Berührung einer streichelnden Männerhand auf ihrer Haut einen glückseligen Zustand ordinärer Geilheit.

Ich bedanke mich ganz ernsthaft für die souveräne Behandlung des Problems und fühle meinen Penis in meiner schwarzen Hose im Schutz meines Schreibtischs deutlich wachsen. Während sich ihre Lippen bewegen und ich einen kurzen Blick auf ihren weißen Büstenhalter erhasche, habe ich plötzlich die Eingebung, dass Jasmin tief in ihrem Universum der Geheimnisse eine Schwäche dafür hat, einen Schwanz in ihrem Arsch zu spüren, wenn ihre Leidenschaft ins Glühen gerät.

Manchmal weiß man solche Dinge eben, Intuition und so, und jetzt fliegt mir die Erkenntnis zu, dass Jasmin zu den modernen Frauen gehört, die das Schlucken nicht mögen, ganz egal, welche Ebene ihre Beziehung zu einem Mann gerade erreicht hat. Analsex war ein akzeptables Tabu. Aber nicht Schlucken. Das war einfach nicht das Richtige für eine gebildete Frau wie Jasmin.

Sie verlässt das Büro, und ich bin mit meinem Bildschirm wieder allein.

Wenn ihnen meine entsetzlichen Gedanken bewusst wären, hätte ich keine Mitarbeiter mehr – oder sie brächten mir keinen Respekt mehr entgegen. Der Boss aus der Hölle. Das durfte nicht sein. Aber ich habe Prinzipien: Ich mische nie Arbeit mit Vergnügen. Zu kompliziert, trotz der täglichen Versuchungen. Bei uns gibt es nicht einmal eine Weihnachtsparty, wo wir uns gehen lassen könnten.

Nicht, dass ich für betrunkenen Sex in der Besenkammer wäre oder ein Grabschen auf dem Fotokopierer. Nein, ich halte mich an meine Prinzipien, trotz der vielen Gelegenheiten. Es ist leichter, meine Laster und Zwänge in der Ferne zu befriedigen. Sollte eine der Frauen mal den Job wechseln, konnte ich mich später an sie heranmachen; sozusagen zur Auffrischung unserer Bekanntschaft und um herauszufinden, wie sie es auf der neuen Arbeitsstelle angetroffen hat. Das hat schon einige Male geklappt, muss ich gestehen.

Ich gehe zur Tür, rufe den arbeitenden Mädchen zu, dass

ich einen privaten Anruf erwarte, und schließe die Tür zu meinem Büro.

Unter meinem Schreibtisch erhebt sich mein Schaft immer noch in der Erinnerung an Jasmin mit ihrer Brille, wie ich ihre Arschbacken spreize und den bereits feuchten Kanal auf den Umfang meines Penis vorbereite. Ich suche meine Favoriten aus und klicke die einzelnen Punkte an.

Fetisch

BDSM.

Extrem.

Ich suche mir etwas aus, und im privaten Kokon meines Büros beginne ich, zu den Bildern, die über den Bildschirm flimmern, zu masturbieren.

Die Mädchen sind sicher.

Für den Moment.

Zwangloser Freitag

Von Jolene Hui

Eiswürfel. Ich hörte, wie sie in der Küche klirrten. Ich lag ausgebreitet im Wohnzimmer, nackt, die Beine gespreizt. Roger machte sich mit irgendwas zu schaffen. Ich liebte seine Zunge. Er konnte eine Stunde lang ununterbrochen meine Pussy lecken. Ich starrte auf die Uhr auf dem Kaminsims und versuchte, mich nicht allzu geil auf dem Boden zu winden. Wenn Roger fertig war, würde er mir über die Titten spritzen.

Ich hatte die Augen geschlossen, aber ich wusste genau, wo mein Bier stand. Ich langte danach, die Augen weiterhin geschlossen, hob den Kopf leicht an und nahm einen Schluck. Es war schwül in seinem Penthouse in der Bucht. Meine Haut war verschwitzt vom zweistündigen Herumtollen auf seinem weißen Teppich. Wir hatten uns gestreichelt, geküsst und uns immer wieder gepackt. Ich war ein bisschen angesäuselt, und ich glaube, ihm ging es nicht anders. Aber bei Roger konnte man nie ganz sicher sein.

»Lass die Augen zu!«

»Sind zu!«

»Und sei nicht so laut! Die Nachbarn!« Er war immer noch mit irgendwas beschäftigt. Die Eiswürfel klirrten in einer Glasschüssel, glaubte ich. »Das Schreien muss leiser sein.«

»Gefällt es dir nicht, wenn ich laut bin?«

»Doch, es gefällt mir. Aber meinen achtzigjährigen Nachbarn nicht.«

Ich hielt die Augen immer noch geschlossen. Ich wandte ihm meinen Kopf zu. Die Luft aus dem Eisschrank schwebte meinem Gesicht entgegen. Er schlug die Tür fest zu.

»Ich hoffe, du hast die Augen noch zu, Fräulein.«

Ich konnte spüren, wie die Nässe aus meiner Pussy auf den Teppich tropfte. Bald wäre er da, um sie wieder aufzulecken. Ich langte nach meinem Bier, aber er packte meine Fußgelenke und zerrte mich einen halben Meter quer über den Teppich, bevor ich die Flasche erreichen konnte.

Ich muss zugeben, dass ich noch nicht völlig eingetaucht war in das, was Roger mit mir anstellen wollte. Ich dachte an den Mann, von dem ich so gern gefickt werden wollte, dass mein Hintern allein bei dem Gedanken schon schmerzte. In zwei Tagen schrieben wir Freitag, den Dreizehnten, und ich wollte ihn zum dreizehnten Mann machen, den ich je gehabt hatte. Ein bizarrer, bedrohlicher Tag für einen bizarren, bedrohlichen Plan. Ich schlug die Augen auf und sah Rogers blonde Haare auf der Höhe meines Schoßes. Seine Haare dufteten nach einem Blumenshampoo.

Roger war ein feiner Kerl, jung, Mitte zwanzig, und extrem sportlich. Jeden Tag spielte er Tennis auf den Plätzen unterhalb seines Penthouses. Er lief jeden Tag, und dreimal in der Woche stemmte er Gewichte. Sein ganzer Körper war durchtrainiert und einladend.

Ich versuchte, mich auf ihn zu konzentrieren, aber mein Freitag-der-Dreizehnte-Mann drang immer wieder in meine Gedanken ein. Er war einer der stellvertretenden Geschäftsführer der Firma, in der ich arbeite, und sein Büro lag auf demselben Flur wie meines. Er sah gut aus, und er hatte Geld, aber mit meinem dreizehnten Mann gab es ein kleines Problem. Ich hatte keine Ahnung, ob er scharf auf mich war. Ich bin schon in kurzen Röcken und hohen Absätzen an ihm vorbeigegangen, aber er hat nie darauf reagiert. Von Zeit zu Zeit steckte ich meinen Kopf durch seine Tür, um irgendwas mit ihm zu bereden, dann musterte er mich mit seinen dunklen Augen und lächelte. Er sagte ein paar nette Worte, und ich schmolz in seinem Türrahmen dahin. Ich wollte seine Macht genießen und mich in seinem Aussehen sonnen, und ich wollte seinen heißen Schwanz in meiner Pussy spüren. Ich wollte ihm den Anzug vom Leib reißen. Ich würde mich mit seiner Krawatte und dem Gürtel fesseln lassen ...

»Oh, Baby, ich komme.« Roger grätschte über meine Brüste und rieb seinen Schaft. »Fass dir an die Titten, Baby, fass dir an die Titten.« Ich wurde in die Realität zurückgeholt. Ich wusste nicht mehr, ob er meinen ganzen Körper mit den Eiswürfeln eingerieben hatte. Meine Schenkel fühlten sich kalt an, aber ich erinnerte mich nicht mehr.

Ich starrte an die Decke, als es ihm kam. Wohin hatte ich nur meinen schwarzen Lieblingsrock gelegt?

Am nächsten Tag war im Büro viel los. Ich hatte mich für die hohen Absätze zum kurzen schwarzen Rock entschieden. Ich wollte so viel Haut wie möglich zeigen. Mister Freitag-der-Dreizehnte kam gerade herein, als ich in der Nähe seines Büros am Fotokopierer stand. Ich richtete mich auf. Brust raus. Ich trug eine ärmellose Glanzstoffbluse, die sich an die entscheidenden Kurven schmiegte. Ich wandte mich ihm zu und lächelte.

»Hallo, Mark.«

Sein Blick richtete sich auf meine Brust. Mein Herz begann, schneller zu schlagen.

»Könnte nicht besser sein.« Sein Blick traf auf meinen.

Den Rest des Nachmittags saß ich an meinem Schreibtisch und schaffte selbst die einfachsten Aufgaben nicht, denn meine Gedanken kreisten ständig um uns auf dem Fotokopierer. Seine Hände glitten unter meinen Rock, sein Mund presste auf meinen Hals. Ich rieb mich ein wenig auf meinem Stuhl. Ich könnte mir einen abrubbeln, ohne dass es jemand bemerkte. Ich ließ es bleiben. Ich spürte, wie mir die Röte ins Gesicht stieg, und außerdem wollte ich keine Flecken auf dem Stuhl hinterlassen. Aber vielleicht hätte ich weitermachen sollen. Vielleicht wäre Mark von den Pheromonen angelockt worden. Ich war davon überzeugt, dass ich starke Pheromone abgab. Ich war jedes Mal erregt, wenn ich Mark in der Nähe wusste.

Wann war endlich Freitag?

An diesem Abend bei Roger lag ich bäuchlings auf dem Boden. Roger spreizte meine Backen und leckte sich durch die Kerbe. Mein Kinn stützte sich auf meine Hände. Ich sah Fusseln auf seinem Teppich. Ich schloss die Augen und versuchte, die Erfahrung zu genießen. Roger war ein ausgezeichneter Lecker. Er hatte ein besonderes Geschick für alles, was er mit seiner Zunge anstellte.

Ich fing an, mein Becken hin und her zu bewegen. Er leckte meine Pussy schon seit einer Stunde. Meine Säfte hatten seinen ganzen Teppich garniert, aber ich wusste, ich würde noch einmal kommen, wenn er mir die hintere Öffnung auch noch leckte. Seine Zunge spielte an den Falten entlang. Dann spreizte er mich weiter, und die Zungenspitze stieß hinein.

Ich quietschte, während er leckte und schmatzte, und meine Pussy zog sich wieder zusammen. Ich rieb das Gesicht über den Teppich und atmete schwer; meine Gedanken voll von Mark. Würde er mich auch so lecken? Oder erwartete er, dass ich meine Zunge in seinen Arsch steckte? Roger schob seine Finger in meine Pussy, und mit der anderen Hand rieb er sich zum Orgasmus. Ich spürte, wie sein Samen meinen Rücken besprühte, während ich mir vorstellte, wie Mark mich, über seinen Schreibtisch gebückt, vögelte.

»Kannst du dich an diesem Wochenende um meine Pflanzen kümmern?«, fragte Roger, als ich mich anzog.

Ich wusste nicht einmal, dass er Pflanzen besaß.

Er drückte mir die Schlüssel in die Hand. »Du brauchst ihnen nur am Freitag und Samstag Wasser zu geben. Am Sonntag bin ich wieder zurück, da kann ich es selber machen.«

»Wohin fährst du?«

»Zu meinen Eltern. Ich rufe dich an, wenn ich zurück bin.« Er beugte sich vor und gab mir einen Kuss auf die Wange.

Mit einem verdutzten Blick verließ ich seine Wohnung. Ich war verärgert, dass er mich so einfach gefragt hatte, seine Pflanzen zu gießen, als wäre das selbstverständlich. Warum sollte ich seine verdammten Pflanzen gießen? Wer war ich denn, dass ich seine Pflanzen gießen sollte?

Die meiste Zeit fühlte ich mich, als erwiese ich ihm einen Gefallen, wenn ich ihn meine Pussy essen ließ und dann zuhörte, wie er sich einen runterholte. Ich wollte harten Schwanz. Ich schlug mit beiden Händen auf das Lenkrad. Rogers Schlüssel lagen schwer in meiner Tasche.

Zwangloser Freitag, das hieß Jeans. Natürlich zog ich meine teuersten und engsten Jeans an. Bei jedem Schritt schmiegte sich die Baumwolle in meine Spalte, und ich sehnte mich nach Marks Schwanz. Mark saß in seinem Büro.

Seine dunklen Haare lagen ihm unordentlich um den Kopf, und er trug keinen Anzug, aber trotzdem sah er verdammt sexy aus. Das blaue Hemd war gebügelt, ohne allzu gebügelt auszusehen. Ich stand in seiner Tür. Er drehte sich um und betrachtete mich von oben bis unten.

»Brauchen Sie etwas?«, fragte ich ihn.

Er öffnete den Mund, um etwas zu sagen, dann schloss er ihn wieder. Mein schwarzer Pullover war durchsichtig, wenn man genauer hinsah. Mark starrte sehr genau hin.

Ich trat einen Schritt in sein Büro hinein. Dann drückte ich die Tür hinter mir zu.

»Was haben Sie heute Abend vor?«, fragte er und verdrehte die Finger beider Hände.

Ich war vorübergehend sprachlos. Ich musterte sein Gesicht. »Ich habe nichts vor«, hauchte ich dann. »Warum?« Wie schon seit Tagen stellte ich mir auch jetzt vor, wie sich Marks Schaft in mir anfühlen würde.

»Wollen Sie mit mir essen gehen?«

»Natürlich.« Ich konnte nicht glauben, dass er mich fragte.

»Ich hole Sie um acht Uhr ab.«

Ich sah in seine dunkelbraunen Augen, dann schritt ich zu seinem Schreibtisch. Ich lächelte, als ich Rogers Adresse auf einen Zettel schrieb. Ich musste sowieso seine Pflanzen gießen, und sein Penthouse war der ideale Ort, um von Mark abgeholt zu werden. Ich achtete darauf, meinen Po ein bisschen hin und her zu schwenken, als ich Marks Büro verließ.

Ich berührte mich in Rogers Dusche. Ich fühlte mich glitschig an unter dem Wasser. Die Falten meiner Pussy waren bereit für einen Schwanz. Ich führte einen Finger ein, und die andere Hand spielte mit meiner Perle. Ich atmete die neblige Luft ein, wurde aber von der Türklingel unterbrochen. »Verdammt«, sagte ich, stellte rasch die Dusche ab und griff nach einem weißen Badetuch. Ich schlang es um mich, und ohne nachzudenken, lief ich zur Tür und hinterließ eine nasse Spur.

Marks Mund klappte auf.

Ich stand vor ihm, eingehüllt in ein Badetuch, die Haare klatschnass. »Tut mir leid, ich bin noch nicht fertig.« Ich sah auf die Uhr. Halb acht. Ich wusste, dass ich mich nicht in der Zeit geirrt hatte. Er hatte es eilig. »Ich muss nur noch ...«

»Ja, ich bin zu früh.«

Er trug eine Jeans und ein schwarzes Hemd mit grauen Nadelstreifen. Sein schwarzes Brillengestell glänzte im Licht des Penthouses.

»Ich brauche nicht lange.« Ich spürte seine Blicke auf mir, als ich mich umdrehte und ins Schlafzimmer ging. Das Schlafzimmer war offen, und hohe Fenster sowie ein Balkon brachten viel Licht. Es ging direkt ins Wohnzimmer über, wo Mark stand. Ich stand vor einem der Fenster, als ich mich abtrocknete. Es war noch nicht dunkel, und als hätte ich es so geplant, zeigte die Natur einen wunderbaren Sonnenuntergang.

Ich glaubte nicht, dass ich es bis zum Kleid schaffen würde, und ich hatte recht. Ich ließ das Badetuch fallen, schüttelte die noch nassen Haare und stellte mich in den Bogen zwischen Schlaf- und Wohnzimmer.

Mark war sofort bei mir. Seine Hände griffen mich überall, fassten an meine Brüste, glitten an meinem Körper hinab, packten meinen Po, schlüpften zwischen meine Schenkel.

Ich schnallte seinen Gürtel auf und fühlte die Härte unter

den seidenen Boxershorts. Ich ging auf die Knie und nahm seinen Schaft in den Mund, hielt eine Hand auf seiner Länge und die andere auf den Schenkeln.

»Oh, Baby, ja«, stieß er hervor, die Hände in meinen nassen Haaren. Ich saugte ihn so gut ich konnte, zuerst sanft, dann ein bisschen härter, während meine Hand über den glatten Penis strich. Aber lange ließ er mich nicht saugen. Er packte mich an den Schultern, drehte mich um, und ich ließ mich auf alle viere nieder. Seine nassen Finger griffen in meine Pussy. Ich krümmte den Rücken.

»Mark«, stöhnte ich. Ich hörte, wie er die Folie eines Kondoms aufriss. Er zog seine Finger aus mir zurück. Ich blickte über meine Schulter und sah zu, wie er das Kondom über den Schaft rollte. Im nächsten Moment spürte ich seinen Schwanz in meiner Pussy. Ich stieß einen Schrei aus. Roger war ja nicht da, um mich zu beschimpfen, dass ich die Nachbarn um den Schlaf bringe. Es wäre mir auch egal gewesen.

Mark rammte wild in mich hinein, aber ich war schon seit Monaten so nass für ihn, dass er mich nicht wund scheuern konnte. Er hielt mich an den Hüften gepackt, und ich klammerte mich mit den Händen am Teppich fest. Ich blickte aus dem Fenster und sah, wie die Sonne unterging.

Der Balkon sah so einladend aus. Ich wollte, dass er mich über das Geländer beugte.

»Warte«, sagte ich, stand auf, ging zur Balkontür und öffnete sie.

»Aber draußen ist es noch hell.« Er war besorgt, dass die Leute uns sehen könnten.

»Fick mich einfach«, beharrte ich und schmiegte mich an ihn wie ein läufiges Tier. Ich hielt mich am Geländer fest und reckte meinen Hintern raus. Mark hatte genau die richtige Höhe für mich, und er war hart wie ein Fels. Er legte die

Hände um meine Taille. Ich begann zu stöhnen und wand mich gegen ihn. Wenn ich nach rechts schaute, konnte ich die Liegestühle der angrenzenden Penthouse-Wohnungen sehen. Ich schloss die Augen. Es war mir egal. Ja, gut, ich befand mich in der Wohnung eines Bekannten und trieb es mit einem anderen Bekannten draußen auf dem Balkon, während es noch hell war, aber es störte mich absolut nicht.

Als er einen Finger in meine hintere Öffnung führte, war es um mich geschehen. Ich schrie voller Lust und kam mit allem, was ich hatte. Ich spürte, wie auch er seinen Orgasmus erlebte, durch das Kondom hindurch. Er stöhnte. Ich hatte die Augen noch geschlossen. Er gab noch ein paar leichte Stöße ab. Ich hörte ein Keuchen, und ich schlug die Augen auf. Rechts von mir stierten uns die alten Nachbarn an, in den Gesichtern das blanke Entsetzen.

»Wer seid ihr?«, fragte einer von ihnen.

Mark war schon zurück in die Wohnung gelaufen.

Ich wusste nicht, was ich sagen sollte. Ich wandte mich nach links und sah einen Mann, der mich ungeniert anstarrte.

Mark hatte sich schon fast vollständig angezogen, als ich in die Wohnung trat. Ich schloss die Balkontür ab.

»Wohnst du hier?«, fragte er.

»Nun, nicht wirklich.«

»Was meinst du mit ›nicht wirklich‹?«

»Es ist die Wohnung eines Freundes.« Es war das erste Mal, dass ich mich in dem Penthouse verlegen fühlte.

»Warum wolltest du, dass ich dich hier abhole?«

Mir fiel nichts Kluges ein, deshalb blieb ich bei der Wahrheit. »Ich gieße seine Pflanzen.«

Mark setzte seine Brille auf und schnallte den Gürtel zu. Ich konnte ihn nicht aufhalten, als er aus der Tür ging.

Da dies Freitag der Dreizehnte war, konnte eine schlimme Situation nur noch schlimmer werden. Roger kam zur Tür herein, als Mark an ihm vorbeieilte. Offenbar hatte Roger seine Reise abgekürzt.

»Was, zum Teufel, geht denn hier vor?«, fragte Roger.

Ich lief ins Schlafzimmer und warf mir mein Kleid über. Roger folgte mir.

»Ich fragte: ›Was, zum Teufel, geht hier vor?‹«

Ich warf ihm die Schlüssel zu. »Heute ist eben nicht mein Glückstag.«

Roger brauchte mir gar nicht erst zu sagen, nie wieder seine Wohnung zu betreten. Das Penthouse war schon Geschichte. Ich stieg in mein Auto und fuhr, als wäre der Teufel hinter mir her. Ich drehte mich nicht mehr um. Ich hatte sowieso genug von seinem Lecken. Und gegen einen anderen Job hatte ich auch nichts einzuwenden.

Strenges Management

Von T. C. Calligari

Fernando hatte keine Zeit für Spielchen. In einer halben Stunde sollte sein Vortrag stattfinden, und er musste sich noch umziehen und dann durch die halbe Stadt fahren. Diese alten Hotels waren malerisch und hübsch, aber meistens hatten sie nicht die schnellsten Aufzüge. Er wartete vor einer der Lifttüren, die im Art-Nouveau-Stil mit geschwungenen Kurven und viel Messing gehalten waren. Das Hotel war nicht nur ein sehenswertes Exemplar für diese Gegend, die Angestellten schienen sich auch dem Dekor angepasst zu haben: gediegen, freundlich, aber nicht zu persönlich.

Der Messingpfeil auf der halbrunden Etagenangabe kroch langsam auf die 1 zu. Dann öffneten sich die Türen – zunächst die inneren aus solidem Eichenholz, dann der Messingkäfig, dessen Türen von einem dunkelhaarigen Mann mit einer kleinen Mütze und einer steifen blauen Uniform zur Seite gezogen wurden. Er lächelte und sagte: »Hallo. Einen Moment, bitte.« Dann lief er aus dem Lift, und Fernando blieb nichts anderes übrig, als ihm offenen Mundes nachzustarren.

Wohin war er gelaufen? Fernando hatte keine Zeit zu verlieren. Er musste sich umziehen und noch ein paar Stichworte für seine Rede über Sprachwissenschaften notieren, und außerdem musste er rechtzeitig da sein.

Er starrte auf die alten Knöpfe in der Liftkabine und überlegte, die Türen zu schließen. Aber würde das nicht gegen die Hotelvorschriften verstoßen? Sein Fuß trommelte ungeduldig auf den Boden, während er in Gedanken die Notizen durchging, die er über das neurolinguistische Programmieren zusammengetragen hatte. Dann wartete er wieder und schaute alle paar Sekunden auf die Uhr. Er war sich der Schweißflecke auf seinem Hemd bewusst. Wenn er dozierte, brauchte er einen frisch gebügelten Anzug. Er musste professionell aussehen, musste alles im Griff haben.

Schließlich kehrte der Liftboy zurück, lächelte und bewegte sich wie eine Schnecke. Fernando unterdrückte eine bissige Bemerkung, aber er sagte: »Ich muss in einer halben Stunde einen Vortrag halten. Siebte Etage, bitte.«

»Kein Problem«, sagte der Uniformierte, schloss die Türen und pfiff bis zur siebten Etage leise vor sich hin.

Das Pfeifen zerrte an Fernandos Nerven, aber heute ging ihm alles auf den Geist. Wenn er mit seinem Vortrag begeisterte, stand eine Berufung an die Universität von Mailand in Aussicht. Aber würde er in Italien leben wollen? Zugegeben, das Essen und der Wein waren verlockend, aber das kühlere Klima im pazifischen Nordwesten sagte ihm eigentlich mehr zu. Seattle war so richtig nach Fernandos Geschmack. Kosmopolitisch wie er, fand er. Doch seine Freunde bezeichneten ihn eher als klassisch konservativ.

Vielleicht war Italien genau das, was er brauchte. Wenigstens ein Jahr würde er aushalten, und danach würden sich in den Vereinigten Staaten weitere Jobs anbieten. Das Interview für den Lehrauftrag in Mailand war für morgen vorgesehen, aber er wusste, dass viele wichtige Leute im Zuhörerraum sitzen würden, wenn er seinen Vortrag hielt, deshalb musste seine Präsentation mindestens perfekt sein.

Der Aufzug hielt im siebten Stock an, und der Mann öffnete die Türen. »Wir sehen uns später«, rief er Fernando nach, als er den Flur hinunterhastete. Fernando schüttelte den Kopf, betrat sein Zimmer, zog sich um, ergänzte ein paar Absätze – alles in fünfzehn Minuten. Jetzt blieben noch fünfundzwanzig Minuten, um die Kongresshalle zu erreichen. Das war zu schaffen, wenn es keine Staus gab.

Er schritt über den roten Flurteppich zum Aufzug und drückte den Rufknopf, aber dann sah er, dass die Kabine offenstand. Der Liftboy war nicht zu sehen. Fernando sah in die warme, in Braun- und Rottönen gehaltene Kabine hinein. Niemand da. Er schaute nach rechts und nach links und entdeckte den Liftboy am unteren Flurende. Er plauderte mit einem Zimmermädchen. Fernando starrte sie an, denn der Mann musste doch wissen, dass er es eilig hatte. Aber er rührte sich nicht von der Stelle.

Schließlich rief Fernando: »Hallo!« Aber der Liftboy ignorierte ihn. Fernando ging ein paar Schritte den Flur hinunter und rief lauter: »Ich muss zu einem Vortrag. Können Sie mich mit dem Fahrstuhl hinunterbringen?«

Der Mann sah in seine Richtung. »Oh, ja. Entschuldigen Sie.« Dann plauderte er noch eine volle Minute mit dem Mädchen, bis Fernando brüllte: »Jetzt sofort!«

Fernando bemühte sich, nicht mit den Zähnen zu knirschen. Dieser Mann kannte keine Eile. Er schlenderte zurück zum Aufzug und brachte Fernando in die Hotelhalle.

»Wir sehen uns später«, rief der Liftboy Fernando nach, als er zum wartenden Taxi lief. Trotz der verspäteten Fahrt und trotz eines Staus schaffte Fernando es in letzter Minute. Als er die Stufen zur Bühne hinaufstieg, nahm er gehetzt die Notizen aus seiner Aktentasche.

Die ersten Minuten seines Vortrags verliefen holprig, aber

dann hatte Fernando seinen Rhythmus gefunden. Als er die Bühne verließ, fühlte er sich schon entspannter. Es wäre schön gewesen, den Erfolg mit einem Glas Wein zu feiern, aber Fernando hielt sich an einen strengen Tagesablauf. Zurück zum Hotel, eine Stunde oder zwei zum Studieren und zum Formulieren unterschiedlicher Szenarien für das Interview, dann ein leichtes Abendessen. Danach würde er seine Übungen im Zimmer durchführen, Kniebeugen und Liegestütze. Dann früh ins Bett. Das Vorstellungsgespräch war morgen früh um neun.

Als er im Hotel eintraf, ging er zur Rezeption, um zu fragen, ob es irgendwelche Nachrichten für ihn gab. Eine junge Frau mit einer schwarzen Pagenfrisur und einem modischen schwarzen Hosenanzug, darunter eine cremefarbene Bluse, bis zum Hals zugeknöpft, stand hinter dem Schalter. Am Revers verriet eine bronzene Anstecknadel, dass sie die Managerin war, und darunter stand ihr Name: BRAZALLOTTO.

Sie lächelte, und Fernando bewunderte die Schönheit in ihren vollen Lippen und den großen tiefbraunen Augen. Er schaute einen Moment auf die sanfte Schwellung ihrer Brüste unter dem konservativen Blazer und versuchte, sie sich nackt vorzustellen.

»Es liegen keine Nachrichten für Sie vor, Mr Romero. Sind Sie mit dem Hotel zufrieden?«

Er zögerte und musste an den saumseligen Liftboy denken, aber er schien nicht wirklich eine Beschwerde wert zu sein.

»Bitte, Sir. Wenn es irgendein Problem gibt, sagen Sie es uns. Wir sind bemüht, die fünf Sterne unseres Hotels zu behalten, denn wir haben sie schon seit über einhundert Jahren. Wenn irgendetwas nicht in Ordnung ist, werden wir unser Bestes tun, um das zu ändern.«

Er trommelte mit den Fingern auf den Tresen. »Nun, es ist

keine große Sache, aber Ihr Liftboy könnte ein wenig schneller sein. Ich hätte heute beinahe einen Vortrag nicht halten können, weil er mehr döste als arbeitete.«

Sie hob eine Augenbraue und streckte ihren Körper. »Ach, wirklich? Kommen Sie mit, bitte.« Sie trat hinter dem Tresen hervor, und Fernando bemerkte erfreut, dass sie einen engen, kurzen Rock trug. Sie hatte stramme Waden und trug schwarze hochhackige Schuhe. Wenn er in Mailand blieb, würde er sich vielleicht mit ihr anfreunden, sobald er nicht mehr ihr Hotelgast war.

Sie schritt zum Aufzug und drückte den Rufknopf. Sie warf einen Blick auf ihre Armbanduhr, dann auf die Messingplatte, hinter der sich der Etagenzähler auf die 1 zu bewegte. Wieder ein Blick auf die Uhr. Die Türen glitten auf, und der Liftboy schaute sie aus den Augenwinkeln an und nickte.

Fernando zögerte und betrat dann hinter der Managerin die Kabine.

»Siebte Etage, nicht wahr?«, sagte der Liftboy.

Fernando nickte nur. Die Managerin sagte nichts und stand mit dem Rücken an der hinteren Wand. Sie hatten fast die siebte Etage erreicht, als die Managerin vortrat und den Notfallknopf drückte. Der Aufzug hielt an.

Der Liftboy wandte sich ihr zu und sah verunsichert aus. Fernando fand das Geschehen sehr eigenartig. Warum hatte sie mit ihm den Aufzug betreten? Wollte sie sich überzeugen, dass der Mann seine Arbeit ordentlich machte? Aber vor den Augen seiner Vorgesetzten würde er das natürlich tun.

»Mr LaSalle, es hat eine Beschwerde wegen Ihrer Nachlässigkeit gegeben. Mr Romero hätte beinahe seine Verabredung versäumt. Sie sind schon einmal abgemahnt worden. Jetzt haben Sie die Wahl – entweder akzeptieren Sie die Bestrafung, die ich für Ihr Fehlverhalten für angemessen halte, oder Sie suchen sich eine neue Arbeitsstelle.«

LaSalle schaute von Fernando zur Managerin und wieder zurück. Sie schien nicht verärgert zu sein, wohl aber sehr entschlossen. »Eh ... ich ... ich bin mit der Bestrafung einverstanden.«

»Lassen Sie Ihre Hose fallen und drehen Sie sich zur Wand, bitte.«

LaSalle riss die Augen weit auf. »Was?«

»Ihre Entscheidung« war alles, was sie sagte. In ihren Augen glomm ein kleines Feuer.

Fernando wollte protestieren. »Hören Sie, Miss Brazallotto, mir genügt ...«

»Bitte, Mr Romero.« Sie hielt abwehrend eine Hand hoch. Die Nägel waren lang und so rot wie ihre Lippen. »Wir halten es bei uns mit altmodischen Sitten und glauben an ein strenges Management. Deshalb gehört unser Hotel schon so lange zu den besten. Die Bestrafung muss dem Fehlverhalten angemessen sein und unserem Versprechen.«

Fernando sagte nichts mehr und sah zu Boden. LaSalle starrte seine Vorgesetzte einen Moment lang an und schluckte schwer.

»Mr LaSalle?«

LaSalles Wangen verfärbten sich, dann wandte er sich der Seitenwand zu, öffnete die Hose und ließ sie zu Boden rutschen. Die Managerin sagte: »Ihre Unterhose auch.«

LaSalle zuckte, atmete hechelnd und streifte die Unterhose ab.

»Bücken Sie sich, und stützen Sie sich mit den Händen an der Wand ab.«

Die Lippen schmal wie ein Strich, bückte sich LaSalle, und seine cremigen Hinterbacken glänzten im sanften Licht der

Aufzugskabine. Fernando fühlte sich sehr unbehaglich, aber es gab keine Möglichkeit, jetzt auszusteigen. Die Managerin stand vor den Türen, Fernando gegenüber, und zwischen ihnen LaSalles Hintern. Sie schaute einmal kurz Fernando an, dann hob sie eine Hand. Ihre rubinroten Nägel leuchteten.

Mit einem lauten Klatschen landete die Hand auf LaSalles linker Pobacke. Er und Fernando zuckten zusammen, mehr erschrocken vom Geräusch als von der Wucht des Schlags. Die Füße fest aufgesetzt und von der Taille an leicht gebückt, versetzte die Frau ihrem Opfer einen Schlag auf die andere Pobacke. Dann ließ sie fünf weitere folgen, alle rasch hintereinander und nicht mehr so hart. Sie hielt einen Moment inne, dann klatschte sie wieder auf LaSalles linke Hinterbacke. Er grunzte, aber es klang gedämpft. Ihre Hand strich einen Augenblick lang über sein Gesäß, bevor sie ihn mit zwei weiteren Schlägen traktierte.

Fernando stand wie festgenagelt da. Er konnte den Blick nicht abwenden. Als Kind war er nie geschlagen worden; niemand hatte ihm je den Hintern versohlt. Und er hatte auch nie jemanden geschlagen. Aber nun wurde er verlegen ob seiner Erregung, dabei hatte er noch nie etwas mit Männern gehabt. Während sein Penis härter gegen seine Anzughose presste, schlug die Managerin weiter auf LaSalles Arschbacken.

LaSalle begann zu stöhnen, und Fernando, der sich angenehm warm und sehr erregt fühlte, bemerkte nun, dass LaSalles Penis ebenfalls zu einer Erektion angewachsen war. Irgendwie machte ihn das noch härter. Fernando nahm die Aktentasche in beide Hände und hielt sie vor sich.

Er schaute zur Managerin, nachdem sie aufgehört hatte, die flache Hand über LaSalles Gesäß zu reiben, und der Anblick der zierlichen Frau, die so gelassen und zugleich so sinnlich aussah, hätte ihn fast ejakulieren lassen. Er biss sich auf die Lippen, und auf seinen Brauen bildeten sich kleine Schweißtropfen. Aber er konnte doch nicht einfach kommen. Er schämte sich.

Die Managerin klopfte ein paar Sekunden lang ganz leicht auf die gerötete Haut des Liftboys. LaSalle wimmerte. Dann klatschte sie mit voller Wucht auf seinen Hintern, trat einen Schritt zurück, um Anlauf zu nehmen, und schlug mit all ihrer Kraft zu. Der ganze Hintern war jetzt eine leuchtend rosa Fläche. Die Frau hörte plötzlich auf und fuhr nur einmal mit den Fingern über die Unterseite von LaSalles Schwanz, über seine Hoden und den Anus.

Das war zu viel für ihn, und es kam ihm. Zuckend versprühte er den Samen gegen die dunklen Wandpaneele, während er stöhnte und keuchte und seine Backen zusammenzog.

Fernando musste wegschauen, er schloss die Augen, weil er fürchtete, dass es ihm auch kommen würde. Dann drückte die Managerin auf den Knopf und brachte sie in die siebte Etage. Sie öffnete die Türen für Fernando.

»Ich nehme an, dass dies ausreicht, Mr Romero. Rufen Sie mich an, wenn Sie irgendwas brauchen.« Sie wandte sich an LaSalle. »Säubern Sie hier alles, und kommen Sie morgen pünktlich zum Dienst. Den Rest des Tages haben Sie frei.« Sie trat aus der Kabine, und als wäre nichts geschehen, schritt sie gelassen den langen Flur entlang zur Treppe.

Völlig verdutzt taumelte Fernando auf sein Zimmer. Was war da gerade passiert?

Er schenkte sich ein Glas Wein ein und trank es aus. Er lockerte seine Krawatte. Er warf sein Jackett aufs Bett, dann ging er ins Bad und klatschte sich Wasser ins Gesicht. Es war Zeit, sich hinzusetzen und sich auf das Vorstellungsgespräch morgen Vormittag vorzubereiten, aber die Szene spulte sich immer wieder in seinem Kopf ab. Er konnte sich nicht konzentrieren, und obwohl er sich am Reißverschluss seiner Hose zu schaffen machte, konnte er sich auch nicht zum Masturbieren überwinden.

Fernando ging zum Fenster, zog den Vorhang zurück und schaute hinaus. Dann drehte er sich um und schenkte sich noch ein Glas Wein ein. Er breitete seine Notizen auf dem Schreibtisch aus, lauter Dinge, die er beim Interview sagen oder fragen wollte, und versuchte, die harte Beule in seiner Hose zu ignorieren.

Eine halbe Stunde fruchtloser Versuche, sich zu konzentrieren, verstrich. Der Schock war einfach zu gewaltig gewesen. Wie konnte jemand so etwas in einem modernen Hotel durchführen und damit ungestraft davonkommen? Wie konnte jemand seine Untergebenen derart züchtigen? In den Vereinigten Staaten würde so etwas nie geschehen. In Gedanken versunken, das Weinglas in der Hand, drehte sich Fernando abrupt um und warf dabei die Flasche auf den Boden.

Er konnte nur tatenlos zusehen, wie der Wein sich auf dem hellen Teppich ausbreitete. Er nahm einen kleinen Schluck aus dem Glas und dachte darüber nach, dass er immer zu streng war, zu konservativ, stets verängstigt, etwas zu verschütten, irgendwo anzuecken oder zu spät zu kommen. Keiner von Fernandos Freunden war so besorgt wie er, nicht pünktlich zu sein, und trotzdem hatten sie alle noch ihre Jobs.

Fernando drehte sich nach dem Telefon um. Er zögerte einen Moment lang und spürte, wie sein Penis pochte. Dann wählte er die Nummer der Rezeption.

Als eine weibliche Stimme antwortete, sagte Fernando: »Miss Brazallotto, es gibt da ein Problem, das ich Ihnen zeigen muss. Nein, es hat keine Zeit, denn der Schaden wird sich dann nur noch vergrößern. Ja, ich danke Ihnen.« Nachdenklich legte er den Hörer auf, starrte noch lange auf das Telefon und nippte an seinem Wein.

Als es knapp und zackig an seine Tür klopfte, zuckte er zusammen. Fernando biss sich auf die Unterlippe. Noch konnte er einen Rückzieher machen. Aber dann stand er auf, ging zur Tür und öffnete. Er wandte sich schnell ab und ging ins Zimmer zurück, bevor die Hotelmanagerin seine Erektion bemerken konnte.

Er zeigte auf den verschütteten Wein und sagte: »Ich fürchte, ich habe einen Moment lang nicht aufgepasst und habe die Weinflasche umgestoßen.«

Die Managerin schwieg eine Weile, dann sagte sie: »Ach, das ist nur ein dummes Missgeschick. Ich sage dem Zimmermädchen Bescheid.«

Fernando trank den letzten Schluck aus dem Glas, um seine Nerven zu beruhigen, dann warf er das Glas auf die am Boden liegende Flasche, wo es zerbrach. Um das Maß voll zu machen, warf er auch noch die Tischlampe auf den Boden. »Ich glaube, ich habe die Beherrschung verloren.«

Als er die Managerin anschaute, stand sie da, die Arme vor der Brust verschränkt, die karminroten Lippen zu einem Strich zusammengepresst. »Ich verstehe. Mr Romero, wir haben strenge Vorschriften, was das mutwillige Beschädigen von Hoteleigentum angeht.«

Sein Penis zuckte unter ihrem vernichtenden Blick, und er sah beschämt zu Boden.

»Ziehen Sie Ihre Hose und Unterhose aus und stützen Sie sich mit den Händen an der Wand ab.«

Fernando schluckte aufgeregt und tat wie befohlen. Nie zuvor hatte er einen so süßen Befehl erhalten.

Meeting in der Mittagspause

Von Marie Sudac

Kurz vor der Mittagspause schneie ich in dein Büro. Ich weiß, dass ich das nicht tun sollte, aber ich habe einen Blick in deinen Terminkalender geworfen und gesehen, dass du heute Mittag nichts geplant hast. Die Sekretärin telefoniert; sie kennt mich und winkt mich durch. Die Kollegen in den angrenzenden Büros haben schon ihre Arbeitsplätze verlassen. Ich finde dich allein in deinem Büro vor, du hängst ebenfalls am Telefon und besprichst irgendwas über einen Vertrag. Ich schließe die Tür, ziehe die Jalousien herunter und schaue dich an.

Als ich meinen kurzen engen Rock nach oben ziehe, siehst du mich überrascht an. Ich trage keinen Slip, nur schwarze Strümpfe bis zur Hälfte der Oberschenkel mit abschließender Spitze, die mit Strapsen befestigt sind. Ich habe mich für dich rasiert.

Ich ziehe meinen Rock wieder nach unten und schreite um deinen Schreibtisch herum, während du sagst: »Okay, sagen Sie ihm, dass er den Vertrag um die Anwartschaftsklausel ergänzen soll.« Im nächsten Moment bin ich auf den Knien und habe deine Hose geöffnet, bevor du ins Telefon sagst: »Mike, ich muss Sie zurückrufen, ich habe mich schon zu einem Termin zum Mittagessen verspätet.«

Als der Hörer auf die Gabel gedrückt wird, habe ich deinen

Schwanz schon im Mund. Meine Lippen gleiten am Schaft auf und ab, dann presse ich mich hinunter, bis die Eichel in meinen Rachen stößt. Du stöhnst leise, und deine Hände fahren durch mein Haar. Ich sauge deinen Schwanz, bis du ordentlich hart bist, dann sehe ich hoch zu dir. Deine feurig blickenden Augen verraten mir, wie sehr du mich begehrst.

Ich ziehe den Rock wieder nach oben und steige auf deinen Schoß, das Gesicht zu dir. Ich führe deinen Penis, klebrig von meinem Speichel, zwischen meine Labien. Als ich mich auf dich sinken lasse, erstaunt es mich ein wenig, wie nass ich bin und wie gut es sich anfühlt. Ich weiß, dass ich geil genug bin, aber ich schwöre, ich könnte fast sofort kommen, als die dicke Eichel deines Schwanzes gegen die Wände meiner Pussy drückt.

Ich beuge mich vor und küsse dich auf die Lippen. Meine Zunge spielt mit deiner, und du stöhnst lauter. Dann besorge ich es mir selbst auf dir, auf und ab, knöpfe die Bluse auf, um meine Brüste aus dem engen Push-up zu befreien. Ich nehme eine Brust aus dem Körbchen und führe den harten Nippel zu deinem Mund, und du beginnst zu lutschen, während meine Hüften auf und ab mahlen. Dein Schaft dringt immer tiefer.

Du lehnst dich nach vorn, streckst die Arme aus und wischst alles vom Schreibtisch hinunter auf den Boden. Zu meinem Entzücken nimmst du mich in deine Arme und schiebst mich auf den Schreibtisch. Mein Po balanciert auf dem Rand, und meine Beine halten dich noch immer umschlungen. Der Schreibtisch hat die ideale Höhe für unsere Nummer. Du stößt mit immer mehr Begeisterung zu, und dann beugst du dich über mich und saugst an meinen Brüsten. Dein Schwanz bohrt sich in mich hinein, und ich weiß, dass es mir bald kommen wird, aber du bist noch nicht fertig mit mir.

Du ziehst dich aus mir zurück, hilfst mir vom Schreibtisch und drehst mich um. Ich bin wie eine Puppe in deinen Händen, als du mich wieder über den Schreibtisch drückst, bis mein Torso über die Oberfläche schabt. Ich muss die Beine spreizen. Dann dringst du von hinten in mich ein, greifst unter mich und presst gegen meine Klitoris, bevor du mit deinen Stößen beginnst.

Ich muss mir auf die Lippen beißen, um meine Stöhnlaute zu dämpfen. Du bearbeitest meine Klit und fickst mich, und ich weiß, dass ich jede Sekunde kommen werde. Ich greife nach deiner Hand und beiße hinein, benutze deine Hand quasi als Knebel. Ein leichtes Ächzen kommt über deine Lippen, während ich ein gedämpftes Grunzen ausstoße.

Bei jedem Stoß klammern sich meine Muskeln um deinen Schaft. Der Orgasmus überwältigt mich, und ich beiße wieder zu. Du löst die Hand aus meinem Griff, damit du meine Hüfte packen und mich in der richtigen Position halten kannst. Jetzt beginnst du, richtig zuzustoßen, und bist bereit, dich in mir zu versprühen.

»Bitte«, flüstere ich, »ich will, dass du in mir kommst.« Deine Stöße werden immer schneller, dann explodierst du tief in mir, schießt deinen Saft in meine Pussy, während ich mich unter dir aufbäume und deinen Stößen mit meinen eigenen begegne.

Als du fertig bist, ziehst du deinen Penis aus mir zurück, und ich drehe mich um, drücke dich in deinen Sessel, damit ich vor dir auf die Knie gehen und deinen Schaft lecken kann, bevor er noch weicher wird. Der Geschmack deines Safts und meiner Pussy erregt mich wieder, und ich spüre, wie meine Nippel härter werden. Sie sind noch nass von deinem Speichel, und in der Luft deiner Klimaanlage fühlen sie sich kalt an.

Ich lecke dich sauber und verstaue deinen Schwanz wieder in deiner Hose, dann ziehe ich den Reißverschluss hoch und schnalle den Gürtel zu. Ich richte mich auf, schiebe meinen Rock hinunter und halte die Schenkel fest zusammengepresst – ein größtenteils fruchtloser Versuch, den Büroteppich nicht zu versauen.

Ich beuge mich zu dir und gebe dir einen Kuss auf den Mund.

»Ich hoffe, es war ein nutzloses Lunchmeeting«, flüstere ich.

»Ah, wir haben hervorragende Arbeit geleistet.«

»Wir müssen uns häufiger zum Mittagessen verabreden«, sage ich.

»Ohne Verabredung ist mir lieber«, gibst du zurück und grinst mich an.

Ich schreite an der Sekretärin vorbei und spüre meine glitschige Pussy. Leute kommen mir entgegen, zurück vom Mittagessen. Aber ich bin mir ziemlich sicher, dass ihre Mittagspause nicht so produktiv war wie unsere.

Tag der Sekretärin

Von Rachel Kramer Bussel

Am Tag meines Vorstellungsgesprächs bei einer der angesehensten Rechtsanwaltskanzleien in New York City schwitze ich meinen brandneuen Designeranzug durch und wische mir immer wieder über die Brauen, um wenigstens halbwegs gefasst zu wirken. Ich komme frisch von Rutgers, der Uni von New Jersey, und tingele nun von einem Bürogebäude Manhattans zum nächsten, jedes einzelne von ihnen voller Banker, Juristen, Redakteure und Geschäftsleute.

Es ist nicht leicht, sich als Mann im Jahr 2007 um eine Stelle als Büroassistent zu bewerben, das kann ich Ihnen sagen. Sicher, man erzählt uns, dass wir alle gleiche Chancen haben, aber in den Köpfen der meisten Bosse gehört der Job einer Sekretärin, und sie sollte einen Hosenanzug, hohe Absätze und eine Perlenkette tragen.

Ich habe schon oft für Zeitarbeitsfirmen gearbeitet, ich bin schnell auf der Tastatur, bin pünktlich und zuverlässig, ganz zu schweigen davon, dass ich für unsere Schülerzeitschrift verantwortlich war. Leider waren meine Zensuren immer nur durchschnittlich, und ich habe Amerikanistik studiert, was mich heute zu diesem Termin führt.

Nun ja, dies und die Tatsache, dass Frauen in Hosenanzügen meinen Penis hart machen. Unerträglich hart. So hart, dass es schmerzt. Frauen mit Macht, Frauen, die mich überragen, die nur mit den Fingern schnipsen, um mich springen zu lassen – Frauen, die jemanden für den Telefondienst brauchen oder für den Kaffee, die einen ›Mann für alles‹ brauchen, wie es David Allen in seinen Tipps fürs Geschäftsleben beschrieben hat. Diese Art Frau, die nicht weiß, was sie zuerst erledigen soll, die den Turbo eingelegt hat und jemanden braucht, der dafür sorgt, dass ihr vollständig verplanter Tag mit all den Aktionen und Terminen reibungslos abläuft – das ist die Frau, von der ich träume.

Ich habe noch nie jemandem von diesen Fantasien erzählt, aber ich habe sie schon so lange ich denken kann. Während meine Kumpel heiß auf die Cheerleader-Typen oder auf die süßen Mädchen von nebenan abfuhren, war ich hinter unserer Schulsprecherin Audrey Hayden her (gelegentlich fantasierte ich auch über unsere ordentliche, spröde Englischlehrerin, eine echte Britin).

An Audrey schätzte ich die Art, wie sie in der Klasse die Hand hob, ich liebte ihren überlegenen Gesichtsausdruck, wenn sie ihren Test beendet hatte, und ganz besonders erregte es mich, sie in ihrem Vorstellungsgesprächsanzug zu sehen. Sie sah so effizient aus, so stark, als ob sie die Welt übernehmen, als ob sie Präsidentin oder Botschafterin werden könnte. Sie strebte nicht nach Macht, sie besaß sie, und statt sich eigene Macht zu wünschen, wollte ich nur, dass sie ihre Macht über mich ausübte. Bei Audrey habe ich nie den Mut gehabt, sie wissen zu lassen, was ich empfand; ich hab sie nur aus der Ferne angeschmachtet.

Mal abgesehen von meinem Fetisch – wenn ich endlich aus dem Haus meiner Eltern in Hackensack rauswill, muss ich sehr bald einen Job finden. Ich bin oft genug über meinen Hintergrund ausgequetscht worden, über meine Ziele, meine schulische Bildung, gewöhnlich von verknöcherten alten

Männern, die so aussahen, als könnten sie es im Bett nicht mehr bringen und als würden sie sich auch niemals einer Frau unterwerfen, weil sie gar nicht wussten, wie erregend das sein konnte. Könnte, sollte ich wohl sagen, da ich diese Fantasien nie ausgelebt habe.

Meine Gedanken treiben in Richtung Masturbationsmaterial, und ich sehe mich auf allen vieren ausgestreckt, während eine Frau mit scharfen hohen Absätzen, knallroten Lippen und einer Stimme, die Glas zum Bersten bringen könnte … und dann höre ich meinen Namen, gerufen von einer Frau, die so aussieht, als wäre sie direkt aus meinem unanständigen Traum hereinspaziert.

»Matthew Brick!«

Mein Name fällt auf unter den anderen Bewerbern, denn sie sind alle weiblich. Ich erhebe mich unsicher; einige der Frauen saßen schon da, als ich eintraf, und wir haben uns alle in eine Liste eingetragen. Einige von ihnen seufzen, mampfen ihren Kaugummi, blasen verärgert Haarsträhnen aus der Stirn. Die Vorzugsbehandlung fällt ihnen auf.

Ich schaue die Frau mit den glänzenden schwarzen Haaren an, die sie in einem Dutt trägt, nehme ihre Drahtgestellbrille wahr, die helle Bluse, den blauen Rock, die nackten Beine, die acht Zentimeter hohen Absätze, folge ihr und bemühe mich um einen professionellen Auftritt.

»Ich bin Miss Davis«, sagt sie, und etwas an der Art, wie sie sich vorstellt – das unergründliche Miss, das Weglassen des Vornamens, der kurz angebundene Ton –, lässt meine Erregung ansteigen. »Ich bin die Seniorpartnerin und leite das Büro, deshalb ist der Job ziemlich anspruchsvoll für denjenigen, für den wir uns entscheiden. Ich erwarte, dass mein Assistent mehr oder weniger vierundzwanzig Stunden lang zu meiner Verfügung steht. Sie haben ein BlackBerry sowie ein Mobiltelefon, und ich erwarte, dass beides stets eingeschaltet ist.«

Sie redet so, als hätte ich den Job schon, während ich versuche, starr geradeaus zu schauen und nicht auf ihren Hintern, als wir einen langen Flur entlanggehen. Aber es ist schwer, nicht auf ihren Po zu starren. Noch schwerer ist es, mir nicht vorzustellen, vor ihr zu knien, die Handgelenke auf den Rücken gebunden, während meine Zunge zwischen diesen festen Backen spielt.

Also, ich würde alles tun, was sie will, ich würde ihre Füße massieren, Kaffee holen, stundenlang unter ihrem Schreibtisch hocken und sie zum Orgasmus lecken. Ich würde auch demütig vor ihr sitzen, so wie jetzt, während sie in Papieren auf ihrem Schreibtisch blättert.

»Ich sehe hier, dass Sie der Herausgeber der Unizeitschrift waren. Interessant. Aber ich möchte gern wissen, wieso so ein hoffnungsvoller junger Mann sich nun für diesen Job bewirbt.« Sie legt meine Unterlagen auf den Tisch und beugt sich vor, und ihr wilder Blick frisst mich auf. Etwas in ihren braunen Augen bohrt sich in mich hinein, und ich muss an eine Katze denken, die den Rachen aufreißt und die Zähne bleckt. »Eigentlich müssten Sie es sein, der Befehle erteilt, anstatt sie entgegenzunehmen, und ich bin mir nicht sicher, wie Sie sich fühlen würden, wenn Sie für mich arbeiten. Wir sind eine große Firma, aber ich leite meine Abteilung mit eiserner Hand. Von unseren Angestellten erwarten wir, dass sie sich total einbringen, und das gilt besonders für diese Stelle.«

»Nun, im letzten Jahr haben meine akademischen Leistungen nachgelassen«, sage ich und spüre, wie mein Herz schneller klopft. »Ich habe viel Zeit mit der Gestaltung der Zeitschrift verbracht und das Lernen immer auf die nächste

Woche verschoben. Doch inzwischen bin ich erwachsen geworden und weiß, welche Prioritäten ich zu setzen habe. Ich will gerne mehr Verantwortung übernehmen.«

Ich sage ihr nicht, dass es meinem männlichen Professor nicht gelungen war, meinen Ehrgeiz anzustacheln, um nicht zu sagen meine Lust zu wecken, wie sie es bereits jetzt getan hatte. Jemanden wie Miss Davis würde ich niemals enttäuschen. »Ich würde mich voll einbringen, um Sie zu entlasten.«

Ich füge nicht hinzu, dass ich mich auch voll einbringen würde, um ihre Nächte angenehmer zu gestalten. Ich versuche, meinen Penis im Zaum zu halten, während ich zuhöre, wie sie die Pflichten auflistet, die mich erwarten. Das geht weit übers Archivieren und Telefonieren hinaus. Sie würde mir eine Menge Verantwortung übertragen, ich müsste auch nach Büroschluss für sie da sein, Telefongespräche führen, Geschäftsreisen buchen, an Konferenzen teilnehmen und in ihrer Abwesenheit schwierige Entscheidungen treffen.

Während sie die Aufgaben zusammenfasst, stelle ich mir vor, wie sie an ihrem Schreibtisch sitzt, während ich hinter ihr stehe und diese majestätischen Schultern massiere, um ihr bei irgendeinem Problem zu helfen. Ich höre sie gerade sagen: »Ich brauche einige Referenzen Ihrer früheren Bosse, und nächste Woche werden Sie von mir hören. Aber wenn Sie beweisen, dass Sie sich hier nützlich machen können, haben Sie den Job.«

Sie steht auf und entlässt mich auf ziemlich brüske Art, für die ich beinahe dankbar bin, denn meine Erregung ist so heftig, dass ich sie kaum mehr ignorieren kann. Ich überlege, ob ich eine Toilette im Gebäude aufsuchen soll, um zu masturbieren, aber ich gehe hinaus, an den anscheinend perfekten Mädchen vorbei. Ich spüre ihre Blicke in meinem Rücken, als ich auf den Lift warte, dann gehe ich in eine nahe gelegene Buchhandlung und befriedige mich dort, während ich mir vorstelle, dass ich dabei von Miss Davis erwischt werde. Ich bin froh, dass mein Studienberater, gleichzeitig mein Professor für Journalistik, in seinem Referenzschreiben so positiv von mir spricht, obwohl meine Noten zu wünschen übrig ließen.

Als ich einige Tage später am Telefon die Zusage von Miss Davis erhalte, bin ich fast in Ekstase. »Ich bin sofort morgen früh da, ich danke Ihnen sehr und weiß diese Chance wahrhaft zu schätzen ...«

Sie unterbricht mich. »Genug der Lobhudelei, Brick. Kommen Sie morgen, und seien Sie bereit zur Arbeit.«

Ich gehe früh zu Bett und hoffe, dass ich bald einschlafe, denn ich werde ein paar Wochen lang den Bus nehmen müssen, bis ich eine Wohnung in der Nähe finde. Ich wache mit der Sonne auf, mein Penis hart nach einem Traum, in dem Miss Davis ihren Dutt löst und die langen Haare über mein Gesicht und dann über meinen Penis kitzeln lässt, bevor sie mich instruiert, wie ich ihre Haare zu waschen, zu festigen und zu frisieren habe. Ich weiß, dass keine der Aufgaben, über die ich fantasiere, in der Arbeitsplatzbeschreibung steht, aber die mächtige Frau hat etwas an sich, was mich glauben lässt, dass sie die Dinge gern noch ein bisschen weiter treibt.

Ich trete pünktlich zu meinem ersten Arbeitstag an und bemühe mich um Professionalität. Vom ersten Augenblick an werde ich ins kalte Wasser geworfen. Miss Davis (mit Vornamen Vanessa, wie ich sie aber nie nennen werde) hat kaum die Zeit, mich irgendjemandem vorzustellen, und meine neuen Kollegen bedenken mich mit mitfühlenden Blicken.

»Durchhalten« ist der allgemeine Ratschlag, den ich höre. Ich nehme an, dass meine Vorgängerin nicht lange durchgehalten hat. Anzeichen ihres Scheiterns finde ich überall, aber ich bin viel zu sehr damit beschäftigt, Miss Davis' ständig klingelndes Telefon zu bedienen, die eingehende Post zu beantworten, mir zu merken, wo was deponiert wird und wer wer ist, als dass mir Zeit bliebe, über die Person nachzudenken, die vor mir an diesem Schreibtisch gesessen hat.

Schließlich, nach einem Tag des Schweißes, der blanken Nerven und des rastlosen Hin- und Herlaufens (ich vertilge ein Roastbeef-Sandwich, das mir jemand auf den Tisch gelegt hat, mit drei Bissen), ist der Feierabend in Sicht. Ich fürchte, dass ich jetzt schon wegen irgendeiner falschen Tat entlassen werde, aber dann wird es stiller im Büro, und alle gehen nach Hause und ich irgendwann auch.

Ich hoffe auf eine Nachricht von Miss Davis, aber sie scheint intensiv in ihrem Büro zu arbeiten, und dabei will ich sie nicht stören. Der Rest meiner ersten Woche läuft mehr oder weniger genauso ab, aber am Freitag, kurz nach sechs, werde ich in Miss Davis' Büro gerufen. Sie fordert mich über die Sprechanlage an, also sehr formell, denn sie hätte auch einfach von ihrem Büro aus rüberrufen können. Ich stehe auf und gehe langsam zu ihrem Büro, denn ich will diesen fabelhaften Job nicht so schnell wieder hergeben.

»Setzen Sie sich«, sagt sie, die Stimme ernst. Sie betrachtet mich, misst jeden Zentimeter meines Körpers, bis ich in den Boden versinken möchte. Kennt sie meine lustvollen Gedanken und Fantasien?

»Ich wollte Ihnen zu Ihrer erfolgreichen ersten Woche gratulieren. Ich weiß, dass ich Ihnen eine Menge zugemutet habe, und Sie haben sich wie ein Profi verhalten.« Ich stoße den angehaltenen Atem aus, als ich das Lob höre. Ich werde nicht gefeuert. Dann trommeln ihre langen Fingernägel auf den Schreibtisch. »Jedoch gibt es einige zusätzliche Pflichten in diesem Job, von denen ich nicht weiß, ob Sie die bewältigen können. Deshalb habe ich Sie gerufen. Ich will Sie testen. Diese Pflichten sind eher ... persönlicher Natur«, sagt Miss Davis und sieht mich durchdringend an. »Glauben Sie, diese außerplanmäßigen Aufgaben übernehmen zu können? Nicht jeder Mann ist für diesen Job geeignet«, sagt sie und betont mein Geschlecht auf eine Weise, die mich zusammenzucken lässt.

»Ja, Miss Davis. Ich stehe Ihnen jederzeit zur Verfügung, wenn Sie mich brauchen. Für alles«, füge ich noch hinzu und hoffe, nicht allzu dreist zu klingen. Offenbar nicht, denn dann werden die Dinge surreal – und wahnsinnig erregend.

Es ist, als ob sie mit ihren penetrierenden Blicken in mich hineinschauen könnte, denn mein neuer Boss sagt: »Geben Sie mir Ihre Krawatte, Matthew. Ich brauche sie.« Dies ist das erste Mal, dass sie mich mit meinem Vornamen anspricht, und ich hoffe, dass dies eine Veränderung in unserer Beziehung bedeutet. Ihre Stimme klingt fast wie die eines Roboters, steif und formell, aber deshalb auch sehr verführerisch.

Ein Teil von mir will, dass ich etwas Besonderes für sie bin, ihr Spielzeug, ihre rechte Hand, ihr Vertrauter – aber ein noch größerer Teil von mir will, dass ich nicht mehr als ein Staubfleck bin, austauschbar, belanglos. Jemand, den sie nach Herzenslust benutzen, missbrauchen und dann ausrangieren kann.

Ich bemerke Anzeichen, dass ich das Erstere für sie bin, aber ich zweifle daran und gehe eher davon aus, dass ich Letzteres für sie sein werde. Durch das mentale Hin und Her bleibe ich permanent hart, ich will ihr gefallen und will sie zugleich erzürnen. Als ich mich nicht schnell genug bewege, erhebt sie sich und steht vor mir – überragt mich – und zerrt an meiner Krawatte, sodass ich einen kurzen, wunderschönen Moment lang glaube, ersticken zu müssen. Dann dreht sie sich um, nimmt eine Schere von ihrem Schreibtisch und schneidet die Krawatte kurzerhand ab.

»Für alles, haben Sie gesagt. Ich hoffe, dass Sie sich daran erinnern werden«, faucht sie, während sie die Krawatte von meinem Hals zieht. Aus irgendeinem Grund fühlt sich mein Hals immer noch eng an, fast wie gewürgt, dabei liegt er völlig frei.

Miss Davis steht noch da, hoch über mir, und sieht mich nachdenklich an, als ob sie überlege, ob sie mich rauswerfen oder ihre wunderbare Folter fortsetzen soll. Sie durchbohrt mich mit ihrem Blick, dann geht sie zur Bürotür, schließt sie und dreht den Schlüssel um. Sie kommt zurück, drückt mir das stumpfe Ende der Schere gegen den Hals, und ich weiche einen halben Schritt zurück.

»Sie sind erbärmlich, wissen Sie das?«, fragt sie. »Offenbar ja«, murmelt sie mehr zu sich. Bei ihrem Kommentar steigt mein Schaft steil hoch. Sie hebt ein Bein lange genug, dass ich einen Blick auf ihren blassen Schenkel erhaschen kann, dann fahrt sie mit dem scharfen Absatz ihres Schuhs an meinem Schwanz entlang. Nicht fest genug, um mir wehzutun, kaum, dass sie überhaupt meine Erektion streichelt, aber es genügt, um mich wissen zu lassen, dass sie der Boss ist – bei allem, was zahlt.

»Auf den Boden«, sagt sie und zeigt mit einem Finger die Richtung an. Keine weitere Erklärung für den kleinen Wicht, der ich bin. Ich gehorche und lege mich auf den grauen Teppich. Ich liege da, Gesicht nach oben, atme die Wollbüschel des Teppichs ein, trage ein steifes weißes Hemd, eine schwarze Hose mit exakten Bügelfalten und glänzende schwarze Schuhe, während sie einen ihrer dunkelgrünen Alligatorabsätze mitten auf meine Brust setzt. Sie lässt den Fuß einen Moment lang dort ruhen, presst überhaupt nicht, aber mein Herz schlägt, als laste ihr ganzes Gewicht auf mir.

Wenn ich den Kopf ein wenig zur Seite neige, kann ich unter ihren Rock schauen, aber als sie das bemerkt, gebietet sie mir Einhalt. Sie nimmt meine abgeschnittene Krawatte und schwingt sie wie ein Siegeslasso durch die Luft.

»Darauf warten Sie schon seit dem ersten Tag, nicht wahr? Man muss kein Genie sein, um die Wirkung auf Sie zu bemerken«, sagt sie mit Blick auf meine riesige Erektion. Ihr Fuß bewegt sich nach unten, langsam, aber boshaft meinem Schwanz entgegen, dann fährt sie mit der Seite des Schuhs an der Beule entlang.

Ich frage mich, ob sie mit dem Fuß ausholen und gegen diese Stelle treten will, oder auch gegen meine Hoden. Vielleicht wird sie sich mit ihrem ganzen Gewicht auf mich stellen. Oder wird sie einen Schuh ausziehen und mir einen bestrumpften Zeh in den Mund stecken? Sie tut nichts von diesen Dingen, aber ich hätte sie alle gern hingenommen.

»Nehmen Sie ihn heraus«, sagt sie und tritt direkt über dem Reißverschluss in die Luft, wodurch sie mir den ersehnten Kontakt verwehrt. Trotzdem, die Chance, ihr mein Paket zu zeigen und ihr vielleicht ein tolles Erlebnis zu bescheren, ist zu kostbar, um sie ungenutzt verstreichen zu lassen.

Unter ihrem Blick greife ich an dem Schuh auf meinem Brustkorb vorbei und ziehe den Reißverschluss meiner Hose auf. Ich muss ein bisschen fummeln, um meine Härte ans Licht zu holen. Ich liege weiter auf dem Rücken, während mein Steifer hoch in die Luft ragt. So erregt, wie ich bin, immerhin liege ich fast nackt vor ihr, wünsche ich mir, dass sie meinen Schaft berührt.

»Sehr gut. Jetzt gehen wir ein paar Regeln für dieses Büro durch, um sicherzugehen, dass Sie gut aufgepasst haben.

Gute Angestellte sind schwer zu finden, und mir ist ein potenter Mann lieber als diese verdammten wasserstoffblonden Mähnen, die sich immer wieder bewerben. Und wenn Sie jemandem sagen, dass ich das gesagt habe, werden Sie es bereuen.«

Ich schlucke hart. Meine einzige Sorge ist, dass es mir spontan kommt. »Also, wie lautet das Passwort zu meinem Computer?« Sie schießt diese Frage ab, und dabei zieht sie ihr schmales schwarzes Jackett aus. Durch die Bluse kann ich ihre Brüste sehen; heute trägt sie keinen BH, aber das sieht man nur, weil sie das Jackett abgelegt hat.

»Ludergöttin-Null-Sieben«, antworte ich sofort.

»Wie mag ich meinen Kaffee?«

Diese Fragen sind leicht, aber ihr Gesichtsausdruck sagt mir, dass mein Job von den richtigen Antworten abhängt. »Schwarz.«

»Welche Fadenstärke müssen die Bettlaken haben, wenn ich dienstlich verreise?«

»Sechshundert.« Meine Stimme wird immer zittriger, je nackter Miss Davis wird. Es ist, als wäre ich ein Kandidat in einer Quizshow, und nach jeder Antwort gewährt sie mir einen anderen nackten Körperteil. Bald sind ihre Brüste nur noch durch Luft von mir getrennt, und der Anblick ihrer festen rosigen Nippel führt dazu, dass mein Unterleib schmerzt.

»Wie oft müssen meine Pflanzen gegossen werden?« Hm, das ist eine Fangfrage, denn sie hat mir gesagt, ich solle sie mindestens zweimal am Tag gießen, lieber wäre ihr aber dreimal.

Zwei oder drei? Sieht es so aus, als wolle ich mich einschmeicheln, wenn ich drei sage? Die letzten beiden Tage hatte ich so viel zu tun, dass ich sie nur zweimal gegossen habe. Deshalb belasse ich es dabei.

»Falsche Antwort«, sagt sie, und ein grausames Grinsen hellt ihr Gesicht auf. »Aber wissen Sie, was mit Jungs passiert, die nicht auf ihren Boss hören? Sie lernen, ihnen auf andere Art und Weise zu gefallen«, sagt sie und tritt über mich hinweg, sodass ich ihre Pussy sehen kann. Sie ist nackt und pink und nass.

Ich war vorher nur mit zwei Mädchen zusammen, und beide haben sich nicht rasiert, und beide wollten Sex nur bei gelöschtem Licht. Miss Davis scheint jeden Winkel meines erregten, zu Tode erschrockenen Körpers betrachten zu wollen. Aber das Entsetzen verwandelt sich rasch in Lust, als ich begreife, dass sie mich auf die heißeste Art und Weise zum Schweigen bringen will.

»Nun, Matthew, in diesem Job brauchen Sie nur ein einziges Talent. Das Mädchen, das vor Ihnen da war, konnte kaum die eigene Klitoris finden, von meiner ganz zu schweigen. Sie wusste nicht, wie man eine Pussy leckt oder wie man meinen Po glücklich macht. Sie wusste überhaupt nicht viel, aber sie hat zugelassen, dass ich ihr den süßen Hintern versohlt habe, deshalb ließ ich sie eine Weile bleiben. Davor hatte ich einen Fußballertypen, der mir ein wenig zu aggressiv wurde und glaubte, wir könnten uns dabei abwechseln, den Boss zu spielen. Ich will Sie daran erinnern, dass ich immer die Kontrolle über Sie behalte. Ich brauche nicht nur einen Sekretär, ich brauche auch einen Sklaven. Einen willigen, untergebenen Sklaven. Sie scheinen in dieses Schema zu passen, aber ich will, dass Sie es mir beweisen«, fährt sie im Befehlston fort, aber zu meiner Überraschung hört sie sich nicht grausam an.

Unter den brüsken Worten ahne ich eine Zärtlichkeit, eine Fähigkeit zu geben, die sie nur in dieser Art zu sprechen zeigen kann. Nicht, dass ich mich beklagen will – was sie sagt, erregt mich sehr.

Sie mustert mich noch einmal, und ich muss ihre Zustimmung gefunden haben, denn sie bedenkt mich mit einem verwegenen, wunderbaren Lächeln, dann hebt sie den Rock und lässt sich langsam herabsinken, bis ich von ihrer Muschi umschlungen bin. Es geschieht fast wie in Zeitlupe, und bald sind wir nicht mehr nur Sekretär und Boss, sondern Sklave und Besitzer, Mann und Herrin, Diener und Meisterin.

Ich bin entzückt, nicht nur vom Geschmack ihrer Möse, die auf meine Zunge trifft, sondern auch, dass sie mich als jemanden ansieht, der fähig ist, ihre Macht aufzusaugen. Meine Unterwerfung stärkt ihre Kraft. Obwohl ich jung und vielleicht ein wenig idealistisch bin, weiß ich, dass sie ihre Macht nicht ausspielen kann, weder im Büro noch außerhalb, ohne einen Unterwürfigen wie mich, der sie trägt. Das ist meine Aufgabe, und nun setze ich meine Zunge ein, um sie auszuführen. Sie macht es mir leicht, indem sie ihr Geschlecht gegen meinen Mund reibt, indem sie sich nach allen Seiten windet und mein Gesicht als persönliche Rutsche benutzt.

Ich stöhne in ihre Pussy und fühle, wie die Vibrationen von meinen Lippen zu ihren nachhallen. Ich weiß, dass ich gefeuert werden könnte – verdammt, sie könnte auch gefeuert werden, weil wir die Büroräume der Firma missbrauchen, aber ich habe auch das Gefühl, dass jemand, der versuchen will, Miss Davis zu feuern, sich bald in genau dieser Position wiederfinden wird.

Jeder würde vor ihr zu schmelzen beginnen, und während sie meinen Mund in Beschlag nimmt, spüre ich auch, dass ich schmelze – in den Boden und in sie hinein. Und auch sie schmilzt, sie wird weicher, die Umklammerung meiner Ohren lässt nach, und ihr Stöhnen wird leiser. Statt Anweisungen zu erteilen, stöhnt sie, keine Worte, nur Laute. Miss

Davis verwandelt sich in Vanessa, sie ist nicht mehr herrisch, sondern orgasmisch, und alles nur wegen mir!

Ich bemühe mich, mir den Geschmack und das Gefühl ihrer Pussylippen einzuprägen, denn das ist eine ganz neue Erfahrung im Vergleich zu allem unsicheren Lecken davor. Ihre positiven Reaktionen spornen mich an, deshalb hebe ich die Hände und schlinge sie um ihre Schenkel, damit ich mit ihren Lippen spielen und über die Klitoris streicheln kann.

Sie lässt mich mit ihr spielen, und ich fühle die zauberhafte sinnliche Weichheit in ihr. Ich hatte recht – sie hat eine zärtliche Seite, und die berühre ich jetzt. Ihr Gesicht sieht fast entspannt aus, jünger, und doch so wunderschön wie vorher. Sie hat immer noch die Kontrolle, was sie beweist, als sie meinen Kopf plötzlich mit der Handfläche auf den Boden drückt und wieder über mein Gesicht mahlt.

»Sauge«, sagt sie, und ich sauge ihre Klit, sauge die Lippen, sauge alles, was ich vor die Zunge bekomme, und wünsche, ich hätte zwei oder sogar drei Münder, um noch mehr Teile von ihr saugen zu können.

Später, nach einer Zeit, die sich wie eine Stunde anfühlt, obwohl ich dann feststelle, dass es nur fünfzehn Minuten sind, kommt sie. Ihr Orgasmus überfällt sie wie eine tosende, mächtige Welle, die sie stärker auf meinen Mund drückt. Ihr Körper hüpft auf mir, während sie zuckt.

Sie erhebt sich und sieht bemerkenswert gefasst aus für jemanden, dessen Pussy so intensiv geleckt worden ist. Ich fühle mich, als hätten wir gerade Sex auf einem sich schnell bewegenden Fahrzeug gehabt – oder auf einem Kometen. Mein Herz schlägt wie verrückt, und ich bin froh, dass ich liege. Mir ist schwindlig vor Verlangen nach ihr, aber ich ignoriere meinen Penis. Dieses Sehnen, diese Not geht tiefer. Aber Miss Davis hat meinen Schwanz nicht vergessen.

Sie lächelt auf mich herab, dann geht sie zu ihrem Schreibtisch und kehrt mit einer kleinen Flasche zurück. Ich weiß nicht, was die Flasche enthält, bis sie sie öffnet und eine klare Flüssigkeit auf meinen Schaft tröpfeln lässt. Sie fühlt sich kühl und glitschig an, und ich stöhne auf.

»Mach dich fertig. Gib mir eine Show. Aber versau mir nicht den Teppich«, weist Miss Davis mich an. »Benutze die hier«, sagt sie und reicht mir ein paar Papiertaschentücher.

Ich habe immer gedacht, es müsste schwierig sein, vor jemandem zu masturbieren, erst recht vor der Frau meiner Träume, die zufällig auch mein neuer Boss ist, aber es stellt sich heraus, dass es überraschend einfach ist.

Ich schaue zu ihr hoch, als sie sich hinter ihren Schreibtisch setzt, als führte sie die Aufsicht. Ich denke nicht darüber nach, ob die Art, wie ich onaniere, der Stil ist, der ihr gefällt, denn ich weiß, dass sie mich korrigieren wird, wenn ich etwas falsch mache und ihren Erwartungen nicht entspreche.

Stattdessen konzentriere ich mich auf die immense Lust, die ich dabei empfinde, von ihr beobachtet zu werden. Kaum Sekunden später hebe ich die Hand mit den Taschentüchern, und mein Orgasmus explodiert in sie hinein.

Miss Davis nickt zufrieden, obwohl ich plötzlich ganz scheu werde. Wir haben etwas sehr Intimes geteilt, und doch besteht eine große Distanz zwischen uns. Ich rufe mir in Erinnerung, dass wir kein Liebespaar sind, nicht einmal befreundet, sondern immer noch Sekretär und Boss. Einen Moment lang wünsche ich mir wehmütig, dass unsere Positionen anders wären, damit ich ihr noch näher sein könnte.

Sie schreitet auf mich zu, als ich den Reißverschluss meiner Hose hochziehe.

»Sehr gut, Matthew. Ich hatte schon so eine Ahnung, als ich Sie im Wartezimmer gesehen habe. Also, morgen muss ich zu einem frühen Brunch, aber am späten Nachmittag brauche ich Ihre Hilfe. Es gibt einige … nun, Bürodinge, die erledigt werden müssen. Ablage, Texte, Fußmassage, solche Sachen. Ich erwarte Sie um vier Uhr.«

Sie fragt nicht, ob ich Zeit habe, sie weiß, dass ich immer Zeit für sie habe. Ich gehöre ihr, mit Haut und Haaren, und selbst, wenn sie mich feuern wollte, würde ich solche Aufgaben kostenlos übernehmen.

»Oh, und kleiden Sie sich ganz lässig. Ohne Unterwäsche. Sie werden sie nicht brauchen.«

Sie entlässt mich mit einem kurzen Nicken, und ich gehe zur Toilette und wasche mir widerwillig ihre Säfte vom Gesicht, bevor ich zurück an meinen Schreibtisch gehe, den Computer ausschalte und meinen Mantel anziehe.

Ich trage mich aus der Anwesenheitsliste aus, und der Mann vom Sicherheitsdienst mustert mich ausgiebig, als ob er sehen oder riechen oder einfach nur ahnen könnte, wer ich jetzt bin. Ein Sekretär, aber auch ein Sklave. Ganz, ganz unten. Ein Eiferer, ein glühender Verehrer.

Ich schenke ihm ein breites strahlendes Lächeln. Es ist mir wirklich egal, wie andere mich bezeichnen, solange Miss Davis sagt, dass ich ihr gehöre. Ich weiß zwar, dass der offizielle Tag der Sekretärin (jetzt nennt man ihn den Tag der Büroassistenten) erst im April stattfindet, aber ich werde meinen Tag jetzt schon feiern, im Juni, denn wer könnte jemals glücklicher sein als ich?

Ich habe einen Job, für den ich bezahlt werde, und einen Boss, der genau weiß, wie er mich bei der Stange halten kann, bei dem ich fast permanent einen Steifen habe und der mich auch an Wochenenden ›arbeiten‹ lässt. Meine Freunde von der Wall Street würden die Nase rümpfen, aber ich stecke meine Nase lieber in Miss Davis.

Eine Kabine weiter

Von Jeremy Edwards

Mindy machte mich derart sexbesessen, so etwas hatte ich seit meinem vierzehnten Lebensjahr nicht mehr erlebt.

Hier war ich, ein gestandener, erfahrener Mann von 32 Jahren. Während meines ganzen Erwachsenenlebens hatte ich mit Frauen studiert, mit Frauen gearbeitet und gefeiert, hatte Frauen verführt und war von Frauen verführt worden. Ich hatte starke Beziehungen zu Frauen gepflegt, hatte an komplizierten Verhältnissen zu Frauen gearbeitet und hatte One-Night-Stands mit Frauen genossen. Es gab Frauen, denen ich brüderlich verbunden war, Frauen, mit denen ich professionell umging, Frauen, mit denen ich dreckig lachen, und Frauen, mit denen ich wunderbar intim sein konnte. Ich respektierte Frauen, ich bewunderte Frauen, ich lernte von Frauen, ich sympathisierte mit ihnen, ich betete sie an.

Im Laufe der Zeit hatte ich verschiedene sexuelle Obsessionen erlebt – aber immer auf die anständige Art eines Mannes von Welt. Erwachsenen-Fantasien an mondbeschienenen Stränden, garniert mit Champagner, oder in schmucken Hotelzimmern mit den unvermeidlich einladenden Betten und Badewannen, oder auf einer mitternächtlichen Dachterrasse bei einer Party für zwei.

Und dann kam dieser eintönige Dienstag, mit einer Frau, deren Gesicht zwar angenehm war, mir aber auf der Straße nie aufgefallen wäre, und deren Interessen kaum etwas mit meinen eigenen zu tun hatten, und deren Persönlichkeit zwar durchaus liebenswert, aber keineswegs verlockend für mich war – also, dieser Frau wurde die Kabine neben meiner zugewiesen. Und plötzlich verwandelte ich mich in einen Vierzehnjährigen.

Es musste an den Pheromonen liegen, redete ich mir die ganze Zeit ein. Offenbar reagierte ich auf unterschwellige Duftstoffe, die meine Hormone zum Kochen brachten und meinen sexuellen Verstand verdampften. Ganz egal, wie wenig wir offenbar gemeinsam hatten, ihre Weiblichkeit lockte mich unmissverständlich, und sämtliche Urinstinkte in mir waren hellwach.

Mindy sitzt in der Kabine neben meiner. Mindy, weiblich, sitzt in der Kabine neben meiner. Mindy, die Brüste und zierliche Finger hat und immer Kleider und Röcke trägt, befindet sich in der Kabine neben meiner. Mindy, die ihre Beine rasiert und deren Slip keinen Schlitz hat und die ihre Finger zum Masturbieren in sich einführt, sitzt in der Kabine neben meiner.

So in etwa verliefen meine endlosen, zwanghaften Gedankengänge, die alles andere verdrängten, was ich als erfahrener Grafikdesigner mit einer ganzen Latte von dringenden Abgabeterminen im Kopf haben sollte.

Tatsächlich hatte Mindy eine Haarfarbe, die ich als unauffällig beschreiben würde, und eine Sanduhrfigur, die mir vorhersehbar vorkam, dazu eine Stimme, die mich an die meiner Schwester erinnerte. Bei den wenigen Gelegenheiten, als ich versuchte, mit ihr über moderne Kunst oder exotische Käfer zu reden, bekam sie glasige Augen. Dafür ließen mich ihre verzückten Ausführungen über neue Autotrends ziemlich kalt.

Nachdem es mir irgendwie gelungen war, die dringendsten Aufträge zu erledigen, während Mindys Hormone nebenan schwelten, nahm ich mir ein paar Tage frei. Ich dachte, wenn ich von Mittwochabend bis Montagmorgen nicht in ihrer Nähe wäre, könnte ich diese Obsession vielleicht abschütteln.

Aber alles, was ich von Mittwochabend bis Montagmorgen tat – soweit mein Körper dazu imstande war –, bestand aus absurden Orgasmen, die ich mir streichelnd und reibend besorgte, während ich daran dachte, dass Mindy eine Vagina und kleine Füße und einen unbehaarten Hintern hatte. Meine Fantasien mochten denen eines Vierzehnjährigen entsprechen, aber die Orgasmen hatten erwachsene Kraft. Was trieb mich? Konnte ich sie irgendwie unbewusst auch von zu Hause aus riechen? Lächerlich. Es sei denn …

Am Montagmorgen begann ich eine ganz normale Unterhaltung mit ihr.

»Wie war dein Wochenende?«

»Gut, danke«, antwortete sie. »Und deins?«

»Lang und ruhig«, antwortete ich ehrlich. »Ich war die meiste Zeit zu Hause.«

»Ja, ich war auch die meiste Zeit zu Hause«, sagte sie.

Dies war die Antwort, auf die ich gewartet hatte. »In welcher Gegend wohnst du?«

»Ich habe ein Apartment in der Nähe der Symphonie. Ich wohne seit etwa einem Jahr da.«

Aha! Aber mir wurde sofort bewusst, dass es dort, ›in der Nähe der Symphonie‹, hunderte Apartments geben musste – in mehr als einem Dutzend Gebäuden. Es wäre unsinnig anzunehmen, dass sie in einem der wenigen Studios neben, über oder unter mir wohnte, was die Geruchsübertragung plausibel machen würde.

»Ja«, fuhr sie fort. »In der Nähe der Symphonie.« Dann nannte sie die Adresse. Meine Adresse.

Und doch – wenn sie diese ganze Zeit in meiner unmittelbaren Nachbarschaft wohnte und ihre potenten Pheromone verströmte, warum hatten sie denn nie etwas bei mir bewirkt, bevor wir Kollegen wurden? Hatte die Tatsache, dass sie nur eine Kabine neben meiner saß, irgendwas ausgelöst – vergleichbar mit einer allergischen Reaktion –, was nun durch eine schwächere Version desselben Stimulans zum Leben erweckt wurde? Da ich keine plausiblere Erklärung hatte, akzeptierte ich die Theorie, dass ich Mindys Strahlen jetzt direkter ausgesetzt war und ich deshalb so hypersensibel auf sie reagierte.

»Es ist ziemlich merkwürdig, dass ich ausgerechnet in dieser Gegend gelandet bin«, sagte Mindy, »denn ich habe absolut kein Interesse an Musik.«

Für mich ein weiterer Beweis, dass wir nichts gemeinsam hatten. Ich konnte mir nicht vorstellen, ohne Musik überhaupt leben zu können. Ich schien eben so gar nicht zu Mindy zu passen.

Mindy, deren Beine sich in einer feinen weiblichen Kreuzung zusammenfinden statt in einer Collage männlicher Genitalien wie bei mir. Mindy, die einen glatten Hals und eine hohe Stimme hat und Sopran singen würde, wenn sie Musik nicht hasste. Mindy, die ihre Knie immer fest zusammenhält, wenn sie in der Lobby auf der Bank vorm Aufzug sitzt. Mindy, die lässig durch eine Tür schreitet, auf der DAMEN steht, wenn sie sich zum Mittagessen frisch machen möchte.

Eine Minute später stürzte Mindys Computer ab. »Arrr!«, hörte ich sie in ihrer Kabine fluchen. Arrr. Ich wüsste gern, ob sie ›Ngh‹ sagt, wenn sie sich dem Orgasmus nähert. Ich kannte drei oder vier Frauen, die ›Ngh‹ herauspressten, sobald sie den Höhepunkt spürten. Ja, ich wollte unbedingt wissen, ob auch Mindy ›Ngh‹ sagte.

Mindy machte sich nichts aus dem Essen, das ich liebte, und wollte nichts von den Autoren wissen, die ich schätzte. Sie liebte Camping und Skifahren, und beides konnte ich nicht ausstehen. Sie lachte nie über meine Witze. Trotzdem verbrachte ich den ersten Morgen zurück bei der Arbeit mit der Frage, ob sie im Bett ›Ngh‹ sagte.

Zu unseren Büros gehörten zwei Toiletten mit je einer Kabine, die nicht nach Geschlechtern getrennt waren. An diesem Nachmittag ging ich in die Richtung der nächstgelegenen Toilette, als Mindy gerade herauskam. Vor ein oder zwei Minuten hatte ich sie noch beim Telefonieren gehört, deshalb musste sie nur kurz zum Pinkeln gegangen sein. Oder sie hatte auch nur einen Blick in den Spiegel werfen wollen.

Als ich die Tür hinter mir schloss, wurde mir sofort klar, dass Mindy ihre enge Jeans in dieser Kabine heruntergezogen hatte. Das Aroma ihrer Weiblichkeit war so überwältigend wie direkt. Dieses Mal waren keine unbewussten Sinne erforderlich, um sie aufzuspüren.

Obwohl ich mit der Absicht hergekommen war, meine Blase zu erleichtern, stand ich nun vor der Toilette und streichelte meinen Schwanz, während ich hinunter auf den Sitz starrte, auf dem eben noch ihr nackter Hintern gesessen und ihr Geschlecht den Geruch in der Atmosphäre des engen Raums verändert hatte.

Mindy ist weiblich. Sie setzt sich beim Pinkeln, und die Toilette riecht nach Möse. Nach ihrer Möse. Sekunden später ejakulierte ich in eine Hand voll Toilettenpapier.

In den folgenden Tagen verführte mein Geruchssinn die anderen Sinne. Jetzt konnte ich Mindy kaum mehr anschauen, ohne die subtile Anmut ihrer Gesichtszüge zu bewundern, und ich konnte ihr nicht zuhören, ohne in ein leichtes Zittern zu verfallen. Wie hatte ich sie nur für fade und langweilig halten können, fragte ich mich verwundert, und ihre Stimme für ganz gewöhnlich? Ich begann, meine frühere Unempfänglichkeit für ihre körperlichen Reize als Ausdruck meiner eigenen Unzulänglichkeit zu betrachten.

Mehr noch, ihre Persönlichkeit begann, mich zu faszinieren. Ihr Mangel an Interesse für all die Dinge, die mir etwas bedeuteten, wurde zu einem *spannenden* Mangel an Interesse. Ihre Begeisterung für Dinge, die mich langweilten, wurde zu einer *zauberhaften* Begeisterung. Ich war vernarrt in alles, was diese Frau betraf, obwohl ich wusste, dass es letztendlich nur das Ergebnis neckischer Moleküle ihrer Vagina war, die meine geile Nase kitzelten, tagein, tagaus. Es war mir egal. Ich wollte sie nur ficken, die ganze Nacht lang, jede Nacht, und sie während der Tage dazwischen besser kennenlernen.

Am Freitag, dem Tag, an dem sie die weichen weißen Jeans mit den Taschenknöpfen trug, konnte ich mich nicht länger zurückhalten. Sie kennen die Art Jeans, die ich meine – kleine süße Knöpfe auf den Gesäßtaschen, als Taschen unpraktisch, aber sagenhaft verführerisch, weil sie die festen Backen verzieren wie Nippel die Brüste. Als Mindy am Fotokopierer stand, mir den Rücken zugewandt, konnte ich mich an den kleinen Knöpfen nicht sattsehen. Ich hätte am liebsten jede einzelne Tasche aufgeknöpft und ihren Po liebkost.

Ich hatte drei wichtige Projekte auf dem Schreibtisch, und alle waren überfällig. Aber das einzige Projekt, an dem ich an diesem Morgen arbeitete, bestand aus verschiedenen Fantasien, in denen es darum ging, a) diese Taschen aufzuknöpfen und b) Mindys Hintern durch den dünnen Stoff der Innentaschen zu streicheln. (Um die Fantasien voranzutreiben, nahm ich mir die Freiheit heraus, Mindy mit einem winzigen Tanga auszustatten.) Gegen Mittag hatte ich schon dreimal auf der Toilette masturbiert.

»He, hast du schon irgendwelche Pläne fürs Wochenende?« Jede Zurückhaltung, die ich einmal gehabt hatte, eine solche Frage zu stellen, war längst unter meiner verzehrenden Gier begraben, Mindys Körper zu berühren.

Sie lächelte. »Das wollte ich dich auch fragen.«

Also verabredeten wir uns zum Abendessen in einem Restaurant bei uns in der Nähe. Es war ein Lokal, das sich auf Curry-Gerichte spezialisiert hatte – eine der wenigen Küchen, denen wir beide zustimmen konnten. Es schien angemessen, einen Ort auszuwählen, an dem es verlockend roch.

»Aber sie servieren keinen Alkohol«, warnte sie mich. Mindy mochte Bier, ich mochte Wein.

»Das macht nichts«, gab ich zurück. »Ich habe einige Vorräte bei mir zu Haus, also können wir uns anschließend einen Drink genehmigen.«

»Perfekt.«

Die Gespräche während des Essens führten – voraussehbar – in einige Sackgassen, und doch erreichten wir ein angenehmes Gefühl des Wohlergehens, eine Art intime Übereinstimmung. Wir hatten schließlich zwei Wochen des Nebeneinanderlebens in zwei Kabinen hinter uns.

»Ist dir eigentlich klar, dass wir gar nichts gemeinsam haben?«, fragte Mindy nach einem Schluck Bier.

»Oh, ja«, antwortete ich.

»Aber du bist so süß«, behauptete sie, als wäre dies eine Tatsache. »Deshalb wollte ich mit dir zum Essen ausgehen und so ...« Sie errötete. Ich konnte mich nicht erinnern, wann ich das letzte Mal den Abend mit einer Frau verbracht hatte, die rot wurde. »Und was meinst du?«

»Du meinst, warum ich mit dir zum Essen ausgehen wollte?«

»Ja. Obwohl wir ...«

»Ich weiß, ich weiß. Obwohl wir nichts gemeinsam haben.« Wir lachten zusammen, wahrscheinlich das erste Mal. Vereint durch ein gegenseitiges Bewusstsein unserer unvereinbaren Unterschiede.

Mindys Freimütigkeit inspirierte meine eigene. »Versteh mich nicht falsch, aber, ob du es glaubst oder nicht, ich wollte mit dir ausgehen, weil ...« Ich zögerte und machte einen kleinen Umweg. »Also, ich halte dich auch für süß, und ich mag dich. Um ehrlich zu sein, ich mag dich immer mehr.« Ich räusperte mich. »Aber ich wollte deshalb mit dir ausgehen, weil ich ... nun, also, den ganzen Tag steigt mir der Duft deiner Möse in die Nase, und das macht mich ganz wild.«

Ihr Mund klappte auf. War sie schockiert? Konnte sie es nicht glauben? Ich glaubte, ein paar Tränen in ihren Augen sehen zu können.

»Puh«, sagte sie leise, und ihr Sopran hörte sich plötzlich angenehm heiser an.

Behutsam stellte sie ihr Bier auf den Couchtisch, gleich neben mein Weinglas.

Dann fiel sie über mich her, und ich wurde umschlungen von Armen und Beinen und feuchten Küssen, und in meinem Kopf drehte sich alles von der bisher stärksten Dosis von Mindys Aroma. Bei all meinen Fantasien über Mindy hatte ich mir nie vorgestellt, dass sie wilder attackieren würde als ich, dass sie sich auf mich werfen und mich ficken wollte, als hätte sie ihr ganzes Leben lang darauf gewartet.

Ich erinnere mich nicht mehr, wie oder wann unsere Kleider verschwanden. Aber ich werde nie vergessen, wie sie mich ritt. Ihre Schenkel zitterten, während sie sich auf meinem Pfahl hob und senkte und jedes Quäntchen Lust aus der Maschine unserer Genitalien wrang. Sie roch wie Zuhause, wie Abendessen, wie Lachen und Nachtisch ... und natürlich wie Möse.

»Ngh«, sagte sie, ihr Gesicht verzerrt in hart erarbeiteter Glückseligkeit. »Ngh«, wiederholte sie und wiederholte es immer wieder mit kürzeren Abständen zwischen den Wiederholungen. Als sie uns so hoch gebracht hatte, wie es uns möglich war, packte ich ihre Pobacken, um mich auf neunzig Sekunden freien Fall vorzubereiten.

Danach rollte sie sich in die Ecke des kleinen Sofas. Ich rutschte über den Boden und machte mich daran, sie nach allen Regeln der Kunst zu vernaschen. Aber ihr Po reckte heraus, und den konnte ich nicht ignorieren. Ich musste jeden Zentimeter ihres Hinterns küssen – diesen Arsch, den ich mal als ›gewöhnlich‹ abgetan hatte, bevor ich zu ihrer Pussy vordrang, obwohl deren Geruch so verlockend war.

Als ich Backen und Kerbe so ausgiebig geküsst hatte, dass Mindys Hintern in meinem Gesicht rotierte, als hätte er einen eigenen Motor, wandte ich mich dem Herz der ganzen Affäre zu. Ich züngelte und küsste jede mögliche Stelle zwischen ihren Beinen und fühlte mich trunken von ihrer Essenz.

Es war der Sauerstoff, nach dem meine Lungen schrien, seit ich Mindy kennengelernt hatte. Und obwohl Mindy behauptet hatte, sie wäre völlig unmusikalisch, traf sie bei jedem Höhepunkt den richtigen Soprantriller. ›Ngh‹ beim Vögeln und Triller beim Lecken, fiel mir auf, denn schließlich hatte ich immer schon großen Wert auf Sprache gelegt – im Gegensatz zu Mindy, die zwar Sportstatistiken herunterrasseln konnte, aber Probleme mit Spanisch hatte.

»Ich muss pinkeln«, sagte sie, nachdem ich sie erschöpft hatte.

Mein Sofa roch nach Mindys Möse. Mein Körper roch nach Mindys Möse. Mein Bad würde bald nach Mindys Möse riechen. Und ich wusste, ich würde mein Bestes geben, damit Mindy immer wieder zurückkehrte und ihr köstlicher

Geruch nie mehr schwinden und ich nicht mehr darben müsste.

Mindy, die Entzückende. Mindy, die Zwingende, die Verlockende. Mindy, die gerade auf ihrem anmutigen Weg in mein Bad war. Mindy, die immer meine Mindy sein und bleiben würde.

Vorteile des Jobs

Von Kristina Wright

»Jenny, kannst du Edward bitten, so schnell wie möglich in mein Büro zu kommen?« Ich sprach knapp und fast abgehackt, und ich spürte, wie ich meine Schenkel zusammenpresste. »Je eher, desto besser.«

Vielleicht hörte ich mich zu ungeduldig an, aber Jenny reagierte nicht darauf. »Klar, Victoria.«

Ich saß da und wartete. Es war nicht so, als hätte ich nichts zu tun. Im Gegenteil. Aber im Moment war ich einfach nicht in der Lage zu arbeiten. Die Vorstellungsgespräche konnten warten. Der Stapel mit Bewerbungen für neu ausgeschriebene Stellen konnte warten. Alles, sogar mein Job als Personalchefin eines der größten Steuerberatungsbüros in Nordamerika, konnte warten, bis ich mit Edward fertig war.

Nach etwa zehn Minuten traf er ein. Er klopfte nicht an, das tat er nie. Mich ärgerte das, was genau der Grund war, warum er nie anklopfte.

»Ich habe gehört, dass du mich sprechen wollest«, sagte er und setzte sich auf den Stuhl auf der anderen Seite meines Schreibtischs. Er lehnte sich bequem nach hinten, die Beine auf eine Weise gespreizt, dass mein Blick auf seinen Schritt gelenkt wurde. Der teure Stoff seiner marineblauen Hose spannte sich über die unübersehbare Beule. Ich presste meine Schenkel fester zusammen.

»Ja.« Ich ging die Akten auf meinem Schreibtisch durch, aber die Schrift verschwamm vor meinen Augen. »Weißt du, in einem Monat sind die Mitarbeiterbewertungen fällig.« Er reagierte nicht. Ich schaute ihn an und wartete darauf, dass er etwas sagte.

Schließlich, widerwillig: »Ja und?«

»Nun, ich habe neunzig Prozent der Bewertungen aller Kollegen, und nichts von dir.«

Er gähnte und streckte seinen Körper ein wenig. Ich stellte mir seinen durchtrainierten Körper unter dem maßgeschneiderten Sakko und dem cremefarbenen Hemd vor, und ich spürte, wie ich nass wurde.

»Du bekommst sie rechtzeitig, Vickie.«

Ich hasste den Rufnamen Vickie, besonders im Büro. Er hörte sich so ... so gewöhnlich an. Was natürlich der Grund war, warum er ihn benutzte. »Ich brauche sie früher, damit ich sie lesen und eventuell anpassen kann.«

»Bei meinen Zahlen brauchst du nichts anzupassen.«

»Könnte aber sein.«

Seine Lippen verzogen sich zu einem frechen Grinsen. »Wird nicht nötig sein. Außerdem ist das nicht der Grund, warum du mich in dein Büro gerufen hast.«

»Ist es nicht?« Ich täuschte Verblüffung vor und ordnete den Aktenstapel neu.

»Nein, ist es nicht. Oder?«

Jetzt war ich es, die schwieg. Ich traute mich nicht, ihn anzuschauen. Edward arbeitete seit zwei Jahren für mich – er sagte gern: unter mir. Ich hatte ihn als stellvertretenden Personalchef angestellt, denn ich sah in ihm all die Qualitäten, die ich hatte, jedenfalls damals, als ich ins Berufsleben einstieg. Er war charmant und unkompliziert im Umgang mit Menschen, was ihn zu einem hervorragenden Kandidaten für den Job machte. Außerdem hatte er, so sah es aus, einen beträchtlichen Prügel in der Hose, was ihn zu einem guten Kandidaten für mein Bett machte.

Meine Firma hatte jedoch sehr strikte Ansichten, was Beziehungen untereinander anging, und ironischerweise hatte ich dieses Regelwerk auch noch verfasst. Ich mochte zwar rücksichtslos sein, aber ich hielt mich an meine eigenen Vorschriften. Noch hatte ich Edward nicht in mein Bett gelassen. Aber ich hatte ihn in mein Büro geholt.

»Vickie?«

»Was?« Starrköpfig weigerte ich mich, ihn anzusehen.

»Du hast mich nicht angerufen, um mich wegen der Bewertungen abzukanzeln, nicht wahr?« Sein Tonfall hatte sich geändert. Er hörte sich nicht mehr wie ein frecher Student an. Da war etwas anderes, etwas mehr, etwas, zu dem ich mich so ungeheuer mächtig hingezogen fühlte, dass ich fast alles dafür riskierte.

Ich schüttelte den Kopf.

»Was?«

Heiße Tränen brannten in meinen Augen. Ich schaute hoch und fühlte den Stich der Erniedrigung wie einen Schlag. »Ich habe dich nicht gerufen, um mit dir über die Leistungsbewertungen zu sprechen«, sagte ich leise.

»Und warum hast du mich rufen lassen?«

Ich hasste ihn dafür, dass er mich zwang, es auszusprechen. Ich hasste es, meine Schwäche einzugestehen, obwohl er sie längst kannte. Ich sah ihm in die Augen und sagte: »Weil ich dich brauche.«

Ich wusste, dass ihn diese Antwort nicht zufriedenstellen würde, aber ich weigerte mich, ihm mehr zu geben.

»Du brauchst mich für was? Soll ich Papierkram erledigen? Willst du mit mir über einen Angestellten reden?«

Ich schüttelte den Kopf, den Blick auf den Boden gerichtet.

»Warum brauchst du mich, Vickie?«

Ich zögerte eine Minute, zwei Minuten, fünf. Die Worte blieben in meiner Kehle stecken. Ich konnte nicht sprechen.

Er stand auf. »Du verschwendest meine Zeit«, sagte er, die Stimme kalt. »Ich habe zu arbeiten, Boss.«

Das Wort Boss sprach er aus, als fletschte er die Zähne.

Ich blickte zu ihm auf. »Warte, bitte. Geh nicht, Edward.« Meine Stimme klang atemlos. Schwach. Ich erkannte mich selbst nicht wieder.

Er stand auf der anderen Seite meines Schreibtischs und sah auf mich hinunter. Langsam, jedes Wort betonend, sagte er: »Dann sage mir, warum du mich hier brauchst.«

Ich konnte es nicht sagen, aber ich musste es. Ich musste es aussprechen, sonst würde er gehen. Ich musste meine Sünden beichten, oder er würde mich verlassen. »Ich muss bestraft werden«, platzte es aus mir heraus.

Er wiegte sich auf seinen Absätzen, nicht vor Überraschung, sondern vor Vergnügen. »Braves Mädchen«, sagte er leise im Ton eines wohlwollenden Vaters. »Ich wusste, dass du es aussprechen kannst.«

Ich wollte es nicht, aber ich musste unter seinen Blicken lächeln.

»Steh auf«, fuhr er mich an, und mein Lächeln schwand.

Hastig folgte ich seiner Aufforderung und geriet ein wenig ins Straucheln, als ich mich mit einem Absatz in der Matte unter meinem Sessel verfing. Ich stützte mich mit den Händen auf dem Schreibtisch ab, um die Balance nicht zu verlieren, und fühlte mich plötzlich unbeschwert.

»Komm her.«

Ich bewegte mich rasch auf die andere Seite des Schreibtischs und achtete darauf, Edward nicht zu berühren. Mein Körper vibrierte vor Anspannung und Eifer, vor unerfülltem Verlangen. Ich stand vor Edward, die Hände zu festen Fäusten an den Seiten geballt, und widerstand dem Trieb, mich an ihn zu schmiegen. Er war ein paar Zentimeter größer als ich, mein Scheitel erreichte nur sein Kinn. Ich starrte auf die kantige, harte Linie seines Kinns, so sexy und unversöhnlich, und wartete darauf, dass er etwas sagte. Und dass er mir gab, was ich brauchte.

»Trägst du ein Höschen, Vickie?«, fragte er leise, sein Atem ein schwaches Wispern auf meiner Stirn.

Ich nickte.

»Böses Mädchen. Zieh es aus.«

Ich zögerte nicht damit, aber ich schaute ihn nicht an, während ich seine Anweisung befolgte. Ich hob meinen Rock so hoch wie nötig, bis ich die Daumen in den Bund des Höschens schieben konnte, um es dann über meine Beine hinunterzuziehen. Ich bemühte mich, das Gleichgewicht zu halten, hob erst das eine Bein, dann das andere, als ich den heißen rosa Fetzen Seide abstreifte und ihm hinhielt.

Er griff mit beiden Händen nach dem Höschen und schnüffelte daran. »Es ist feucht«, sagte er nach einer Weile.

Ich spürte, wie Röte in meine Wangen stieg. »Entschuldige«, sagte ich.

Er gluckste, aber es klang nicht fröhlich. »Warum ist das Höschen feucht, Vickie?«

Ich hätte ihm eine kokette Antwort geben und sagen können, ich wäre feucht geworden, weil er mich aufgeilte, aber das war es nicht, was er hören wollte. Ich wusste, was er hören wollte. Das Spiel hatte gerade erst begonnen, aber ich beendete es schon mit meinen nächsten Worten. »Weil ich eine ungezogene Schlampe bin, Sir.«

»Ja, das bist du. Und du brauchst eine Züchtigung«, sagte er. »Mach deine Bluse auf.«

Mit langsamen, ungeschickten Fingern knöpfte ich meine Bluse auf. Es war keine schwierige Aufgabe, aber unter seinen zwingenden kritischen Blicken fühlte ich mich verunsichert. Schließlich hing die Bluse offen von meinen Schultern und enthüllte den rosa Spitzen-BH, der zu dem Höschen passte, das Edward in seine Tasche gesteckt hatte.

»Hübsch.« Er griff mit den Händen, als wollte er meine Brüste streicheln, aber stattdessen zwickte er die Nippel durch den Stoff des BHs. Als sie sich zu festen, schmerzenden Spitzen aufgerichtet hatten, lächelte er. »Das ist schon besser. Nun, wir haben nicht den ganzen Tag Zeit, deshalb ist es wohl gescheiter, wenn ich den Rest übernehme.«

Ich stand da wie eine Schaufensterpuppe, während er mich für sein Vergnügen herrichtete. Er zerrte meine Bluse herunter bis zu den Ellenbogen, dann zog er sie auf dem Rücken aus meinem Rock und verknotete sie, sodass meine Arme an den Seiten festgezurrt wurden. Ich verzog das Gesicht, als ich an die Falten dachte, die sich in den Stoff der Bluse graben würden, aber diesen Gedanken vergaß ich sofort, als er den BH nach unten zog und meine Brüste aus den Spitzenkörbchen befreite.

Ich fühlte mich unbehaglich, unbequem, fremd. Lieber hätte ich ganz oben ohne vor ihm gestanden, aber das wäre wohl zu einfach für mich gewesen. Und Edward machte es nie einfach für mich.

Jetzt zupfte er den Rock bis zu den Hüften hoch. Es war ein weicher, sich anschmiegender Stoff, der meine Hüften einwickelte wie der Gürtel einer Bauchtänzerin. Da stand ich also, voll bekleidet bis auf das Höschen, Brüste und Pussy entblößt. Es war mir peinlich. Erniedrigend. Erregend.

Edward trat einen Schritt zurück und bewunderte sein Werk. »Wunderbar. Du bist wunderbar, Vickie, weißt du das?«

»Danke, Sir«, murmelte ich, den Blick gesenkt. Ich fühlte, wie sich zwischen meinen Beinen Nässe sammelte. Da ich kein Höschen mehr trug, fürchtete ich, dass sie an meinen Schenkeln entlangrinnen und meine Lust verraten könnte. Nicht, dass Edward sie nicht schon wahrgenommen hätte.

»Dreh dich um und bück dich«, wies er mich an.

Es war schwierig, weil meine Arme an den Seiten festgehalten wurden und der Rock um meine Hüften lag, aber ich schaffte es, mich zum Schreibtisch umzudrehen und mich zu bücken. Es war eine unangenehme, unbequeme Position, aber ich ertrug mein Unbehagen schweigend und starrte auf die Mahagonioberfläche meines Schreibtischs.

Edward kam näher, bis er neben mir stand. Er streichelte über meinen Rücken, über die Kurve meines Hinterns und hielt inne, bevor er meine Muschi berührte. »Sehr schön«, murmelte er, während er mich wieder streichelte, aber nie dort, wo ich es verzweifelt gebraucht hätte, wo ich unbedingt berührt werden wollte.

Ich spürte, wie ich mich an seine Hand schmiegte, und fühlte mich wie eine hitzige Katze. Ich lechzte nach der Wärme und Strenge seiner Hand und nach seinen Fingern zwischen meinen Schenkeln. Ich hätte es besser wissen müssen, statt mich derart gehen zu lassen, aber Edward fühlte sich einfach so gut an. Beim ersten Wimmern meiner Lust griff er unter mich, und schnell wie eine Viper zwickte und zwirbelte er meine Nippel. Ich stieß einen Schrei aus und wollte mich aufrichten, aber seine Hand presste sich auf das Ende meines Rückens und hielt mich auf dem Schreibtisch fest.

»Langsam, kleines Mädchen«, sagte er. »Sei brav.«

Ich wimmerte wieder, als seine Hand über meinen Rücken fuhr und über meinen Hintern strich. Ich biss mir innen auf die Wange, um nicht aufschreien zu müssen, als er aufhörte. Ich stellte mir vor, das Sirren in der Luft zu hören, als seine Hand sie zerschnitt, und dann klatschte er meinen Arsch mit einem kräftigen, brennenden Schlag.

Ich schrie wieder und zuckte auch leicht, hob mich vom Schreibtisch an und fiel wieder zurück.

»Sei still, Vickie, sonst zwingst du mich, dir einen Knebel zu verpassen.«

Ich erinnerte mich, dass er mal mein Höschen benutzt hatte, um meine Schreie zu dämpfen, deshalb presste ich meine Lippen fest aufeinander.

»Warst du ein böses Mädchen, Vickie?«

»Sir?«

Er streichelte das kleine Grübchen am Ende meines Rückgrats. »Wenn du nur ein bisschen böse warst, dann werde ich deinen Arsch mit der flachen Hand versohlen.« Er strich mit einem Finger durch die Kerbe. »Aber wenn du richtig unanständig warst, dann muss ich dich mit meinem Gürtel züchtigen.«

Ich erschauerte. Er konnte grausam mit seiner Hand sein, konnte mich klatschen, bis meine Backen brannten, und ich war mir sicher, dass seine Hände danach geschwollen waren und schmerzten. Aber mit seinem Gürtel, da war er brutal; der Schmerz hielt mehrere Tage lang an, und mein Hintern war dann so wund, dass ich kaum sitzen konnte.

Ich überlegte, welche Wahl ich treffen sollte. Ich murmelte leise gegen den Schreibtisch. »Ich bin sehr, sehr böse gewesen, Sir.«

»Nun, ich schätze, dann ist der Gürtel genau richtig für dich, kleines Mädchen.«

Ich hörte das metallische Geräusch, als er die Schnalle öffnete, dann das schnelle Zischen von Leder, als der Gurt durch die Schlaufen gezogen wurde. Ich stand da, gebückt über dem Schreibtisch, das Gesicht nur Zentimeter über der Oberfläche, die Beine ein wenig gespreizt, um besser gegen die Schläge gewappnet zu sein, die ich zu erwarten hatte, seinen Blicken hilflos ausgeliefert.

»Bitte darum«, sagte er.

Ich hatte schon darum gebeten, aber ich wusste es besser, als jetzt zu jammern. »Bitte, Edward«, flüsterte ich, »ich muss bestraft werden.«

»Was brauchst du?« In seiner Stimme schwang keine Emotion mit.

»Ich brauche deine Schläge mit dem Ledergürtel.«

»Sage mir, was du getan hast, um diese Strafe zu verdienen.«

Ich zermarterte mein Gehirn. Vorher hatte ich mir eine Liste von Untaten ausgedacht, aber jetzt konnte ich nur an das Brennen der Schläge denken. »Ich ... ich weiß es nicht.«

»Vickie.« Er sprach meinen Namen wie eine Warnung aus, und das nahm ich nicht auf die leichte Schulter.

»Am Montag habe ich Jenny ermahnt, weil sie sich verspätet hatte«, sagte ich schnell. »Und am Dienstag war ich selbst zwanzig Minuten zu spät.«

Ich hörte das Rauschen des Gürtels durch die Luft, als ich die zwanzig Minuten erwähnte. Das Leder schlug quer über beiden Backen ein, und obwohl ich damit gerechnet hatte und wusste, wie sehr es brennen würde, zuckte ich zusammen und wimmerte.

»Was noch?«

»Ich habe wegen der Mitarbeiterbewertungen gelogen. Ich habe erst die Hälfte der Unterlagen vorliegen.«

Edward gluckste. »Erst die Hälfte?«

»Ein Drittel«, gab ich zu.

Er schlug zweimal rasch nacheinander zu, und ich schrie auf.

»Vorsichtig, Vickie. Du willst doch nicht, dass Jenny dich hört«, sagte Edward. »Sonst noch was?«

Ich nahm einen tiefen Atemzug und versuchte, meinen Drang zu heulen abzuwürgen. Dann gestand ich mein schlimmstes Vergehen. »Ich habe in deinen E-Mails geschnüffelt, um herauszufinden, ob du dich mit jemandem triffst.«

»Du hast was getan?«

»Es tut mir leid«, wisperte ich.

Mein Geständnis brachte mir eine wütende Salve von Gürtelschlägen ein. Ich presste die Augen fest zu und wimmerte leise bei jedem Hieb mit dem Gürtel.

Edward peitschte mich mit zunehmender Wucht aus, er änderte die Richtungen seiner Schläge, sodass er nie die eine Stelle ein zweites Mal traktierte. Meine Bauchmuskeln protestierten, weil sie meinen Oberkörper in einem unbequemen Winkel stützen mussten, deshalb beugte ich mich ein wenig tiefer hinunter und drückte meine warme, nasse Wange auf die kühle Oberfläche des Schreibtischs.

»Faules Mädchen«, sagte Edward. Er zielte mit dem Gürtel zwischen meine Beine und landete einen besonders gemeinen Schlag auf meine entblößte nasse Pussy. Ich musste aufstöhnen und biss mir auf die Lippe, dann hob ich den Kopf leicht an.

»Das ist besser. Du lernst.«

Es ging immer weiter, Schlag auf Schlag mit dem Gürtel auf meinen nackten Arsch und die Rückseiten der Oberschenkel. Zwischendurch hatte er immer wieder mal einen Hieb für meine Pussy übrig, bis ich nur noch eine zitternde Masse aus Nervenenden war und um Erlösung bettelte.

Ich wimmerte still vor mich hin, jedenfalls dachte ich das, bis Edward aufhörte, mich zu schlagen, und seine Erektion gegen meine Backen presste. Selbst der weiche Stoff seiner Hose fühlte sich auf meinem empfindlichen, geschwollenen Hintern wie Schmirgelpapier an.

»Du machst genug Krach, dass bald die ganze Belegschaft zusammenläuft«, sagte er.

Seine Hände glitten über meinen unteren Rücken und die Backen und strichen über die brennenden Striemen, die er hinterlassen hatte. Ich wusste, dass ich die Spuren ein oder zwei Tage lang spüren würde, vielleicht auch länger. Seine Berührungen linderten das Brennen nicht, das war auch gar nicht seine Absicht.

Er untersuchte sein Arbeitsfeld und bewunderte seiner Hände Werk. Nach der Größe des Schafts zu urteilen, den er gegen mich rieb, war er sehr zufrieden mit seiner Kunst.

»Was hast du in meinen E-Mails gefunden?«

Ich schluckte schwer. Halb nackt gebückt über meinem Schreibtisch zu liegen und in die Unterwerfung geprügelt zu werden war nicht annähernd so erniedrigend wie zuzugeben, dass ich geschnüffelt hatte. »Nichts«, flüsterte ich.

Edward glitt mit einer Hand über meinen heißen, wunden Arsch und schlüpfte mit zwei Fingern in meine tropfende Pussy. »Und was, glaubst du, bedeutet das?«

Er fickte mich beinahe zärtlich und stetig, dann schob er einen dritten Finger nach. Ich fand keine Worte, um ihm zu antworten.

»Victoria?« Mit dem Daumen massierte er meine hintere Öffnung. »Was bedeutet es für dich, dass du nichts gefunden hast?«

Ich wusste, dass es tatsächlich nur bedeutete, dass er seinen Computer im Büro nicht privat nutzte, was der offiziellen Firmenpolitik entsprach. Aber ich wusste, was er hören wollte. »Es bedeutet, dass du sonst niemanden triffst.«

Seine Finger behielten den steten Rhythmus in meiner Muschi bei. »Braves Mädchen. Aber warum wolltest du das überhaupt wissen?«

Ich keuchte auf, als er über meinen G-Punkt strich. »Ich wollte einfach nur Gewissheit haben.«

Seine Finger regten sich nicht mehr. »Warum?«

Ich wimmerte und drückte Pussy und Po sehnsüchtig nach hinten, ihm entgegen.

»Weil ich mehr davon brauche.«

»Tatsächlich?«

Seine Finger bewegten sich wieder, härter, tiefer. Sie trieben mich weiter über den Schreibtisch. Ich legte den Kopf wieder auf die Oberfläche, aber diesmal ermahnte er mich nicht. »Wie ist es mit den Firmenvorschriften?«

Ich konnte nicht atmen. Ich konnte nicht denken. Ich konnte nur auf seiner Hand kommen. Meine Pussy umklammerte seine Finger. »*Fuck* die Vorschriften«, stöhnte ich.

Er streichelte mich sanft, und mein Körper wand sich ihm zitternd entgegen. »Braves Mädchen, gutes, braves Mädchen«, lobte er.

»Danke«, flüsterte ich, den Kopf noch auf den Schreibtisch gepresst. Ich wimmerte leise, während er die Finger aus meiner Nässe zog.

Er half mir beim Aufrichten und löste den Knoten meiner Bluse, sodass ich die Arme wieder benutzen konnte. Er lächelte, als er zusah, wie ich meine Kleider richtete, mal abgesehen von dem Höschen, das noch in seiner Tasche steckte. »Du bist eine erstaunliche Frau.«

Ich lächelte, das Gesicht gerötet von Lust und sexuellem Genuss. »Danke, Edward. Dann bis heute Abend um acht bei mir?«

Sein Lächeln schwand. »Nein.«

»Oh«, sagte ich, so verdutzt wie beim ersten Schlag mit dem Gürtel.

»Bei dir – ja, aber schon um sieben.«

»Oh.«

Einsam an der Spitze

Von Savannah Stephens Smith

Ich habe mich nach oben geschlafen.

Es gibt nicht viele Frauen, die das heutzutage zugeben, selbst wenn es zutrifft. Ich bin sicher, dass diese Dinge auch heute noch geschehen, dass es für viele Frauen – und vielleicht auch für einige Männer – gilt, ganz egal, wie sich die Zeiten geändert haben, wie wir heute über Männer und Frauen denken, Arbeit und Macht. Man nimmt die Chancen wahr, die sich ergeben, und was einem angeboten wird, ist oft so verlockend, dass man schwer widerstehen kann.

Vielleicht müssen es heute nicht so viele tun. Wie gesagt, die Zeiten ändern sich, selbst in der Geschäftswelt. Was mich angeht, ich treibe es gern mit Männern, und ich hatte keine sonstigen Verpflichtungen. Nicht, dass es an Möglichkeiten gemangelt hätte. Ich bin keine umwerfende Schönheit, aber ich sehe ganz gut aus. Aber ich war auch eine beschäftigte Frau mit einer Karriere, die mir viel bedeutete. Mein Job war mein Leben. Ich hatte keine Geduld für unnützen Kram, mochte keine Zeit in langweiligen Bars verschwenden, mich an einem Strohhalm festhalten und Jagd auf den richtigen Mann machen. Mr Right für den Augenblick genügte mir. Meine Maxime war, wenn ein guter Fick mir Lust bescherte und mich weiterbrachte, dann konnte mir Joe drüben in der Ecke gestohlen bleiben. Wenn es eine Abkürzung gibt, ist es

Unsinn, quer durchs Land zu fahren, um sein Ziel zu erreichen.

Und ich wollte ganz nach oben. Wer will das nicht?

Vögeln. Als Strategie ist es so alt wie die Zeit, und es scheint so effektiv wie vor Millionen Jahren. Oga fand es irgendwann heraus: Wenn sie Og schöne Augen machte, verschaffte ihr das einen wärmeren Platz am Feuer und ein größeres Stück vom Säbelzahntiger. Es ist menschlich, und Menschen sind wir alle, deshalb entschuldige ich mich auch nicht dafür, selbst heute nicht. Sex ist etwas, was wir alle haben wollen, abgesehen von den Priestern und den ganz hoffnungslosen Typen. Und man sieht ja, was geschieht, wenn Männer ihre Gelüste unterdrücken. Sie werden schrullig und verdreht. Es ist nicht gesund, sein Verlangen zu leugnen.

Und wir alle haben unsere Sehnsüchte, manchmal verborgen, manchmal ganz offen. Eines meiner Talente besteht darin, Sehnsüchte zu erkennen, sie zu entdecken, ganz egal, wie versteckt sie sind. Es ist, als hielte man eine Wünschelrute in den Händen, drückte die Augen fest zu, spürte das Lied der Erde und wüsste genau, wo das unterirdische Wasser fließt. Und, meine Herren, bei einigen von euch liegt es verdammt gut verborgen.

Es ist genau so, wie Sie es von Anfang an vermutet haben: Ich habe mich bis ganz nach oben geschlafen.

Einige von euch wussten das schon. Genau wie einige von euch wissen, dass ich immer meinen Spaß dabei haben wollte. Manche Männer sind ja so dankbar, dass sie auch ein bisschen was bekommen, und wenn es sich um eine gut aussehende Frau mit Grips im Kopf handelt, umso besser. Himmel, einige haben sich derart gefreut, als hätten sie in der Lotterie gewonnen, dabei habe ich mich nur auf etwas eingelassen, was ich selbst wollte.

Einige von euch kennen mich gut. Sehr gut. Nicht nervös werden, Stanley, ich habe unsere gemeinsamen Frühstücke sehr genossen. Ich nehme es dir nicht übel, dass du mir die besten Aufträge zugeschustert hast. Dafür sind Freunde da. Und ich habe nicht gelogen, als ich sagte, dass es keinen Mann gab, der mir mehr Lust bescherte als du.

Ich weiß noch genau – besonders jetzt, da die Erinnerung die persönliche Berührung ersetzt –, wie es war, als ich aus meinem Büro schritt, lässig und scheinbar gelangweilt oder tief in Gedanken. Ich war nackt unter meinem züchtigen grauen Rock, aber dieses kleine Geheimnis behielt ich wie eine Trumpfkarte im Ärmel.

(Es gibt viel zu wenig Frauen, die heutzutage Strümpfe tragen, dabei reagieren Männer sehr gut auf diese lächerlich einfache Art, verführerisch zu wirken.)

Ich schlüpfte in den Konferenzraum im fünften Stock und schloss die Tür vor neugierigen Sekretärinnen und Assistenten. Und dann wartete ich auf dich, und mein Herz schlug ein bisschen schneller als das geschäftige Treiben der Welt um uns herum. Dann hörte ich dich endlich hereinkommen.

Ich erinnere mich daran, dass ich mir verwegen vorkam, als ich meinen Rock hob. Ich war von mir selbst entsetzt, aber ich war erregt, bevor wir überhaupt begonnen hatten. Deine geilen Blicke, die schnellen Küsse, dein heißer Mund und die geschickte Zunge, die tief tauchten und tunkten – ich lechzte danach.

Deine Hände griffen meine Oberschenkel, zogen mich näher heran. Dein unbändiger Hunger auf Frau. Stanley, glaube mir, ich habe nichts vorgetäuscht, als ich mich unter deinen Liebkosungen wand, und mein Quietschen, als ich kam, war echt. Es war so schwierig, leise zu sein, aber das erhöhte noch unsere Lust, nicht wahr?

Natürlich habe ich mich gern für dich umgedreht. Ich war immer nass und mehr als glücklich, es mir von dir besorgen zu lassen, nachdem es mir schon gekommen war. Ich wand mich gegen deine beharrliche Zunge. Und du warst immer versessen auf mich, wenn du vorher deinen Kopf zwischen meinen Beinen versenken konntest.

Ich lehnte mich gegen den Konferenztisch, spreizte meine Schenkel und kam mir wie ein Model aus irgendeinem Magazin vor, das die Rolle spielt, die ihr Männer erwartet. Ein Teil von mir mochte das sehr, genau das zu tun, was diese Bimbomädchen nur spielen. Ich übernahm die Rolle der Schlampe, wenn es verlangt wurde, und ich spielte sie gut; irgendwas in mir fand das ungeheuer geil. Doch es lag nicht nur an Geilheit, es ging auch um Macht – ich nutzte sie, ich erkaufte sie, und ich ergab mich ihr. Wer hatte die Macht? Du oder ich?

Über diese Frage konnte ich jetzt tagelang nachdenken, wenn ich in meinem Bett auf dem Rücken lag, die Hände auf meinen Brüsten, die Sehnsucht nach einem Lecken in mir, meine Finger in den glitschigen Falten. In Gedanken bei den verbotenen Lüsten.

Ich hörte dich hinter mir stöhnen, hörte, wie du den Reißverschluss aufzogst, sah deine Hand auf dem Schaft, verwandelt in eine Urkraft. Du hast die warme Erektion in mich hineingestoßen, getrieben von Gier und Hast. Dein ungestümer Heißhunger machte unsere heimliche Nummer noch erregender.

Beinahe hätte ich dich lieben können, Stanley. Beinahe.

Ich habe Bedürfnisse, Gentlemen, genau wie Sie. Appetit. Aber ich war nie die offensichtliche Verführerin. Ich war immer diskret – außer bei den Gelegenheiten, wenn Kühnheit wirkungsvoller war. Und ich war nie eine Bedrohung für die Ehefrauen. Das, was sie hatten, wollte ich gar nicht, ich wollte etwas ganz anderes von den Männern. Und ich spielte fair, nicht wahr? Ich blieb niemandem etwas schuldig, weder im Bett noch im Job.

Einige von euch mochten mich nicht, und das ist ganz in Ordnung. Ich mochte auch nicht jeden. Einige von euch waren nicht interessiert an dem, was ich zu bieten hatte. Ich respektiere das und würde niemandem ein ›Nein, danke‹ verübeln. Und einige von euch wussten mit mir einfach nichts anzufangen, falsche Gene. Wer? Oh, nein, das geht nur diese Männer etwas an, sonst niemanden.

Auf diese Weise bin ich also hier gelandet. Ich habe mich nach oben geschlafen und nebenbei ein bunte Mischung von Männern genossen. Greg aus der Buchhaltung nahm sich meine Berichte immer zuerst vor, und er gab mir viele gute Ratschläge, wo ich Überflüssiges kürzen und welche Maschinen ich ölen sollte, sodass meine Abteilung bald alle anderen überstrahlte. Natürlich nahmen die richtigen Männer das wahr, und natürlich habe ich mich bei Greg bedankt. Er liebt Blowjobs, und ich hatte nichts dagegen, ihn damit zu belohnen.

Zu Beginn stöhnte er immer ›Nein‹, aber er hat nie versucht, mich daran zu hindern. Er hielt die Armlehnen seines Sessels umklammert und verzog das Gesicht zu einer Grimasse, wenn ich ihn zu necken begann, ihn rieb und versaute Sachen sagte, bis er steif wurde.

Er war ebenso entsetzt über uns wie entzückt. Ich liebte es, seinen Gürtel aufzuschnallen und sein steifes Fleisch, hart vor Erregung, herauszuholen. Dann trat der Mann hinter seinem Anzug hervor und übernahm das Kommando. Der Teppich im Büro war nicht sehr prickelnd, aber irgendwie konnte ich es mir gemütlich machen, ich schloss die Augen unter den Leuchtstoffröhren und stellte mir vor, wir wären irgendwo anders.

Ich leckte seinen Schaft, der wie eine Eins stand, auf und ab. Zu sagen, es hätte mir keinen Spaß gemacht, wäre gelogen.

Ich brachte Greg über die Klippe und ließ ihn allein zurück, schlaff und befriedigt. Den Rest des Tages verbrachte ich damit, mir mehr zu wünschen, während ich den Geschmack seines Samens noch im Mund hatte. Ein Geheimnis.

Arbeit und Sex. Zum Glück für mich gab mir meine Karriere beides.

Wenn ich natürlich nur eine gute Nummer gewesen wäre, hätte ich nicht wirklich viel erreichen können. Aber ich hatte auch Ehrgeiz und Grips, dazu eben den entsprechenden Körper und den Appetit auf Sex. Das ist eine glückliche Kombination, die mir sehr geholfen hat.

Ich mag mich ja die Karriereleiter hoch und in die jeweiligen Titel geschlafen haben, aber ich weiß ganz genau, dass meine Fähigkeiten mich da oben hielten. Sex half nur, mir den Weg zu ebnen. Die Kollegen – und die Vorgesetzten – ein bisschen besser kennenzulernen. Dafür zu sorgen, dass sie mich in guter Erinnerung behielten.

Schließlich wurde ich zur Vizepräsidentin der Produktion berufen und berichtete direkt an den Firmenchef, sonst niemandem. An dem Tag, an dem Griffith Morgeson meine Ernennung bekannt gab, saß ich im Sitzungssaal, den Blick scheu auf den Walnusstisch gerichtet, und verlor mich in den Reflektionen auf der glatt polierten Oberfläche.

Träge Gedanken beschäftigten mich, während die alten Männerstimmen immer weiter dudelten. Wie an anderen Tagen, wenn ich mir einen Vorteil davon versprach, mich ein bisschen schlampig zu geben, trug ich kein Höschen unter meinem Seidenkostüm, und Geilheit, mein stummer Partner, lenkte mich ab.

Ich wartete, schlug die Beine übereinander, presste sie

zusammen, bis ich dachte, ich müsste meine Hand zwischen die Schenkel drücken und die ganze Region massieren, bis es mir kam. Ich wollte ihm – Griff – auf eine ganz besondere Weise für die Beförderung danken. Wie sollte ich es anstellen? Nackt in seinem Büro? Meine nackte Haut würde in einem süßen Pink auf seinen eleganten Polstersofas glänzen. Wie konnte er dann noch Nein sagen? In dieser Umgebung aus Geschäft und Korrektheit würde die spontane Lust noch viel intensiver wirken. Das wusste niemand besser als ich.

Oder lieber hier auf dem Konferenztisch? Ich quetschte die Schenkel zusammen, als wollte ich das Zentrum meines Verlangens schützen wie Hände eine Flamme im Sturm. Der Tisch. Ich wollte mich auf ihm ausbreiten, mich aller Kleider entledigen und meinen Erfolg mit jedem teilen. War das nicht eine hervorragende Idee, wie alle diese Donnerstagssitzung in Erinnerung behalten würden?

Das war natürlich unmöglich, aber ich fantasierte noch Wochen danach über diesen Tag. Die Vorstellung sorgte tagelang dafür, dass ich feuchte Höschen trug. Mir fiel ein Dutzend Szenen ein, wie ich schamlos und nackt auf dem kostbaren Firmenholz genagelt wurde.

Jeder von euch kommt dran. Stellt euch an. Könnt ihr euch das vorstellen? Ich konnte es.

Ich liebte den Sex. Und ich liebte die Aufmerksamkeit.

Ich weiß, wie es sich anfühlt, eure Blicke auf mir zu spüren. Wie hundert sanft geflüsterte Komplimente. Dabei spreche ich von Zusammenlegungen und Strategien, von Personalkürzungen und Konsolidierungen.

Ich genieße die verdeckten Blicke, wenn sie sich vom Bericht heben, den ich verteilt habe; hungrige Blicke auf meinen Brüsten, Hüften, Backen. Ich kann es euch nicht verdenken. Ihr fragt euch, ob meine Nippel hart sind, klein oder dick, ob ich die krausen Härchen zwischen meinen Beinen rasiere. Sind meine Brüste ohne BH auch so steil wie unter meinem Pulli? Ich drücke meinen Rücken ein wenig durch. Ich schrecke nicht davor zurück, alles zu nutzen, was ich habe, um eure Aufmerksamkeit zu behalten. Und ja – sie sind es.

Ich stelle mir deine Tagträume vor. Du hast mir die Natur solcher Dinge erklärt, entschlüsselte männliche Fantasien in postkoitalem Geständnis. Wie würde sich mein Arsch anfühlen, wenn du unter den Rock greifst und die beiden Backen in die Hände nimmst, der Schwanz steinhart, zusätzlich erregt vom Verbotenen?

Es ist erregend, etwas Sündiges zu tun. Du beobachtest mich beim Sprechen und fragst dich, wie mein Mund aussehen würde, wenn er dich umfasst, deine Härte umschlingt, kurz vor der Ejakulation. Es würde aufregend aussehen, aber es würde sich noch viel besser anfühlen. Ich weiß, wie ich meine Zunge einsetzen muss.

Du hast gehört, was sich andere zuflüstern, Schatten von Worten, alle über mich, und dadurch bist du neugierig geworden. Du fragst dich, ob an den Gerüchten was dran ist. Häuslichkeit ist langweilig. Diese Konferenz auch. Du stellst dir vor, deinen Penis in meine samtene Umklammerung zu stoßen. Ich quetsche dich wie eine Faust.

Ich benehme mich tadellos, ich weiß, was sich gehört, gebe mich anständig. Begierde bringt nichts. Es bietet sich keine Gelegenheit.

Dann lächle ich dich an, und du fühlst dich, als wäre es dein Geburtstag.

Schließlich habe ich mich bis zum Präsidenten hochgevögelt. Ansteigende Tendenz. Macht ist sexy; sie auszuüben und in ihrer Gegenwart zu sein. Mir gefiel das, ich liebte diesen Duft von Macht, der dich wie ein elektrischer Schlag packt, ein zu Kopf steigendes Surren von etwas, das du nicht siehst, aber umso mehr fühlst.

Griff war Witwer und ein ziemlich netter Mensch. Er war vital für sein Alter, gesund und aktiv, und ich mochte ihn. Präsident der Firma, Personalchef. Er besaß Charme, sah ziemlich gut aus, hatte die Lebenskraft eines Mannes, der gern Zeit im Freien verbringt, trotz seiner Position, die ihn an Schreibtische fesselte und zu langen Geschäftsessen zwang. Er trieb regelmäßig Sport, und außer mir hielten ihn viele Frauen für attraktiv. Macht passte zu ihm. Ein netter Mensch? Jetzt vielleicht schon; Konkurrenzdruck und Skrupellosigkeit hatte er hinter sich gelassen (ebenso das Abstoßen seiner Hörner, aber einige waren ihm noch geblieben). Alter, Erfolg, Zeit und das erste Enkelkind hatten ihn milder werden lassen.

Aber ich war noch hungrig.

Hungrig genug, dass ich seinen Blick ein wenig zu lange festhielt, wenn wir uns in Konferenzen trafen. Ich lächelte ihn an. Ich ließ meinen Rock und seine Hoffnungen nach oben rutschen. Ich öffnete so viele Knöpfe meiner Bluse, wie gerade noch schicklich war. Er war kein Dummkopf, und er hätte jede Frau haben können. Ich fühlte mich zu ihm hingezogen, und das ließ ich ihn wissen. Entscheide dich für mich, teilte ich ihm auf alle möglichen Arten mit. Ich startete eine Charmeoffensive, aber ich war diskret und präsentierte mich zurückhaltend. Die offensichtlichen Tricks, die ich an einigen von euch erfolgreich angewendet habe, hätten bei ihm nicht funktioniert. Ich wusste, bei ihm würde es anders sein, und vielleicht sah er das auch so. Wir begegneten uns fast auf Augenhöhe.

Und er hatte immer noch Appetit auf das, was ich anzubieten hatte: Lust mit dem Nervenkitzel des Verbotenen. Sie kennen diese Kombination. Schuld ist ein wunderbares Gewürz, nur eine Prise genügt. Unanständigkeit ist immer pikant.

An einem trüben Nachmittag im November fand ich, dass die Zeit gekommen war, den ersten Schritt zu tun. Ich bat um einen Termin bei Griff, als ich wusste, dass es ein ruhiger Nachmittag in einer eher langweiligen Zeit sein würde.

Ich trat in sein Büro und setzte mich vor seinen Schreibtisch, und er sah mich erwartungsvoll an und klopfte mit seinem Füllfederhalter auf den Schreibtisch. Zum ersten Mal wurde ich nervös. Er war schließlich der Präsident. So weit nach oben hatte ich mich noch nie getraut.

Aber ich hatte mich am Morgen vorbereitet, und jetzt spürte ich das altbekannte Schwingen der Begierde, als wenn man eine Saite zupft und den Ton erst viel später hört.

Es war dämmrig in seinem Büro; der Regen dämpfte das Tageslicht. Griffs Schreibtischlampe brannte und warf einen warmen, intimen Schimmer. Ich wollte hinein in diesen goldenen Lichtkreis. Er zog sein Jackett aus und krempelte die Hemdsärmel hoch. Er hatte kräftige, muskulöse Arme, immer noch leicht gebräunt. Im Herbst war er auf einer Bergklettertour gewesen. Er trug noch seinen Ehering. Mir gefiel diese kleine Sentimentalität. Stahlgraue Haare fielen ihm in die Stirn.

Er verfolgte, wie ich ihn musterte, und das Schweigen zwischen uns wuchs. Seine Kraft – und seine Geduld – waren wie Granit. Eisern. Grau. Griffith. Er trug eine dunkelrote Krawatte, burgunderrot wie verschütteter Wein. Wein. Ich hätte ihn stattdessen zu einem Drink einladen sollen, dann hätte ich das hier über einem oder drei Glas Wein in einem dunklen, einladenden Separee machen können. Aber dafür war es zu spät.

Das Schweigen zog sich in die Länge, und er, dem man nichts vormachen konnte, wartete darauf, dass ich zuerst etwas sagte. Mein Herz schlug lauter, ich schwöre es, und in meinem Bauch kribbelte es.

Er hob eine Braue, als die Sekunden verrannen, und ich fragte mich, ob sich unter dem weißen Hemd ein behaarter Brustkorb verbarg. Natürlich wäre er behaart. Ich stellte mir vor, wie ich meine Brüste, die Nippel hart und wach, gegen seine drahtigen Haare und die Wärme seiner Haut rieb. Und plötzlich war ich entspannt. Ich wollte ihn haben.

Schließlich brach er das Schweigen. »Was kann ich für Sie tun, Marianne?«

»Ich will Sie«, sagte ich und stand auf.

Der Instinkt übernahm die Kontrolle. Ich hatte nicht wirklich geplant, wie ich mich anbieten würde.

Dann wusste ich es: nackt. Jetzt.

Ich gab vor, genau zu wissen, was ich tat, und begann, meine Bluse aufzuknöpfen. Griffs Hände blieben still, der Füller schwebte in der Luft. Drei Knöpfe, dann zeigte ich die Spitze, für die ich mich am Morgen entschieden hatte. Die Bluse fiel, und er öffnete erstaunt den Mund.

Ich zog den Reißverschluss meines Rocks auf, ließ ihn zu Boden fallen und öffnete den BH, ohne lange fummeln zu müssen. Meine Nippel reagierten auf meine Dreistigkeit. Ich würde entweder gefeuert oder ins Krankenhaus in Downtown eingeliefert. Aber die Aussicht auf Erfolg – wegen früheren Erfahrungen – ließ mich die Szene durchstehen. Mein Höschen war schmaler als ein Lufthauch. Ich schob es die Schenkel hinunter. Seine Augen schienen verschleiert. Das gefiel mir.

Ich strippte in seinem Büro, langsam und komplett, bis ich vor seinem Schreibtisch stand – völlig nackt. Wie beschreibt man die Wirkung eines solchen Überfalls? Schock und Schauer? Ja, das war die Wirkung, die er auf Griff hatte, aber auf eine nette Art.

Mich erregte es ebenfalls. Seit ich mein Höschen abgestreift hatte, war ich nass.

Und er war hart.

Ich stand da, Geschenk und Belohnung in einem, und bot mich an. Er stieß einen unartikulierten Laut aus und stürzte um den Schreibtisch herum, schneller, als man blinzeln kann. Ein paar bange Sekunden lang fürchtete ich, er könnte an mir vorbeirennen und aus dem Büro stürmen, um die Security zu rufen. Dann wäre mein Schicksal besiegelt. Doch im nächsten Moment hörte ich, wie er den Schlüssel im Schloss drehte, und ich wusste, dass er es ebenso sehr wollte wie ich.

Innerhalb von Sekunden hatte Griff mich auf dem Boden. Ich zog die Knie an, und er grätschte kopfschüttelnd über mich. Verdutzt, amüsiert, ungläubig. Und geil. Ich konnte den Steifen in seiner grauen Hose sehen, und das gefiel mir sehr. Ich konnte es kaum erwarten, ihn anzufassen. Seine Haut würde sich auf meiner Zunge heiß anfühlen. Sein ganzer Körper pochte wie ein aufgewirbeltes Blatt in einem angeschwollenen Frühjahrsbach. Voller Begierde.

Ich hatte mit meinen Kleidern auch die Firmenmaske abgelegt; ich gehörte ihm. Meine Haut fühlte sich warm an auf dem Teppich seines Büros. Meine Nacktheit verwandelte mein Inneres zu Honig. Ich lag unter ihm und war genau da, wo ich unbedingt sein wollte.

Er kniete über mir, der Eroberer, der mir die Rolle der Verführerin versagte. Er übernahm das Kommando. Gut. Wenn er später daran zurückdachte, würde er es als einvernehmliches Erlebnis empfinden. Ich hatte ihn provoziert, aber er hatte den Köder ergriffen.

Griff redete nicht, er schaute nur auf mich hinunter, und die graue Hose versuchte, den Beweis seiner Erregung zu verstecken. Ich habe mich in meinem Leben noch nie so nackt gefühlt, so entblößt, aber alles war gut, das wusste ich. Meine Nippel waren hart – Rausch, Furcht oder Begierde, oder vielleicht auch eine Mischung aus all diesen turbulenten Gefühlen, die durch mich schossen. Er berührte meinen rechten Nippel, als überlegte er, was ihm da angeboten würde, und rollte ihn langsam zwischen Daumen und Zeigefinger. Ich stöhnte.

»Okay«, murmelte er. »Okay.«

Er zog den Reißverschluss seiner Hose auf, öffnete den Gürtel, und seine Nacktheit stieß hervor und gesellte sich zu meiner. Sein Schwanz ragte hoch, schwer und potent, genau wie der Mann. Voller Begierde starrte ich ihn an. Ich war ganz Versprechen, völliges Einverständnis, und ich wusste, dass wir kein Vorspiel brauchten. Mein Strip hatte dafür gesorgt.

Im nächsten Moment war er zwischen meinen Beinen, und er leckte den Nippel, mit dem er gespielt hatte, und während er hart daran saugte, stieß er seine Erektion in mich hinein. Seine Krawatte baumelte kurz über mir, dann wurde die rote Seide von unseren Körpern zerknittert.

Meine nackten Schenkel glitten über den feinen Stoff seiner Hose, und sein Schaft stieß bis zur Wurzel in mich hinein und füllte mich aus. Mit seinem Körper hielt er mich auf dem Büroteppich fest, und nichts konnte die Wucht seiner Stöße dämpfen. Griff nahm mich schnell, wild und hart, und er fühlte, wie ich innerlich schmolz.

Ich war den ganzen Morgen schon bereit gewesen, bereit seit Wochen, und hob mein Becken an, um seinen Stößen zu begegnen. Ich gab ihm meine Nässe mit. Er wurde schneller, ich ging mit, der Höhepunkt so unvermeidlich wie der Sonnenaufgang. Er saugte meinen Nippel, gierig, dann erhob er sich und pumpte in mich hinein, sein Gesicht nicht mehr mit dem unverbindlich-geschäftlichen Ausdruck, sondern nackt in seiner Lust. Seine Stöße schoben mich zur Erleichterung. Wie eine Gestalt auf dem Pferderücken, die aus einem Sandsturm auftaucht, verband sich das Chaos einer einzigen Sache: Ich war kurz vor … »Griff«, rief ich heiser, denn ich musste es ihm unbedingt sagen, schließlich war er es, der es auslöste, »ich komme …«

Sein Kuss brachte mich zum Schweigen, und ich stieg hoch, biss in seine Zunge, heiß und nass.

Er folgte mir nur einen Moment später und erstickte seinen Schrei in meinen Haaren. Wie immer versuchte ich, den Moment des ersten Samenstoßes zu fühlen, aber ich konnte nicht wirklich ausmachen, wann der erste begann und der letzte endete. Nur durch die langsameren Stöße, durch sein abgehacktes Atmen und wegen der letzten Schauer, die ihn durchliefen, wusste ich, wann die Erlösung ihn erfasste.

»Was willst du?«, fragte er, als wir fertig waren. Ich schwebte zurück ans Ufer, war mir des Teppichs unter meinem Rücken bewusst, sah zur Decke in Griffs Büro hoch und nahm die üblichen geschäftigen Geräusche außerhalb seiner Tür wahr. Unser Zwischenspiel. Das Telefon auf seinem Schreibtisch hatte geklingelt, leises Klopfen an die Tür war ignoriert worden. Ich stellte mir seine Sekretärin draußen vor der Tür vor und hoffte, dass sie diskret war.

»Nichts«, sagte ich, und vielleicht war das in diesem Augenblick auch die Wahrheit.

Wir hatten eine Affäre. Es war die beinahe beste Zeit meines Lebens. Ich hatte alles, was ich mir wünschte – ich vögelte mit meinem Boss und liebte jede Minute davon. Ich habe nie um mehr gebeten, als er mir zu geben bereit war. Ich habe ihn nie bedrängt, irgendeine Verpflichtung einzugehen, mich zu einem gemeinsamen Urlaub einzuladen, mir irgendwelche Sachen zu kaufen. Dafür brauchte ich ihn nicht, und außerdem liebte ich die Zeit, die mir privat für mich blieb.

Ich war immer noch Abteilungsleiterin mit einem gewaltigen Verantwortungsbereich, der viel Zeit beanspruchte. Ich mochte seine Gesellschaft, und im Bett war er ein erfahrener Partner. Wenn es meiner Karriere half, sich so gut mit dem Firmenpräsidenten zu verstehen – bitte schön. Er erlebte viel Freude und Genuss in unserer gemeinsamen Zeit. Es war ein fairer Handel.

Ich habe nie mehr verlangt, als er mir bot. Schließlich bot er mir eine Menge.

Ich hatte mich bis auf die höchste Etage gevögelt, bis in die Penthouse Suite des Glas-Stahl-und-noch-mehr-Glas-Gebäudes, mit Egos, riesig wie Monumente, und ich ging sogar noch durch die Decke. Sicher, ich tat es auf den Knien oder auf dem Rücken oder auf meinem Schreibtisch – mir war egal, was mir weiterhalf.

Er bot mir alles an. Dann den Goldring – das war mein Preis. Zwei Tage lang war ich unentschlossen. Dann nicht mehr. Wir heirateten.

Und es war gut. Ich wusste, wir würden keine Kinder haben, und ich wusste, dass er es gewohnt war, nach seinen Vorstellungen zu leben. Ich wusste, dass ich in die Rolle schlüpfte, die eine andere Frau geprägt hatte, aber ich war völlig anders als seine erste Frau, und selbst seine Kinder gönnten ihm den Trost einer zweiten Ehe.

Dann, wie Sie wissen, starb Griff. Herzschlag im Sommerhaus. Und ja, die Gerüchte, die damit verbunden sind, treffen zu. Er schied mit einem Lächeln auf dem Gesicht aus diesem Leben, denn er hatte mich gerade gevögelt. Es war ein bisschen enthusiastischer gewesen als gewöhnlich, und nach dem Schluss rollte er sich auf die Seite und sagte, dass er erschöpft wäre. Nicht schlecht, dachte ich, ich hatte ihn geschafft. Er trat hinaus, um beim Sonnenuntergang eine Zigarre zu rauchen. Und genau da passierte es.

Seltsam, dass er nicht nach mir rief oder dass er nicht versuchte, sich irgendwie zu retten. Er schwankte nicht, und ich hörte ihn auch nicht stöhnen.

Es passierte da, wo er es gewollt hätte, obwohl es auch zu ihm gepasst hätte, am Schreibtisch von uns zu gehen. Griff fiel es wahnsinnig schwer, Verantwortung abzugeben, für die er so hart gekämpft hatte.

Er war also gegangen. Ich fand, dass ich ihn viel mehr vermisste, als ich für möglich gehalten hätte. Ich vermisste den Bastard sehr. Ich dachte, es wäre mir nur um Positionen und Karriere gegangen, um Dinge, die ich hatte tun müssen. Und warum schmerzte es dann so sehr, jetzt ohne ihn zu sein? Mein Körper lechzte nach dem, was er mir so regelmäßig gegeben hatte – diese Kraft, die er nicht nur in Konferenzräumen oder auf Golfplätzen anwandte; sie vermisste ich auch.

Ja, ich wollte immer noch vögeln, aber jetzt wollte ich auch am Morgen aufwachen und den Mann sehen, mit dem ich am Abend eingeschlafen war. Griff. Dass ich einen Mann neben mir haben wollte, überraschte mich. Seit Jahren war ich nicht so sentimental gewesen, aber ich hatte mich daran gewöhnt, jemanden um mich zu haben.

Und die Moral von der Geschicht? Beinahe jeder von euch Kerlen wäre nur zu glücklich, in die Schuhe des Präsidenten zu schlüpfen – und natürlich in sein Bett. Aber ich will euch nicht mehr.

Nun, ich weiß, das ist eine ungewöhnliche Kündigung,

aber so ist es nun mal, Jungs. Ob ihr nun vor Wut auf den handgefertigten Schuhen in die Luft springt oder ob ihr in eure Armanihosen spritzt – irgendeine jüngere und hungrigere Frau wird meinen Platz einnehmen.

Ich habe bekommen, was ich wollte, ich habe meine Spuren hinterlassen. Geld? Ihr fragt immer nach Geld. Also, ich habe genug davon bis ans Ende meines Lebens.

Arbeit? Mein Herz ist nicht mehr dabei. Es ist Zeit, sich zurückzuziehen.

Ganz oben ist es einsam.

Auf der 37. Etage

Von Tulsa Brown

»Aber Lise, du hast versprochen, mit mir zur Weihnachtsfeier zu gehen.«

»Darrel, das war, bevor wir Schluss gemacht haben.«

»Ich habe schon vor einem Monat allen gesagt, dass du mich begleitest.«

»Du hättest eine andere einladen sollen.«

»Ich war krank«, jammerte Darrel. »Außerdem weißt du, dass ich dich vermisse.« Seine Stimme zupfte an mir wie ein Hund, der unter dem Tisch meinen Fuß mit seiner Pfote tätschelt.

Ich seufzte. »Ich werde mal nachsehen, ob ich ein passendes Kleid finde.«

Darrel Groening hatte langes, dünnes Haar und war hager, und er schien immer am Rand einer Erkältung zu sein. Ich hatte ihn im vergangenen Frühjahr kennengelernt, und schon nach fünfzehn Minuten wusste ich, dass er nicht mein Typ und schon gar nicht der richtige Mann für mich ist. Trotzdem hatte ich es einen ganzen qualvollen Sommer mit ihm probiert und brauchte noch zwei weitere Monate, um mit ihm Schluss zu machen. Das lag daran, dass ich aus Trent, Minnesota, komme, wo Frauen noch fünf mehr Gebote haben als alle anderen Menschen.

1. Nimm nie ein Kompliment an.

2. Lehne nie eine freundliche Einladung ab.
3. Zahle nie den vollen Preis.
4. Beschwere dich nie.
5. Brich niemals dein Wort.

Sie waren nirgendwo aufgeschrieben, aber in meiner Jugend habe ich sie öfter gehört als die zehn anderen. Als ich im Alter von fünfundzwanzig Jahren nach New York zog, brauchte ich sie nicht einzupacken – sie steckten schon unter meiner Haut.

Darrel war ziemlich scharfsinnig. Er hatte nicht nur die zusätzlichen Gebote herausgefunden, er hatte auch gelernt, sie gegen mich auszuspielen. Das erste Gebot, um das fünfte zu verstärken, gehörte zu seinem ganz persönlichen Geschick. Und Sex? Nun, er hatte Glück, dass es das vierte Gebot gab.

Die Party kam viel zu früh. An einem Abend Mitte Dezember fand ich mich im Ballsaal einer Firma in Manhattan – gegen meinen Willen, aber mit meinem Einverständnis. Darrel erwies sich als tapferer Mann, schließlich litt er an einer Stirnhöhlenvereiterung im Endstadium. Er führte mich an seinem Arm herum und prahlte mit mir wie mit einer neuen Armbanduhr. Mich beunruhigte, dass so viele Leute schon von mir gehört hatten, aber noch mehr irritierte mich, wie er mich vorstellte.

»Das ist meine Freundin Lise. Reimt sich auf *›please‹*.«

Ich lächelte durch zusammengebissene Zähne.

»Oh, was für ein hübsches kleines Ding«, hörte ich große, attraktive Leute sagen.

Bei uns in Trent, Minnesota, sagt man eher niedlich. »Niedliche Frauen sollten keine lauten Farben tragen.« Oder: »Niedliche Frauen sollte nicht zu glücklich aussehen – sonst fühlen sich alle anderen Frauen schlecht.«

Diese Gefahr bestand heute nicht. Ich trug ein schlichtes Satinkleid in Pastellblau, und die Sandalen hatte ich umgefärbt, damit sie zum Kleid passten, eine direkte Folge des dritten Gebots. Umgeben von eleganten schwarzen Cocktailkleidern kam ich mir wie eine entflohene Brautjungfer vor. Ich leerte zwei Gläser Wein und fragte mich, welche Krankheit ich vortäuschen könnte, ohne Darrels Konkurrenzdenken anzustacheln.

»Oh, Mann, schau dir die mal an, da drüben«, flüsterte er mir plötzlich ins Ohr. »Die Abteilungsleiterin ist ein astreines Luder. Rechts von uns, ziemlich genau auf drei Uhr.«

Selbst aus dieser Entfernung konnte ich sehen, dass Maybird Howe die außergewöhnlichste Frau war, die ich je gesehen hatte. Eine große, üppige Frau, brach sie mehrere Gebote des Schicklichen und hätte die Frauen von Trent kollektiv aufheulen lassen.

Volle Brüste quollen gefährlich über das tief ausgeschnittene Kleid, und die nackten Arme waren fast so stämmig wie meine Oberschenkel, und mehr Kurven als ich hatte sie auch. Sie kam uns mit langsam schwingenden Schritten entgegen, und ihr Kleid, mit roten und goldenen Perlen verziert, leuchtete. Sie sah aus wie Mardi Gras bei Nacht, eine Explosion aus Farben im Kontrast mit ihrer dunklen Haut.

Zuerst war ich wie gebannt und viel zu eingeschüchtert, um etwas sagen zu können. Maybird schien auf einer wunderbaren Wolke des Selbstvertrauens zu schweben, und selbst ihr Plaudern strotzte vor Witz. Als sie mich anschaute, war mir, als stünde ich in einem Sonnenstrahl. Woher kam diese Frau, fragte ich mich, dass sie eine solche Ausstrahlung hatte?

Darrel tauchte nach der gegenseitigen Vorstellung unter, angeblich, um mir ein neues Getränk zu holen. Maybird hatte offenbar nicht vor, jetzt schon zum nächsten Tisch zu gehen, obwohl ich mir sicher war, dass sie mich sterbenslangweilig fand. Ich kämpfte darum, meine Stimme wiederzufinden, von der ich wusste, dass sie vorher noch da gewesen war.

»Ist Maybird wirklich Ihr richtiger Namen?«, fragte ich schließlich.

Sie hob eine Augenbraue und neigte den Kopf ein wenig. »Ist diese schlaffe Nudel wirklich Ihr Verlobter?«

»Nein! Oh, Himmel, nein!« Hatte er das den Leuten erzählt? Ich flatterte und schnatterte wie ein nervöses Vögelchen, denn mir war es wichtig, dass sie die Wahrheit kannte. Langsam hellte ein Lächeln ihr rundes, gelassenes Gesicht auf.

»Das freut mich. Sein Büro befindet sich nur auf der fünfzehnten Etage, müssen Sie wissen. Ein so zauberhaftes Wesen wie Sie sollte sich nur mit Kollegen ab der zwanzigsten abgeben.«

Diese Worte breiteten sich warm und mit unerwarteter Freude in mir aus, aber sie hatte mich natürlich sofort ans erste Gebot genagelt. Ich wich so schnell vor ihrem Kompliment zurück, dass ich jemanden hätte umstoßen können.

Maybird beobachtete mich immer noch lächelnd, aber ich sah auch eine neue Intensität in ihren intensiven Katzenaugen. »Kommen Sie mit in mein Büro. Meine Aussicht soll sich an Ihnen erfreuen.«

Ihre Aussicht sollte sich an mir erfreuen? War ich betrunken, oder nahm sie mich auf den Arm? Aber ich wollte gerne mit ihr gehen, ich wollte es mehr als vieles andere in der letzten Zeit.

»Nun ja, ein paar Minuten habe ich Zeit«, murmelte ich.

Als wir mit dem Aufzug in die siebenunddreißigste Etage fuhren, spürte ich überall um mich herum Maybirds Präsenz.

Ich sog ihr Parfum ein, es duftete nach Chrysanthemen oder irgendeiner anderen wunderbaren, zu Kopf steigenden Blume. Ich starrte auf ihr Kleid und fragte mich, wie sich ihre üppigen Hüften anfühlten, wenn ich mit einer Hand über sie streichelte, über den sanften Druck des Fleischs unter dem glatten Stoff und den vielen Perlen. Ich war entsetzt, dass ich nicht entsetzt über meine Gedanken war.

Sie besaß Magnetschlüsselkarten für alles, für den Aufzug, die verschlossene Etage, für ihr eigenes Büro. Sie führte mich durch die letzte Tür und schaltete zwei Wandleuchten ein, aber die prächtigen Eichenpaneele an der Wand und die Ledergarnitur lagen im sanften Schimmer. Ganz Manhattan strahlte in diesen Raum.

»Oh«, entfuhr es mir. Das Fenster war so lang wie die Wand, ein großartiges, glitzerndes Panorama. Der Blick zog mich an, und ohne nachzudenken, trat ich vor, legte die Hände auf ein hüfthohes Fensterbord und stützte mich gegen den plötzlichen Schwindelanfall ab.

»Sehen Sie jetzt, warum Sie sich nur mit Menschen oberhalb der zwanzigsten Etage abgeben sollten?«, fragte Maybird. »Schönheit verlangt Schönheit.«

Ich drehte mich mit einem verlegenen Lachen um und wollte protestieren, aber der nervöse Laut verebbte in meiner Kehle. Sie stand jetzt dicht neben mir, und der Anblick ihrer Kurven, die Nacktheit ihrer Arme und der tiefe Halsausschnitt ließen mich verstummen. Maybird lehnte sich mit dem prallen Hintern gegen den Rand ihres Schreibtischs, und die Perlen rieben mit einem erregenden, knirschenden Geräusch über das Holz.

Sie lächelte. »Ziehen Sie die Schuhe aus, kleine Miss, wenn Ihre Füße schmerzen.«

Der Name behagte mir nicht, ein kleiner Biss an einer

geheimen Stelle. Aber sie hatte recht – ich hatte in meinen billigen Sandalen wenig Halt, und meine Zehen waren verkrampft. Erleichtert streifte ich sie ab und sank vor ihr etwa sechs Zentimeter tiefer.

»Und die Strümpfe.«

»Wieso?«

»Wenn du dich auf meinen Schreibtisch stellst, will ich nicht, dass du ausrutschst.«

Hatte ich richtig gehört? Ich war fassungslos. Ich schaute wieder aus dem Fenster und sah die vielen Wolkenkratzer, die in dieser Dezembernacht leuchteten. Ich konnte sogar in die Fenster der Büros auf der gegenüberliegenden Straßenseite schauen, die verlassenen Schreibtische und die Aktenschränke im fluoreszierenden Licht der Deckenlampen sehen. Und wenn ich in diese Fenster blicken konnte ...

Maybird kam näher und strich mir über die Haare, sie hob sie vom Nacken und ließ ihre warme Hand auf meiner nackten Schulter liegen. Die Hitze drang durch meinen ganzen Körper.

»Sie sind alle nach Hause gegangen. Und wenn dich wirklich jemand sähe, glaubst du, sie würden dich morgen erkennen, wenn du über den Bürgersteig gehst? Nein, du bist hier sicher, du bist frei.« Ihr Lächeln war überlegen, erfüllt von jahrelanger Erfahrung. »Ich will, dass meine Aussicht dich genießen kann, kleine Miss.«

Da sagte sie es schon wieder. Meine Schamlippen schwollen an zwischen meinen Schenkeln. Ich fühlte mich weit weg von Trent, kühn geworden nach zwei Gläsern Wein und der Berührung dieser starken, aufregenden Frau. Wie alt mochte sie sein? Fünfunddreißig? Vierzig?

Ich wusste nur, dass sie mich in ihrer Gewalt hatte. Ich wollte mich fallenlassen wie in einen Fluss und von der Strömung weggetragen werden. Ich drehte mich scheu um und langte unter meinen Rock, um die Strumpfhose auszuziehen. Einen kurzen Augenblick dachte ich daran, auch gleich den Slip auszuziehen, aber ... nein.

Meine nackten Beine flüsterten sich gegenseitig überrascht etwas zu. Maybird streckte ihre Hand aus, und ich gab ihr das weiche Knäuel meiner Strumpfhose, die sie in den Papierkorb warf. Ich starrte ihnen hinterher, für einen Moment ein wenig bedauernd. Sie hatten fünfzehn Dollar gekostet.

»Rauf mit dir.«

Ich stieg auf einen Ledersessel und von dort auf die glänzende Holzoberfläche des Schreibtischs. Ich streckte mich behutsam, ein bisschen schummrig wegen der Höhe und der ungewohnten Perspektive. Der Raum sah nicht mehr aus wie das Büro, das ich betreten hatte. Mein Blick war auf die Rückwand gerichtet, als Maybirds Stimme zu mir drang.

»Dreh dich zum Fenster. Sage mir, was du siehst.«

Ich drehte mich mit winzigen, vorsichtigen Schritten; meine nackten Füße klebten auf der polierten Oberfläche. Dann lachte ich ausgelassen.

»Oh, mein Gott, ist das ein wunderbarer Blick! Es ist wie die Milchstraße!« Aus diesem neuen Blickwinkel verschwand die harte Kontur des Fensterbords aus meinem Gesichtsfeld. Ich konnte nur endlose Lichter sehen, tatsächlich wie eine glitzernde Galaxie. Wenn ich geradeaus schaute, gab es kein Büro und kein Fenster, und meine Wahrnehmung der Tiefe löste sich auf. Ich schwebte in den Lichtern, war eins von ihnen. Es war magisch und seltsam ... vertraut. Einen Moment lang war ich wieder Kind, lag unter dem weiten Nachthimmel der Prärie und glaubte, auch ein Stern zu sein.

»Ja, die Milchstraße«, murmelte Maybird. Dann: »Zieh dein Kleid aus und lass es auf deine Füße fallen.«

Meine Klitoris schwoll bei solch undenkbarer Verruchtheit an. Meinen Körper vor einem so großen Fenster zu entblößen, nur zum Vergnügen einer anderen Frau, damit sie … ja, was eigentlich?

Die Aussicht genießen konnte.

»Jetzt, kleine Miss.«

Der Befehlston erregte mich. Mein Herz flatterte, als ich hinter mich langte und nach dem Reißverschluss griff. Die Zähne lösten sich, es hörte sich wie ein zustimmendes Schnurren an. Meine Pussy wurde glitschig, die geschwollenen Lippen pressten gegen den gespannten Schritt meines Baumwollslips. Ich überlegte, für welche Farbe ich mich am Morgen entschieden hatte und ob sie ihr gefallen würde.

Ein Rascheln verriet mir, dass Maybird noch wartete. Ich schüttelte die dünnen Träger von den Schultern und ließ den Stoff herabgleiten; er bauschte sich zu einer blauen Satinlache um meine Füße.

»Ahh.« Ihr Aufseufzen war so etwas wie schmachtende Bewunderung, wie eine Liebkosung meines nackten Rückens. Der Klang sprach meine Nippel an, die in der kühlen Luft sehr hart wurden und sich danach sehnten, berührt zu werden. Eine winzige Ecke meines Gehirns war entsetzt und mochte nicht glauben, dass ich wirklich hier stand und mich vor der nächtlichen Stadt entblößte. Aber der Rest dachte überhaupt nichts. Ich war nur ein Teil des Himmels, ein nasser, pochender Stern, schön, mächtig, ausgehungert.

Das Rascheln ihres Kleids holte mich auf die Erde zurück. Ich traute mich nicht, nach unten zu schauen, als ich ihren Atem auf den Rückseiten meiner Beine spürte, aber als sie den Mund zu einem feuchten Kuss auf meine Wade öffnete, schoss ein heißer Lustpfeil direkt in meinen Unterleib. Ich schwankte auf ihrem Schreibtisch.

»Ich könnte fallen«, flüsterte ich.

»Also gut, dann setz dich hin.«

Ich ließ mich auf die Oberfläche sinken, und sie zog mein Kleid weg, damit es nicht knitterte. Sie schüttelte die Falten aus dem Stoff und ging quer durchs Zimmer, um das Kleid sorgsam über einen Stuhl zu hängen. Ich saß auf dem Schreibtisch und ließ träge meine Beine baumeln; wie ein Kind, das man auf den Tisch gesetzt hatte, damit es nicht im Weg herumstand. Ich hätte mich gern gestreichelt, aber ich traute mich nicht.

Maybird schlenderte zu mir zurück. Ihr Abendkleid schwang unter seinem eigenen luxuriösen Gewicht, und ihre Augen blickten mich neckend an. Eine lachende Löwin. Als sie an den Schreibtisch trat, öffnete ich die Knie, um ihre drallen Hüften zu umschließen. Ich langte hinauf und wollte sie umarmen. Sie hielt meine Handgelenke fest und brachte meine Hände zurück an die Seiten, flach auf den Schreibtisch gedrückt.

»Ich habe ein Lineal in der Schublade«, sagte sie fröhlich. »Zwing mich nicht, es herauszuholen.«

Meine Klitoris pochte bei dieser überraschenden Ermahnung.

Maybird küsste mich, ein süßes Saugen von erstaunlicher Kraft. Mir kam es so vor, als saugte sie mein Geschlecht in ihren Mund. Sie umfasste meine Brüste und quetschte die harten Nippel zu kleinen festen Spitzen.

Ich spreizte meine Beine noch weiter und versuchte, näher an ihren gewölbten Bauch heranzukommen. Ich hoffte, ich könnte meine Pussy gegen die Perlen ihres Kleids reiben. Ich stöhnte vor gedankenlosem Verlangen, ein hungriges kleines Tier.

Endlich streichelte sie mit dem Daumen zwischen meinen

Beinen, ein erstes lüsternes Empfinden, das mich aufkeuchen ließ.

»Oh, Himmel, dein Slip ist ziemlich nass, kleine Miss.«

»Oh, ja, ja, bitte.« Ich versuchte, nicht zu wimmern.

»Lege dich auf meinen Schreibtisch.«

Ich streckte mich auf der breiten Holzoberfläche aus, und sie war so hart und unbequem, wie ich befürchtet hatte – aber nur eine halbe Minute lang. Danach hatte ich sie komplett vergessen. Maybird zog den Reißverschluss ihres eigenen Kleids auf und befreite ihre gewaltigen weichen Brüste aus ihrem Gefängnis. Sie beugte sich über mich, hob mich an und umarmte mich innig. Ich saugte an einer Brust und streichelte die andere. Es war eine Wonne, an ihrem prallen Fleisch zu lutschen. Sie streifte meinen Slip ab und drückte meine Knie gegen meine Brüste. Jetzt lag meine Pussy vor ihr, eine nasse Spalte, die sie öffnete, streichelte und neckte.

Schließlich stieß sie zwei Finger in meine Pflaume, während der Daumen noch auf meine erigierte Perle drückte. Einen kurzen Moment lang stellte ich mir vor, wie es aussehen musste, wenn jemand durchs Fenster schaute, die blasse Haut meiner schlanken Schulmädchengestalt in ihren dunklen Armen, mein sehnsüchtiges Saugen an ihrer Brust, das Ficken ihrer kräftigen Hand. Aber ich befand mich jenseits aller Sorgen, ich war nicht mehr auf dieser Erde – mein Planet war Lust, ich wand mich, ich saugte, ich stöhnte.

Ich kam. Meine inneren Muskeln zogen sich zusammen, und die herrlichsten Zuckungen schüttelten mich in pulsierenden weißen Wellen. Ich mahlte und kreiste gegen ihre Hand, trieb den Orgasmus über die erste Klippe, dann über die zweite, ich ritt ihre Hand voller Gier und spürte die Lust in meinen Brüsten und in den Zehen. Und die ganze Zeit lag ich in den weichsten Kissen der Welt.

Es fühlte sich seltsam an, sich wieder anzuziehen. Die Vorstellung, Kleider zu tragen und ein Leben außerhalb dieses Raums zu führen, wirkte befremdlich. Ich warf einen Blick auf meine Strumpfhose im Abfallkorb, und es fiel mir schwer, mir in Erinnerung zu rufen, wofür ich sie brauchte. Dabei hatte ich eben noch über den Verlust geseufzt.

Ich bemerkte, dass Maybird mich beobachtete. Ab und zu fiel ihr Blick auf ihren Schreibtisch, auf dem ich mich entblößt hatte und zu einem Stern geworden war. Das Geheimnis ließ mich nicht los. Was hatte sie in mir gesehen, oder was hatte sie in meiner Stimme gehört? Hatte sie gewusst, was der Ausblick bei mir auslösen würde? Was sie mit mir anstellen würde?

»Wo kommst du her?«, fragte ich.

Maybirds Gesicht war so ruhig und glatt wie polierte Eiche, aber ich sah einen Schimmer in ihren Augen. »Oh, von nirgendwo. Irgendeine kleine Stadt im Mittleren Westen.«

Ich fühlte, wie sich eine Klammer um mein Herz legte. »Aber nicht Trent?«

Das Spiel war vorbei, und sie lächelte breit. »Nein, ich komme aus Arthur, Minnesota, aber das liegt ganz in der Nähe, kaum eine Tagesstrecke …«

»… für einen lahmen Hund«, beendete ich die Redensart aus unserer Gegend. Die Enthüllung ließ mich klar sehen. Kein Wunder, dass Maybird die zusätzlichen fünf Gebote kannte, alle von eins bis fünf, mit denen wir aufgewachsen waren. Und doch stand sie hier vor mir, sinnlich, selbstsicher, eine blendende Schönheit voller Einfluss. Sie strömte Macht aus. Das gab mir einen Hauch von Hoffnung, der sich in einem lauten Lachen ausdrückte.

»Weißt du, ich glaube nicht, dass ich mich beim Hinausgehen von meinem ›Verlobten‹ verabschiede«, sagte ich.

»Nein, das glaube ich auch nicht.« Maybird streckte ihre Hand aus, und ich nahm sie, dann traten wir hinaus auf den blitzblanken Flur, zwei himmlische Körper, die in einer neuen Nacht leuchteten.

Einen schönen Tag

Von Mike Kimera

Hier ist die Nachricht, die ich dir über den Piepser geschickt habe: »Öffne das Paket, wenn du allein bist – aber öffne es sofort.«

Fünf Minuten später, um halb zwölf, bringt UPS das Päckchen mit der Aufschrift PERSÖNLICH zu deinem Schreibtisch im Büro. Alle bemerken, dass du gleich zur Toilette gehst, um es zu öffnen.

Das Paket enthält einen Begleitbrief, ein Kondom und einen großen schwarzen Dildo – einen dieser anatomisch korrekten, aber allen Proportionen Hohn sprechenden Dildos, mit Adern und Furchen, aus Silikon hergestellt, damit man sie biegen kann und sie sich bei der Berührung warm anfühlen.

Er sieht riesig aus in deiner Hand. Du erwischst dich dabei, wie du mit ihm spielst, wie du sein Gewicht in deiner Handfläche wiegst. Ohne irgendwas zu denken, reibst du den Kopf gegen deine Wange. Dann fällt dir der Begleitbrief ein. Darin steht: »Zieh dein Höschen aus. Falte es zusammen und steck es in deine Handtasche. Lass das Kondom über den Dildo gleiten und schiebe ihn in deine Pussy. Mach dich nicht fertig mit ihm. Geh um 12.15 Uhr zu unserem Tisch bei Starbucks.«

Deine Pussy ist sehr nass. Aber du denkst: Dieser riesige

Dildo wird niemals passen. Dann wird dir klar, dass du zurück in dein Büro gehen und warten musst, bis es Zeit ist, zum Coffeeshop um die Ecke zu spazieren. Du fragst dich, wie sich dieses Monstrum beim Gehen in deiner Möse anfühlen wird. Dir fällt auf, dass du den Gummischwanz in deiner Hand drückst und quetschst. Mit plötzlicher Entschlossenheit ziehst du dein Höschen aus – heute aus roter Seide –, faltest es zusammen und steckst es in deine Handtasche.

Du hast gerade die Folie des Kondoms aufgerissen, als du hörst, wie Leute die Toilette betreten. Du hast keine Zeit zu warten, bis sie fertig sind. Du rollst das Kondom über den schwarzen Schwanz in deinen Händen – verdammt, das fühlt sich so real an, dass du fast glaubst, er würde dich anspucken. Du kannst nur hoffen, dass niemand den Geruch des Kondoms wahrnimmt. Du stellst einen Fuß auf die Porzellanschüssel und öffnest dich so weit du kannst, dann fängst du an, das Monster in dich hineinzuschieben.

Jemand betritt die Kabine neben deiner. Du kämpfst damit, das Ding ganz in dich aufzunehmen. Musst versuchen, nicht gehört zu werden. Musst standhaft bleiben und dich mit dem Eindringling nicht bis zur Bewusstlosigkeit zu ficken. Den weitaus größten Teil hast du in dir. Vier Zentimeter lugen heraus. Du setzt dich auf die Kloschüssel, balancierst den Dildo und drückst, so fest es geht. Er gleitet langsam tiefer, und du stöhnst.

Der schwarze Dildo steckt nun tief in deiner Möse. Du ziehst deinen Rock hinunter und verlässt die Kabine. Im Spiegel siehst du, dass deine Nippel hervorstehen und deine Beine ein wenig geöffnet sind, wodurch der Rock leicht nach oben zieht. Den Leuten im Büro wird bestimmt irgendwas auffallen.

Du kehrst an deinen Schreibtisch zurück. Dein Piepser meldet sich. Du liest: »Wie fühlt es sich an?«

Der Piepser summt schon wieder. »Schlage deine Beine übereinander.«

Du gehorchst und fühlst, wie sich der Gummischwanz in dir bewegt. Noch drei Minuten, ehe du zu Starbucks aufbrechen kannst. Ein Kollege tritt an deinen Schreibtisch und fragt, ob du mit zum Mittagessen kommen möchtest. Du glaubst, dass er auf deine harten Nippel starrt. Kann er dich riechen? Du willst auf seinen Schritt gucken, um zu sehen, ob er hart ist, aber du traust dich nicht. Du lächelst und lehnst sein Angebot ab.

Noch nie war Gehen so schwierig. Obwohl du weißt, wie fest der Stab in dir sitzt, sorgst du dich, dass er herausrutschen könnte. Du hast das Gefühl, dass deine Beine weit gespreizt sind, während du über den Bürgersteig gehst. Deine Hüften schwingen etwas mehr als sonst. Das zieht Aufmerksamkeit auf sich. Du versuchst, dich zu beeilen, und musst plötzlich stillstehen. Der Druck wird zu stark. Du gehst langsam weiter auf Starbucks zu.

Der Piepser meldet sich. »Dreh dich nicht um. Ich beobachte dich. Passt doch gut in dich rein, was?« Du kommst gerade bei Starbucks an, als du die Nachricht zu Ende gelesen hast.

Unser Tisch ist besetzt. Eine sehr schöne schwarze Frau in einem eleganten hellgelben Kostüm sitzt da. Du drehst dich um, weil du mich suchst, und da lächelt die Frau dich an, sie steht auf und umarmt dich.

»Jenny«, ruft sie und drückt dich an sich. Sie ist einsachtzig groß, schlank, hat lange schwarze Haare, einen breiten Mund, glänzende Zähne und hohe Wangenknochen. Unter dem Jackett trägt sie keine Bluse.

Während sie dich umarmt, flüstert sie: »Das ist ein sehr großer Dildo, nicht wahr, Jenny? Setz dich dicht an mich heran und hebe deinen Rock, damit du mit dem blanken Hintern auf dem Stuhl sitzt, und lass die Beine ein wenig geöffnet. Dein Mann hat mich geschickt.« Sie küsst dich auf beide Wangen und setzt sich. Du bist entsetzt. So etwas habe ich dir noch nie angetan.

Der Piepser sagt: »Tu, was sie dir sagt.« Als du den Blick hebst, siehst du, dass sie auf deine Nippel starrt. Sie bemerkt deinen Blick, lächelt dich an und leckt sich die Lippen. Du setzt dich. Der glänzende Aluminiumstuhl fühlt sich auf deiner nackten Haut kalt an. Sie rückt ihren Stuhl näher an dich heran, und während sie dir mit der linken Hand einen Latte reicht, gleitet ihre rechte Hand deinen Schenkel hoch und dringt bis zu deiner Pussy vor.

»Verschütte den Kaffee nicht auf deinen hübschen Rock«, mahnt sie dich und schaut dir in die Augen, während ihre Finger an deinen geschwollenen Pussylippen entlanggleiten und den Stamm des Dildos am Eingang deiner Höhle abtasten. Du bleibst absolut still sitzen.

Sie drückt leicht gegen den Dildo, aber er bewegt sich nicht. Ihre Finger beschreiben langsame, kleine Kreise auf deinen Schenkeln. Sie führt die Finger an ihre Lippen und leckt sie. »Ich liebe eine enge nasse Muschi«, sagt sie. »Mir wurde gesagt, dass du gut bist.« Du schaust auf deinen Kaffee. »Hübsche Nippel hast du auch. Ich bin froh, dass du keinen BH trägst ... Ich werde dich benutzen, Jenny – mit deinem Einverständnis natürlich – ich habe doch dein Einverständnis?« Sie wartet auf deine Antwort.

Du schaust auf. »Ja, du hast mein Einverständnis, du darfst mich benutzen ... ja, das würde mir gefallen.«

Sie telefoniert kurz mit ihrem Handy, und gleich darauf

hält eine weiße Stretch-Limousine an. Sie nimmt dich an der Hand und führt dich zur Limo. Du bist besorgt, dass du der ganzen Welt beim Einsteigen deine mit dem Dildo gefüllte Pussy zeigst. Die Leute kennen dich in dieser Gegend. Aber sie löst das Problem für dich. Sie zieht die Tür auf, dann drückt sie dich fest auf den Kopf, und du fällst mit dem Gesicht voran auf die Rückbank der Limo, den Hintern hoch in die Luft gereckt. Während du um Balance ringst, hörst du die Geräusche, die du ausstößt, wenn es dir kommt. Das Video in der Limo zeigt, wie ich es mit dir treibe, und du kommst wie verrückt.

»Liege nicht einfach so herum, Jenny. Setz dich hin und schau dir diese Nummer an – ich habe sie schon zweimal gesehen. Ich heiße übrigens Lily.«

Du schaust auf und dann an ihr vorbei und siehst mich mitten auf der Rückbank der Limo sitzen. Ich schaue dich an, sage aber nichts.

Lily hebt dich mühelos an und platziert dich in die Mitte der anderen Rückbank, mir direkt gegenüber. Sie bindet deine Fußgelenke jeweils an eine Autotür, und dabei spreizt sie deine Beine so weit, dass die Muskeln auf den Innenseiten deiner Schenkel zu zucken beginnen. Lily schiebt deinen Rock hoch, bis der ganze Hintern zu sehen ist. Sie hebt deine Hände über den Kopf und bindet sie an der Kopfstütze fest. Du schaukelst langsam hin und her, während sich das Auto bewegt.

Lily sitzt neben mir, und wir beobachten dich beide. Das Video ist auf Endlosschleife eingestellt und beginnt wieder mit dir auf dem Boden, gefesselt, mein Schwanz in deinem Mund. Lily küsst mich und zieht den Reißverschluss meiner Hose auf. Sie holt meinen Schaft heraus, und ich drücke ihren Kopf hinunter, während mein Blick auf dir haften bleibt. Der schwarze Dildo in deiner geschwollenen Möse ist gut zu sehen. Schon jetzt kann ich deine Säfte riechen. Deine Augen betteln mich an, etwas für dich zu tun.

Ich hebe Lilys Kopf von meinem Schaft und schiebe sie dir entgegen. »Du machst den ganzen Sitz feucht, Jenny«, sagt Lily. Ihre Finger gleiten deine nassen Schamlippen entlang, immer um den harten Dildo herum. Du stöhnst und schaust in eine andere Richtung. Sie kniet sich zwischen deine Schenkel und leckt über deine Klitoris. Dein Hintern hüpft auf dem Sitz auf und ab.

»Zeig's ihr«, sage ich.

Lily zieht das gelbe Jackett aus. Ihre Brüste sind sehr rund. Beide haben große goldene Nippelringe. Sie nimmt eine Brust in ihre Hand und beleckt den Nippel mit ihrer langen Zunge. Sie windet sich aus ihrem Rock und entblößt eine rasierte Pussy und einen festen, muskulösen Arsch. Sie trägt einen Harnisch um die Hüften und zwischen den Beinen. Sie sieht, dass du genau hinschaust, und zeigt auf einen Ring auf dem Harnisch, direkt über ihrer Klitoris.

»Dieser Ring kann mit dem Ende deines Dildos verbunden werden, Jenny. Es wird mir ein riesiges Vergnügen sein, dich damit zu bumsen. Vielleicht sollten wir gleich mal ausprobieren, wie gut er in deinen Po passt.«

Du starrst Lily an und leckst dir über die Lippen. »Komm, fick mich mit deinem dicken Schwanz, du Luder«, stöhnst du, und deine Hüften rutschen hin und her. Deine Pussy umklammert den Dildo.

Ich grinse, als ich deine Reaktion sehe. »Ich habe dir gesagt, dass sie gut ist, Lily. Genieß es.«

Lily leckt sich einen Weg deine Schenkel hoch. Ihre Zunge penetriert deinen Hintern. Sie treibt sie tief in dich hinein. Ihre kräftige Zunge durchbricht die Rosette. Sie saugt stark. Die breiten Lippen bewegen sich höher. Sie nimmt den Dildo zwischen die Zähne und zieht ihn gut zwei Zentimeter heraus, dann hebt sie die Vorrichtung am Dildo an und verbindet sie mit dem Ring an ihrem Harnisch.

»Besorg's mir«, sagst du und schiebst dich auf deinem Sitz weiter nach vorn und drückst das Ende des Dildos gegen ihren Schritt. Du fühlst, wie der gewaltige Dildo wieder tief in dich eindringt. Lily rammt ihn vor und zurück. Du bäumst dich vom Autositz auf und begegnest jedem Stoß, dann drückst du dagegen, damit sie den Stamm auf ihrer Klitoris spürt. Ihr stöhnt beide, während sie es dir auf diese Weise besorgt. Eure Körper sind mit Schweiß bedeckt, während sie schneller und tiefer in deine heiße Möse eindringt.

Ich lange hinüber und ziehe an ihren Nippelringen, während ich deine Brustwarze quetsche. Ich schiebe zwei Finger in deine hintere Öffnung, während Lily weiter kräftig zustößt und den Dildo tief in dir versenkt. Du ziehst an den Gurten, als du spürst, wie sehr der Dildo deine enge Pussy dehnt, dann wirfst du dich ihm wieder entgegen, was Lily mit einem Stöhnen quittiert. Immer schneller stößt sie in dich hinein, dein Körper windet sich, denn ich treibe meine Finger wieder in deinen heißen Po. Lily treibt tief in dich hinein, mahlt kreisend mit ihren Hüften und kommt. Auch ich werde schneller mit meinen Fingern, ich quetsche deine Klitoris und höre dich schreien, als dein Orgasmus hereinbricht.

Ich befreie deine Hände und Beine, setze mich auf den Sitz, der von dir ganz feucht geworden ist, und binde deine Hände jetzt auf dem Rücken zusammen. Deine Beine kannst du benutzen, also kniest du dich vor mich. Ich halte deinen Kopf und zwinge meinen Schwanz in deinen Mund. Du spürst Lilys Hände, die deinen Rücken streicheln, während deine Lippen an meinem Schaft auf und ab gleiten. Ich drücke deinen Kopf tiefer hinunter, und mein Schwanz fühlt sich tief in deiner Kehle in vertrauter Umgebung.

Ein Schauer läuft durch deinen Körper. Du stöhnst um meinen Schaft herum, und Lily schiebt mehrere Finger in deinen Hintern. Du schaust mir in die Augen und saugst mich hart und tief, und deine Zunge wirbelt um mein festes Fleisch. Lily fingert deinen Arsch, und ich stoße dich tief in den Mund. Ich höre dich stöhnen und fühle, wie du zuckst, als Lily den großen Dildo in deinen engen Hintern schiebt.

Ich schaue zu, wie das schwarze Monster in deinem Po verschwindet; es versinkt in deinem engen Tunnel. Dein Hintern wetzt hin und her, während Lily dich auf diesem riesigen Stab pfählt. Dein Schließmuskel zuckt rhythmisch, weil er offenbar versucht, den Dildo nicht ganz einzulassen, weil er dich spaltet.

Ich halte deinen Mund auf meinem Schaft, während du den Rücken krümmst, den Kopf zu heben versuchst und schreien willst. Lily grinst mich an und dreht den Dildo in deinen Eingeweiden, und dein Körper zuckt wieder. Ich sehe zu, wie sie ihn langsam herauszieht, bis nur noch die Spitze von deinem Schließmuskel umfasst wird. Ich nicke ihr zu, und mit einem kräftigen Schub versenkt sie den Dildo wieder in deinem Hintern, während ich deinen Kopf nach unten drücke und meine Hüften zucken lasse, um den Schaft noch tiefer in deine Kehle zu stoßen. Du fühlst, wie er zu pulsieren beginnt, während ich mich in deine Kehle ergieße.

»Trink alles«, sage ich und fühle, wie deine Kehle sich zusammendrückt, als du meinen Samen schluckst.

Ich binde deine Hände los, ziehe dich hoch zu mir und umarme dich. Lily hat den Dildo vom Harnisch gelöst und lässt ihn in deinem Po stecken.

»Hilf mir, Lily zu fesseln«, sage ich. Lily legt sich auf ihrem

Sitz zurück und nimmt mehr Platz in Anspruch als du vorhin. Wir spreizen ihre Beine so weit, dass wir das rosa Gewebe in ihrem Schlitz sehen können. Mit erfahrenen Knoten bindest du ihre ausgestreckten Beine fest und fesselst sie so, dass sie sich leicht nach vorn beugen muss. Du kniest dich hin und betrachtest dein Werk.

Ich hebe die Hände über deinen Kopf und ziehe dein Top aus. Es ist das erste Mal, dass Lily deine Brüste sieht. Von hinten umfange ich sie, ich küsse deinen Nacken und spiele mit den harten Nippeln, während du Lily anlächelst. Die eleganten goldenen Nippelklammern schließen sich nacheinander brutal um deine Warzen. Du beißt dir auf die Lippen, während ich deine Klammern mit einem von Lilys Nippelringen verbinde, dazwischen befindet sich eine zehn Zentimeter lange Goldkette. Ihr seid euch jetzt sehr nahe, aber ihr berührt euch nicht.

Ich ziehe dich nach unten auf deine Fersen, dann noch ein bisschen weiter rückwärts, bis deine Brüste und ihre nach vorn gezogen werden. Die kurze Goldkette ist so gespannt, wie es möglich ist. Lilys Augen werden immer größer, und ich begreife, dass sie kreischt, wenn es ihr kommt. Ich lange in deine Handtasche und finde dein Höschen, das du vor Kurzem dort eingesteckt hast.

»Benutz es, um sie zu knebeln«, sage ich und lasse dich los.

Du steigst zwischen Lilys Schenkel und schiebst dein Höschen auf Lilys Zunge. Es füllt ihren ganzen Mund aus. Dann gibst du ihr einen Kuss auf den Hals und legst deine Hände auf ihre Brüste.

»Lily mag es, die ganze Hand zu spüren«, sage ich. »Glaubst du, dass du deine kleinen Hände in beide Öffnungen stecken kannst, Jenny?«

Lily beginnt, sich zu sträuben, sie schüttelt den Kopf und lässt die Ketten klirren, die euch beide verbinden.

Du schaust ihr in die Augen, lächelst sie boshaft an und sagst: »Das würde ich sehr genießen.« Du küsst Lily auf die Lippen und flüsterst ihr ins Ohr: »Ich habe doch dein Einverständnis, dich zu benutzen, nicht wahr, Lily? Ich kann dich härter benutzen, als dich jemals irgendeiner benutzt hat, ja?«

Lily zögert und fühlt, wie deine Zunge immer tiefer ihren Hals hinableckt. Schließlich nickt sie, aber sie schaut dich nicht an.

Ich verreibe eine Gleitcreme über deine Hände und Gelenke. Du arbeitest deine Finger langsam in ihre hintere Öffnung vor, einen nach dem anderen, bis es dir gelingt, deine ganze Hand in ihr unterzubringen. Lily schlägt um sich wie ein Fisch auf dem Trockenen, als du auch noch einen Teil deines Gelenks in sie versenkst. Du ziehst die Hand ein wenig zurück, um sie dann erneut in einem Ruck wieder verschwinden zu lassen. Du legst deine linke Hand auf ihre Muschi. Die Schamlippen sind geschwollen. Man sieht das rosafarbene Innere. Säfte rinnen aus ihrer Spalte bis hinunter zu deinem Arm. Du lachst und schaffst es, deine Hände ganz mühelos in ihre Pussy zu schieben.

Ich sehe dein Entzücken, als du entdeckst, dass du deine Hände aneinanderreiben kannst. Selbst durch den Knebel sind Lilys Schreie laut. Ich drehe am Stereogerät. »Wanna lover with a slow hand« übertönt Lilys Stöhnen. Ich bin wieder hart und schlüpfe von hinten in deine Ritze. Der Dildo in deinem Hintern quetscht mich. Du stößt Lily im Rhythmus meines Schwanzes in deiner Muschi. Lilys Körper ist von oben bis unten mit Schweiß bedeckt.

Ich weiß, dass ich in dir nicht lange durchhalten kann.

Deine ganze Höhle massiert meinen Schaft. Wenn du mit deinen Händen auf dem Rückzug bist, lehnst du dich nach hinten, damit du Lilys Brüste mit deinen eigenen reiben kannst. Bei jedem Stoß wird mein Schwanz von deiner Möse massiert. Du bist dem Orgasmus ganz nahe. Meine Hand findet deine Klit und drückt zu. Während es dir kommt, treibst du dich tiefer in Lily hinein und liegst keuchend auf ihren Brüsten.

Ich ziehe mich langsam aus dir zurück und reibe mich über Lilys Gesicht. Sie bemerkt es kaum; es kommt ihr in beiden Öffnungen, und ihre zuckenden Muskeln halten deine Hände gefangen.

Immer noch mit den Händen in ihr, leckst du meinen Saft von ihrem Hals und Gesicht. Einige Momente lang verlierst du dich in den Empfindungen des Leckens und Schmeckens. Ich weiß, dass du voll konzentriert bist.

»Zeit, zurück an die Arbeit zu gehen, Jenny.«

Du siehst mich völlig verdutzt an. Ich küsse dich auf die Stirn und ziehe deine Hände aus Lily. Ich reiche dir ein paar Feuchttücher, damit du dich säubern kannst.

Du langst hinter dich, um den Dildo aus deinem Po zu ziehen. »Lass ihn stecken, Jenny. Ich gebe dir über den Piepser Bescheid, wann du ihn entfernen kannst.« Ich hole dein Höschen aus Lilys Mund. »Zieh es an und streiche deinen Rock glatt«, sage ich, während ich vorsichtig die Nippelklammern löse.

»Du hast alles sehr gut gemacht, Jenny, ich bin sehr zufrieden mit dir.« Die Limousine hält an, und du ziehst dein Top über deine empfindlichen Nippel. Ich steige aus dem Wagen und stelle dich draußen auf die Füße.

»Du wirst dich ein wenig frisch machen wollen«, sage ich, und dir wird bewusst, wie verschmiert dein Lippenstift ist, wie zerzaust deine Haare sind. Du stehst draußen vor dem Haupteingang deines Büros.

Ich gebe dir einen Kuss auf die Stirn und flüstere: »Noch einen schönen Tag«, dann steige ich in die Limo und fahre davon.

Seite zehn des Handbuchs für Angestellte

Von Alison Tyler

»Wir sollten damit aufhören«, sagst du in deinem halb süßen, halb überlegenen Ton. »Wirklich, das sollten wir.« Der neckische Blick in deinen wunderschönen großen Augen sagt mir genau, wie ich reagieren soll. Ich brauche keine zusätzlichen Andeutungen, aber du fährst fort, als bräuchte ich sie doch. »Es ist gegen die Vorschriften«, fügst du hinzu und schaust zu Boden, als wärst du von deinem eigenen schlechten Benehmen entsetzt.

»Was ist verboten?«, frage ich leise. »Das hier?«

»Oh, ja«, sagst du und spielst die Schüchterne. »Es ist falsch, falsch, falsch.«

Jetzt drücke ich dich gegen die Wand unseres Büros, sodass deine Handflächen flach an der Holzpaneele der Wand liegen. Dann schiebe ich deinen kurzen schwarzen Rock über deine üppigen Hüften. Ich lasse mir Zeit, weil ich den Anblick bewundern will. »Oder dies?«, flüstere ich dir ins Ohr. Mein Mund drückt gegen deinen Hals, die Zähne zum Zubeißen bereit. Du kannst meinen heißen Atem auf deiner Haut spüren und beginnst zu zittern.

»Das«, sagst du beharrlich, »das ist einfach inakzeptabel.«

»Ah«, seufze ich. »Jetzt verstehe ich langsam. Du willst mir sagen, dass ich das hier nicht tun darf ...« Während ich rede, schiebe ich dein lilafarbenes Seidenhöschen zur Seite. Der schwarze Spitzenrand macht mich unheimlich an, und die Art und Weise, wie das Höschen sich um deinen Po schmiegt, treibt mich in den Wahnsinn. Ich weiß, dass du es nur meinetwegen angezogen hast, und das macht mich noch härter. Der Gedanke, dass du die ganze Sammlung deiner sexy Höschen betrachtet hast, bevor du dieses bestimmte ausgewählt hast, erfüllt mich mit Freude.

Obwohl ich gelegentlich sehr gern dein Höschen stibitze, es in meine Tasche stecke, um später zu Hause damit herumzuspielen, streife ich dir an diesem Nachmittag dein Höschen nicht ab. Ich schiebe den glatten, schlüpfrigen Stoff nur aus dem Weg, und meine Fingerspitzen spielen eine spontane Melodie auf deiner Klitoris. Meine Finger streicheln und zupfen, und du ziehst die Luft ein, als dich die erste Welle der Lust überkommt.

Jetzt bist du am Ende mit deinem Latein, was? Deine glänzende Nässe bedeckt meine Finger, ich trete ganz dicht an dich heran, blicke dir in die Augen und lecke deine Säfte von meinen Fingern.

»Oh, Gott«, stöhnst du. Du kannst den Schauer nicht unterdrücken, der dir über den Rücken läuft, während du mir zuschaust. Oh, es gefällt dir, nicht wahr? Langsam, sehr langsam saugt meine Zunge deinen süßen Nektar auf.

»Ist das falsch?«, frage ich und lange mit einer Hand unter deinen Rock, um mit meinen Fingerspitzen eine neue Dosis deiner honigartigen Säfte einzusammeln. Die erste Kostprobe hat mir Appetit auf mehr gemacht.

»Nein, hör nicht auf ...«

Auf deine Bitte hin dringen meine Finger tiefer ein. Mit einer Hand drücke ich dich gegen die Wand, damit du das Gleichgewicht nicht verlierst, während ich deine süße Pussy mit den Fingern der anderen Hand mit kurzen, forschenden

Stößen verwöhne. Ich will, dass du reif und bereit für mich bist, wenn ich meinen Schwanz heraushole. Du brauchst die bestmögliche Schmierung, denn ich will dich hart ficken. Sogar härter, als du im Moment noch glaubst. Ich werde dich gegen die Wand rammen, bis du vergessen hast, dass du eigentlich schüchtern bist. Wie du mich anmachst mit deinen großen Schlafzimmeraugen. Oder soll ich besser Konferenzraumaugen sagen?

»Ich weiß nicht«, sage ich, lasse mich auf die Knie nieder und drücke mein Gesicht fest gegen deine Muschi. Ich atme sie ein und bin ganz verrückt nach dem Duft deines Geschlechts. Der Duft benebelt mich vor Geilheit. »Wenn Angestellte kein Verhältnis haben dürfen, dann solltest du mich auch nicht deine Pussy lecken lassen.«

»Darüber steht nichts in den Vorschriften«, versicherst du mir hastig.

»Was willst du mir damit sagen?«, necke ich dich. »Willst du mich dazu verführen, die Vorschriften zu umgehen? Das wäre nicht fair den anderen Angestellten gegenüber, findest du nicht auch?«

»Ich sage nur ...«, beginnst du, aber dann kannst du den Gedanken nicht beenden, weil meine Zunge schon an deinem Körper entlangstreicht und so geschickt mit dir spielt. Ich weiß, was dir gefällt. Ich kenne die kleinen Tricks, die du am liebsten hast. Meine Zunge rotiert leicht um deine Klitoris, sie berührt das heiße kleine Juwel nicht direkt, wischt einfach nur dicht daran vorbei. Langsam.

Und dann, wenn du schon glaubst, dass du stirbst, wenn ich dich nicht dort berühre, wo du es haben willst, gleitet meine Zunge mit einem entschlossenen Zug über deine Klit. Du greifst in meine Haare und hältst dich fest, du zitterst und bist schon so nahe, dass du dir bestimmt schon vorstellst, wie gut es sich anfühlen wird, wenn ich dich kommen lasse. Aber ich lasse dich nicht kommen. Noch nicht.

In einem langsamen, steten Rhythmus beschreibt meine fette Zunge die trägen, verrückten, anhaltenden Kreise, und ich weiß, dass du dich jetzt am liebsten auf dem dicken weichen Teppich ausstrecken würdest, damit ich dich stundenlang lecken kann.

»So«, sage ich und rede direkt gegen deine empfindlichste Hautstelle, »was steht denn auf Seite zehn über diese Vorgänge?«

»Nichts, nichts, gar nichts«, raunst du, und es hört sich so an, als würdest du mich anbetteln. Aber du bist es, die damit angefangen hat. Vergiss das nicht, wenn ich dich dazu bringe, auf deine Unterlippe zu beißen, um deine Lustschreie zu dämpfen. Du warst es, die das Handbuch aufgeschlagen hat und einen knallgelben Marker benutzt hat, um all die verschiedenen Regeln anzustreichen, die wir gerade brechen.

Ich weiß, dass du jetzt gefährlich nahe dran bist, deshalb richte ich mich auf und ignoriere deine wimmernden Proteste. Ich drücke dich wieder gegen die Wand. Dies ist meine Lieblingsstellung, wenn wir es treiben, von hinten, wenn wir beide stehen. Aber zuerst lasse ich dich meinen Schwanz durch meine Kleider spüren.

Ich will dich wissen lassen, wie erregt ich bin. Wie bereit ich für dich bin. Als du wieder anfängst zu wimmern, reiße ich meinen Hosenstall auf und ziehe meine Rute heraus. Du stehst in der perfekten Position da, den Rücken gewölbt, bereit, mich zu empfangen. Ich schlinge meine Hände in die Mähne deiner dunklen Haare und schiebe deinen Kopf zurück, damit ich dein Gesicht beobachten kann, wenn ich in dich hineinstoße. Dieser erste tiefe Schub ist mit keinem anderen Gefühl zu vergleichen. Die Art, wie dein Körper mich umfängt, ist einfach grandios.

Himmel, bist du schön. Deine Augen werden im Moment der Penetration groß und größer, dann schicken sie einen versonnenen Blick aus, als wärst du gerade an einem wunderbaren fernen Ort eingetroffen. Dieser exotische Ort heißt ›Ichbinfastda‹. Wir beide kennen diesen Ort gut. Und ich bringe dich sogar noch weiter – zu einer tropischen Insel mit dem Namen ›Wirkommenzusammen‹.

Draußen in der Halle kann ich das geschäftige Treiben der Sekretärinnen hören. Ich höre ihre Stimmen und die Geräusche ihrer Finger auf den Tastaturen. Ihr Geschnatter an den Telefonen. Ich höre die tiefen, schroffen Stimmen einiger Kollegen, die am Konferenzraum vorbeigehen. Alle sind eifrig beschäftigt. Alle brauchen irgendwas. Aber niemand wird uns belästigen, da habe ich nicht die geringste Sorge. Offiziell halten wir eine Besprechung ab, nur wir beide, ein wichtiges, persönliches Gespräch – deshalb können wir uns Zeit lassen.

Zeit lassen für all die Dinge, die ich mit dir tun will, tun muss. Und ich muss so viele Dinge tun. Meine Brunft weiter treiben. Hart zustoßen. Ich muss dich verrückt machen, weil du weißt, dass du keine Geräusche von dir geben kannst. Du musst leise sein.

Ich will dich warm und geschmeidig haben, entspannt und bereit für das, was wir als Nächstes tun. Denn darum geht es doch, Baby: Wenn wir schon gegen die Vorschriften verstoßen, sollten wir es richtig tun. Meinst du nicht auch?

TGIF
(Thank God it's Friday – Gott sei Dank ist Freitag)

Von Saskia Walker

Ich hatte die Tage gezählt, und Mann, hatten sie sich lange hingezogen. Aber ich dachte, wenn ich bis zum Ende der ersten Woche durchhalte, könnte ich es vielleicht auch noch in die zweite Woche schaffen.

Vielleicht.

Ich musste nur beweisen, dass ich meinen Ein-Monats-Vertrag erfüllen würde. In den sauren Apfel zu beißen und einen Bürojob anzunehmen war von Anfang an Mist gewesen, aber ich konnte nicht länger einen College-Kursus an den nächsten hängen. Die Zeit war gekommen, meine rebellische Ader zu unterdrücken, meinen vielfarbigen Mopp zu zähmen, den Nasenring zu entfernen und sich anständige Kleider zuzulegen. Was für ein Verbrechen, dachte ich, als ich meine bisherige, eher alternative Garderobe wegpackte und zur Zeitarbeitsfirma aufbrach.

Der Job, den sie mir anboten, war tödlich. Ich tippte nach Diktiergerät; es handelte sich um Inkassobriefe eines Juniorrechtsanwalts. William war schon seit Ewigkeiten der Junior. Er stolperte in mein Büro, errötete bis in die Spitzen seiner wenigen verbliebenen Haare und legte einen Stapel Akten und Tonbänder auf meinen Schreibtisch.

Das war der erste Tag. Seit dem zweiten Tag legte er die Stapel auf meinen Schreibtisch, noch bevor ich im Haus war, vermutlich, um sich irgendwelche Plaudereien mit mir zu ersparen, dann verschwand er, weiß der Teufel wohin. Vielleicht hatte er ein einfältig grinsendes Büromäuschen erwartet und keine frustrierte Rebellin, die seine Bemerkung über ›das schöne Wetter zu dieser Jahreszeit‹ nur sarkastisch quittierte.

Nun, was erwartete er denn?

Das Wetter war draußen, hinter den getönten Scheiben, und ich saß drinnen in der Falle. Es gab keine gescheite Gesellschaft, mit der ich in den Pausen schnattern konnte, und auch in der ganzen Umgebung gab es nichts, wo sich hinzuschauen lohnte. Das Gebäude gegenüber meinem Fenster im neunzehnten Stockwerk befand sich zu weit entfernt, um irgendwas erkennen zu können. Das hätte vielleicht lustig werden können.

Nein, ich musste mich mit dem herumfliegenden Dreck zufriedengeben, der einen Vorhang vor mein Fenster legte, was an den Bauarbeitern am Gebäude lag, aber auch unter denen fanden sich keine stämmigen Kerle. Vielleicht sollte ich ein Fernglas mitbringen, um genauer hinschauen zu können, dann hätte ich was, um die Monotonie zu unterbrechen.

Gewöhnlich saßen nur Audrey und ich in den Büros. Audrey war die Verwaltungsleiterin und las Zeitschriften oder feilte sich den ganzen Tag die Fingernägel, wenn sie am Empfangstresen saß. Sie blickte verächtlich auf mich herab, wann immer ich aus meiner Zelle kam, um einen Kaffee zu holen.

Der Höhepunkt ihres Tages schien darin zu bestehen, scheidungswillige Klienten ins Büro des Seniorpartners zu schleusen und ihre wütenden Monologe über faule Ehemänner mit angemessenen, sorgenvollen Kommentaren zu begleiten. Ich hätte es nicht geschafft, dabei keine Miene zu verziehen. Vielleicht saß ich deshalb nicht am Empfang.

Ich schaute auf die Uhr und stand auf. Es war fast Mittag, Zeit für meinen dritten Koffeinschub des Tages. Gott sei Dank war Freitag. Ich wollte gerade hinter meinem Schreibtisch hervorkommen, als es plötzlich dunkel wurde. Ich erstarrte. Von hinten fiel ein Schatten herein, vom Fenster direkt hinter meinem Schreibtisch. Der Schatten bewegte sich quer über die Oberfläche des Schreibtischs. Mein Herz schlug schneller, als ich versuchte, eine Erklärung dafür zu finden. Die ganze Woche war das Licht ungehindert durchs Fenster gefallen. Was könnte von dort einen Schatten werfen?

Ich drehte mich um und nahm den Anblick auf, der sich meinen Augen bot. In einem Sicherheitskorb stand ein Fensterputzer, der in einem fröhlichen Rhythmus einen Gummiwischer über die Scheibe trieb und mich unentwegt beobachtete und keck angrinste. Er winkte mir zu. Ihm war offenbar bewusst, dass er mir einen gewaltigen Schrecken eingejagt hatte. Ich erwiderte sein Lächeln mit etwas Mühe und winkte zurück, dann griff ich nach der Kaffeetasse, um meine Verlegenheit zu überspielen.

Endlich war mal was Interessantes geschehen! Und ja, er war interessant. Er sah robust und mit seinem Drei-Tage-Bart auch etwas grob aus, aber er war groß, gut gebaut und hatte gebleichte blonde Haare. Er setzte seine Arbeit auf seine lässige Art fort, und dabei bewegte er sich, als übte er für Dirty Dancing.

Er bewegte seinen ganzen Körper, als ob er zur Musik aus seinen Kopfhörern tanzte. Der riesige Wischer huschte mit Leichtigkeit über das Glas, und ich sah, wie sich seine Bizepse streckten und wie sich die Muskeln unter seinem T-Shirt spannten. Sexy! Mein Blut pumpte schneller durch meine Adern, als ich bemerkte, dass er mich von Kopf bis Fuß beäugte. Ich lehnte mich mit einer Hüfte gegen den Schreibtisch und spielte mit dem Kaffeepott zwischen meinen Händen. Ich sah ihn mir genau an. Warum auch nicht? Er machte schließlich dasselbe.

Als er seine Arbeit erledigt hatte, ließ er den Wischer fallen, langte in seine Tasche und zog etwas heraus. Es war ein Stück Papier. Mit einem Bleistiftstumpf schrieb er etwas auf den Papierstreifen, dann hielt er ihn gegen die Scheibe, damit ich es lesen konnte. Ich trat näher heran und las die gekritzelte Nachricht.

TOLLE BEINE. TRAGE NÄCHSTES MAL KÜRZEREN ROCK.

Ich konnte mir nicht helfen und musste lächeln. Er grinste, salutierte und drückte auf einen Knopf. Er hielt sich lässig an den Seilen fest, während der Korb nach unten schaukelte und er aus meinem Blickfeld verschwand.

Also, jetzt war ich wach geworden! Ich sollte einen kürzeren Rock tragen? Was für ein dreister Typ. Klar, ich war auf ein bisschen Spaß und Abwechslung aus, besonders mit so einem gut aussehenden Burschen, aber wann würde ›nächstes Mal‹ sein? Es gab nur eine Möglichkeit, das herauszufinden.

»Ich hatte gerade fast einen Herzstillstand«, sagte ich zu Audrey, während ich Filterkaffee in meinen Pott goss. »Irgendein Kerl hing draußen vor dem Gebäude und hat die Fenster geputzt.«

Audrey lächelte herablassend. »Damit rechnet man nicht so hoch oben, was?«

»Nein, wirklich nicht. Wie oft kommen die denn vorbei? Ich will das nächste Mal vorbereitet sein.«

»Oh, normalerweise kommen sie alle sechs Wochen.«

Meine gute Laune sank in den Keller. Bis dahin wäre mein Vertrag längst abgelaufen.

»Aber das war vor der Baustelle gegenüber«, fügte Audrey hinzu. »Jetzt kommen sie jeden Freitag auf dieser Seite des Gebäudes, deshalb kannst du dich auf ihren Besuch nächste Woche vorbereiten.«

»Oh, danke. Ja, das ist gut zu wissen.« Ich bemühte mich, mein Lächeln zu unterdrücken.

Die zweite Woche verging viel schneller. Es hatte eine ganz neue Bedeutung, dass ich die Tage bis Freitag zählte. Ich freute mich auf meinen Besucher, statt bis zum Ende meines Vertrags säuerlich herumzusitzen. Ich vergaß sogar, ein Fernglas mitzubringen. Ich hatte etwas viel Interessanteres, auf das ich mich freuen konnte – die Ankunft meines heißen Fensterputzers.

Was würde passieren, wenn ich seiner Aufforderung nachkam und einen kürzeren Rock trug? Wohin würde das führen? In Windeseile bearbeitete ich meinen Stapel Kassetten, während ich im Hinterkopf überlegte, was ich tragen sollte.

Audrey kommentierte die Tatsache, dass sie mich schneller tippen hörte. Sie hatte so wenig zu tun, dass sie mir lauschen musste, um ihre Zeit totzuschlagen. Wenn da nicht die Aussicht gewesen wäre, den Fensterputzer wiederzusehen, hätte ich ihr gesagt, wohin sie sich ihren Job stecken könnte. Sie mochte mich nicht, das wusste ich von Anfang an.

Ich hatte ein Telefongespräch belauscht, das sie mit der Zeitarbeitsfirma geführt hatte. Sie hatte gefragt, ob die Agentur keine ›geeignetere Kraft‹ zur Verfügung stellen könnte, ›eine von jenem Kaliber, das zur Arbeit in einer Anwaltskanzlei passt‹.

Aber leider hatten sie keine andere in der Agentur, nicht wahr? Und so betrachtete sie mich missbilligend, als ich an diesem zweiten Freitag meinen Lederminirock trug, den ich sonst nur trage, wenn ich um die Häuser ziehe, zusammen mit kniehohen Lederstiefeln und einem hautengen Shirt mit aufgedrucktem Eidechsenmuster, tief ausgeschnitten. Ich winkte ihr zu, als ich an ihrem Empfangstresen vorbeiging, und sie saß mit offenem Mund da und starrte auf meine Klamotten.

Der Morgen verging viel zu langsam, und ich lief unruhig zwischen Schreibtisch und Fenster auf und ab, als sich endlich der Schatten des Korbs träge über das Fenster legte. Diesmal war ich noch mehr fasziniert, denn als der Fensterputzer im abwärts ruckelnden Korb in mein Blickfeld geriet, sah ich, dass er mit freiem Oberkörper arbeitete.

Himmel, was für ein Anblick für meine wunden Augen! Ja, er war gut gebaut. Die körperliche Arbeit hatte ihm einen großartigen Body beschert, und der Tag war warm genug, um sich während der Arbeit zu sonnen. Grinsend musterte er mich beim Putzen des Fensters. Ich griff nach einem Stück Papier und schrieb ihm eine Nachricht.

TOLLE MUSKELN! IST DIE ROCKLÄNGE OKAY?

Als ein Lachen aus ihm herausplatzte, hätte ich was darum gegeben, es hören zu können. Er nickte, und sein Mund spitzte sich zu einem Pfeifton, während er auf die Lücke zwischen Stiefeln und Rocksaum schaute. Als er mich so durchdringend anstarrte, wurde mir jeder Quadratzentimeter meines Körpers bewusst. Meine Brüste spannten sich. Meine Pussy fühlte sich schwer an und reagierte auf jedes Signal, das er mit seiner Körpersprache sendete. Ich drehte mich auf dem Absatz um, damit er mich in einer anderen Position betrachten konnte. Ich stemmte die Hände in die Hüften. Er langte in seine Tasche und schrieb etwas auf einen kleinen Notizblock. Er riss die Seite ab und drückte sie gegen die Scheibe.

OH, JA, DAS IST VIEL BESSER.

ABER ICH KANN IMMER NOCH NICHT DIE FARBE DEINER UNTERWÄSCHE SEHEN.

Ich lachte. Was für ein heißer Typ. Etwas an dieser Szene, er auf der anderen Seite der Scheibe, ich hier allein in meiner Zelle, ließ mich noch kühner reagieren als unter normalen Umständen. Ich meine, ein Mauerblümchen war ich nie.

Sein Gummiwischer hing träge in einer Hand, und mit der anderen Hand hielt er sich an den gespannten Seilen des Sicherheitskorbs fest, während er wie gebannt zuschaute, wie ich einen Finger in den Ausschnitt meines Shirts schob und mit dem obersten Knopf spielte. Er leckte sich die Lippen.

Mein Geschlecht zog sich zusammen; das Höschen war schon feucht von meiner Erregung. Ihn durch den Schutzwall der bruchsicheren Scheibe zu sehen stellte so etwas wie eine Sicherheitszone her, in der wir alles Mögliche ausprobieren konnten. Ich öffnete den obersten Knopf und jubelte innerlich über die Wirkung, die das auf ihn hatte. Er murmelte irgendwas, was mich ermutigen sollte, nehme ich an. Ich öffnete den zweiten Knopf. Er nickte, und seine Hand zeigte an, dass ich damit fortfahren sollte.

Ich fühlte mich, als wäre ich Teil in einer live Sexshow. Diese Vorstellung trieb mich an. Ich trat näher ans Fenster. Wir standen vielleicht zwanzig Zentimeter voneinander entfernt, aber ich konnte ihn nicht anfassen. Ich öffnete noch die letzten beiden Knöpfe und schob die Hemdschöße zurück, damit er meinen fast durchsichtigen Spitzen-BH sehen konnte.

Er schüttelte den Kopf. Seine Augen glänzten, und er strich mit einem Finger über die Scheibe, direkt auf der Höhe meiner Brüste, und er beschmierte das feuchte Glas mit seinen verschwitzten Händen. Er starrte einfach weiter auf mich, während er in der Tasche nach seinem Notizblock suchte. Dann schrieb er mir eine neue Nachricht:

WERDE ICH NÄCHSTE WOCHE MEHR VON DIR SEHEN?

Er zerknüllte das Papier in seiner Hand, nachdem ich den Text gelesen hatte, und seine Augen schauten mich an, feucht vor Erregung. Ich nickte und blies ihm einen Kuss zu, dann winkte ich. Als er die Hand nach den Knöpfen ausstreckte, griff er mit der anderen Hand an die beeindruckende Beule in seiner Jeans, dann zwinkerte er mir zu.

Im nächsten Moment war er verschwunden. Nur das verschmierte Glas blieb als Erinnerung an das, was zwischen uns geschehen war, ein klebriges Zeichen auf der Scheibe, die uns trennte. Ich drückte meine Hand von innen gegen das Glas, mein eigenes Zeichen. Himmel, war er sexy. Und er machte mich heiß. Ich stakste hinüber zum Regler der Klimaanlage und drehte sie voll auf. In meinem Kopf rasten die Ideen, wie ich unsere Begegnung nächste Woche noch steigern könnte.

Als der dritte Freitag dann endlich kam, hatte ich lange und ernsthaft darüber nachgedacht – ich hatte sogar zweimal von diesem Burschen geträumt. Beide Male lieferte ich wieder eine live Sexshow ab. Die Idee faszinierte mich.

Im ersten Traum tanzte ich für ihn, langsam und sexy. Er war gebannt, saß zurückgelehnt in einem Sessel, und seine Erektion drückte sich durch die Jeans. Im zweiten Traum zog ich mich nackt aus für ihn und schaute dann zu, wie er versuchte, meinen Körper durch die Scheibe abzulecken. Als ich aufwachte, lag ich zwischen verdrehten Laken, die Finger zwischen den Beinen, und besorgte es mir.

Im Verlauf der Woche wuchs meine Erregung stetig, und meine Fantasien drehten durch. Als wäre das noch nicht genug, hatte Audrey mich maßlos geärgert, was dazu führte, dass ich noch rebellischer wurde. Ich war so weit, dass ich lieber in meiner Stammkneipe Bier zapfte, als mir auch noch einen Moment länger ihre elenden herablassenden Bemerkungen anzuhören. Dieses Gefühl der Rebellion und die Tatsache, dass dieser Bursche die ganze Woche lang in meinem Kopf herumgespukt hatte, bedeuteten, dass ich bis in die Zehenspitzen geladen und hochgradig erregt war.

Gott sei Dank ist Freitag, murmelte ich immer wieder, aber diesmal lächelte ich bei dem Gedanken.

Der Fensterputzer sah mich in meinem weiten Sommerkleid mit einem überraschten Ausdruck an, als er seinen Korb langsam hinunterschweben ließ. Ich winkte und drehte meinen Stuhl zum Fenster hin, um ihn ansehen zu können. Ich setzte mich, starrte ihn an und lächelte. Er schrieb:

HEY, DU BRICHST MIR DAS HERZ. DAS KLEID IST VIEL ZU LANG.

Er mimte tatsächlich den Herzschmerz, indem er beide Hände an seine Brust drückte. Er neckte mich. Ich schüttelte den Kopf und schwang meinen Stuhl von einer Seite zur anderen. Dann ließ ich mich auf dem Stuhl zurückfallen und hob ein Bein. Ich trug Sandalen und legte einen Fuß auf die schmale Fensterbank. Das Kleid rutschte meine Schenkel hoch und sammelte sich in meinem Schoß.

Oh, ja, das gefiel ihm.

Ich drückte mich mit einem Absatz vom Boden ab und bewegte den Stuhl hin und her. Ich wusste, dass er das Aufblitzen des scharlachroten G-Strings registrierte, und das entfachte mein Feuer. Zwischen meinen Schenkeln klopfte ein intensiver Puls um Beachtung. Ich strich mit einer Hand über den Saum meines Kleids. Er hob den Kopf, den Blick auf meine Finger gerichtet. Ich griff nach einem Stück Papier, das ich mir vorher zurechtgelegt hatte, und kritzelte:

WAS SAGST DU JETZT?

Er antwortete rasch:

ICH WÜRDE MEINE HÄNDE GERN DARUNTER SCHIEBEN UND DICH BERÜHREN.

Das war genau die Reaktion, auf die ich gehofft hatte. Sie passte zu dem, was ich vorhatte. Ich fuhr mit einer Hand von außen über den G-String, dann schlüpfte ein Finger unter den Stoff. Er nickte eifrig und schrieb wieder eine Nachricht auf seinen Notizblock.

DU BIST EINE GANZ SCHLIMME.

»Das kannst du ruhig laut sagen«, flüsterte ich, während ich meine Finger in den nassen Schlitz schob, und auch meine Klitoris schrie nach Berührung. Mit einer schnellen, geübten Bewegung nahm ich sie zwischen zwei Finger. Mein ganzer Körper wurde von den Empfindungen geschüttelt, die mich plötzlich überrollten.

Der Bursche verrenkte seinen Hals, als ob er in meinen G-String hineinschauen könnte, wenn er es nur richtig versuchte. Ich glaube, er war dabei, den Verstand zu verlieren. Für mich hatte die Tatsache, dass ein gut aussehender Mann mich beobachtete, mich begehrte, wie hypnotisiert war durch das, was ich tat, die Wirkung einer Droge, die das Erlebnis intensivierte und jeden Lustpfeil, der mich durchbohrte, auf eine wilde Reise schickte.

Ich ließ mich tiefer auf den Stuhl sinken, während ich meine Klitoris bearbeitete. Meine Finger wurden glitschig, und der dünne Stoff des G-Strings wurde schnell nass. Ich sah, wie sein Mund sich bewegte – er sprach mit sich selbst, und seine Augen sprühten vor Geilheit.

»Ja«, flüsterte ich zu seiner stummen Gestalt, »ja.« Ich schaffte es, ihm zuzunicken, dann teilte ich die Schamlippen, denn meine Klit pochte fast unerträglich und mit einer Intensität, die sich in der Tiefe sammelte. Ich ritt auf der Welle der Lust und nahm nur vage wahr, dass er sich bewegte. Der Korb verschwand aus meinem Blickfeld.

War ich zu weit gegangen? Hatte ich den armen Burschen in Verlegenheit gebracht? Ich bezweifelte das, schließlich hatte er dazu beigetragen, dass ich diese Show abzog. Und meine heimliche, stille Show für den Mann auf der anderen Seite der Scheibe hatte mich selbst mitgerissen. Mein Körper vibrierte von all den Gefühlen, und meine Energie war noch längst nicht erschöpft.

Ich nahm meinen Fuß vom Fensterbrett. Ich stellte mir vor, welches Bild ich ihm geboten hatte. Wie hatte ich mich ihm präsentiert? Vielleicht war er zu irgendeinem diskreten Ort geflohen und holte sich gerade einen runter. Diese Vorstellung erfüllte mich mit einem Gefühl der Macht, zu Kopf steigend und berauschend. In diesem Moment hörte ich draußen Stimmen.

»Oh, verdammt.« Ich versuchte, mich zusammenzureißen.

Draußen auf dem Flur schien es eine Meinungsverschiedenheit zu geben. Audrey hörte sich angesäuert an. Ich strich mein Kleid glatt und drehte meinen Stuhl in Richtung Tür. Die Tür schwang auf.

»Da muss ein Missverständnis vorliegen«, sagte Audrey in entsetztem Tonfall. »Von innen sind die Fenster erst vor ein paar Wochen geputzt worden.«

»Sie können mir glauben, dass es sich um eine vertragliche Abmachung handelt.«

Ich blinzelte einige Male. Er war es. Er stand da, in der Tür zu meinem Büro. Er hatte sein T-Shirt übergezogen, war ins Gebäude gekommen, hatte mein Büro gefunden – und trat jetzt ein. Er stellte einen Eimer auf den Boden, grinste mich an und schlug hinter sich die Tür zu. Vom Flur drang ein empörter Schrei herein.

Und was sollte ich jetzt tun? Es gab keine Glasscheibe mehr zwischen uns, kein Schutzschild mehr. Mein Blut rauschte durch meine Adern, mein Herz schlug in einem wilden Rhythmus. Durch das, was bisher geschehen war, fühlte ich mich aufgedreht genug, aber die körperliche Gegenwart legte bei mir Schalter um, von deren Existenz ich nichts gewusst hatte.

»Tut mir leid, dass ich störe, aber ich konnte nicht länger widerstehen.« Er legte die Hände auf seine Hüften und musterte mich mit hungrigen Augen, denen nichts entging. Aus der unmittelbaren Nähe wirkte er sogar noch besser als durch die Scheibe, und der Klang seiner Stimme schickte Stromstöße durch meinen Körper. Ich war vor lauter Erregung wie im Delirium und konnte mich mit meinem Kommentar nicht zurückhalten.

»Wolltest mich wohl in Fleisch und Blut sehen, was?«

Er schritt auf mich zu, und ich roch Testosteron. Hatte wirklich ich das bewirkt? Nun denn, dachte ich, sei in Zukunft in Gegenwart bockgeiler Kerle ein bisschen vorsichtiger. Ich musste lachen. Ich konnte nicht glauben, dass er sich tatsächlich an Audrey vorbeigekämpft hatte und jetzt mitten in meinem Büro stand.

»Darauf kannst du wetten. Deine Show würde jeden Mann in den Wahnsinn treiben.« Er kniete sich hin und schwang meinen Stuhl herum, sodass ich ihm in die Augen sehen konnte. Er hatte grüne Augen, helle grüne Augen. Ich strich mit einem Finger über die Stoppeln an seinem Kinn. Er fing meinen Finger mit seiner kräftigen Hand ein und bedachte mich mit einem Blick, der verkündete, dass ab jetzt er die Kontrolle übernahm.

»Ich musste mir das mal genauer ansehen.« Sein Lächeln gab seinen ganzen ungefilterten Sex-Appeal wieder.

Bevor ich wusste, wie mir geschah, hatte er meine Beine gepackt, hob und spreizte sie. Obwohl ich meinen kurzen Auftritt der exhibitionistischen Selbstbefriedigung ziemlich heiß fand, so war ich doch nicht auf das vorbereitet, was er nun mit mir anstellte.

Er strich mit den Händen an den Innenseiten meiner Schenkel entlang und arbeitete sich langsam vor bis zur heißen Nische meines Deltas. Mit geübten Fingern streifte er meinen nassen G-String die Beine hinab. Die Art, wie er die Stelle anschaute, die vor Lust nass glänzte, machte mich verlegen. Aber dann vergaß ich plötzlich meine Verlegenheit, denn ich spürte seine Zungenspitze, die ihren Weg in die klebrige, süßliche Hitze meines Schlitzes gefunden hatte und mich aufsaugte. Ich wäre fast vom Stuhl geflogen.

Seine Zunge war agil und kannte sich aus. Er erforschte die Region meines Geschlechts, bevor er mich zu massieren begann. Die Zunge leckte an meinen geschwollenen Lippen entlang und dann hoch zum kecken Fleisch meiner Klitoris. Elektrischer Strom voller Gefühle floss durch meinen Schoß. Meine Hände kraulten sein Haar, und meine Hüften bäumten sich auf. Als er einen neugierigen Finger in mich steckte, kam ich sofort, und mein ganzer Körper wurde wild geschüttelt.

»Machst du das mit allen Frauen, die dir beim Wischen zusehen?«, brachte ich heraus, als ich wieder zu mir kam.

»Nein, die meisten rennen weg, sobald sie mich sehen. Aber du nicht.« Er lächelte mich wieder so siegessicher an. Er hielt eine Hand auf seinen Schritt gedrückt, aber ich konnte trotzdem sehen, dass er in der Jeans steinhart war. Ich überlegte gerade, wie schnell ich ein drittes Mal den Jackpot knacken könnte, wenn ich das Vergnügen hätte, so etwas Hartes in mir zu spüren. Aber dann hörte ich ein Geräusch.

»Du bist gefeuert!«

Audrey. Sie stand im Türrahmen und glühte. Sie hielt sich mit beiden Händen an der Tür fest.

»Zu spät. Ich kündige.« Machen wir uns nichts vor, es hätte sowieso nicht viel länger gedauert, bis ich die Brocken hingeworfen oder sie mich gefeuert hätte. Aber jetzt war es die Sache wenigstens wert.

»Tut mir leid«, raunte der Bursche, und seine Hand drückte verlockend meinen Schenkel. Er war echt besorgt. Was für ein süßer Kerl.

»Es ist nicht wirklich ein Problem. Ich wollte ohnehin weg.« Ich lehnte mich vor und schob meine Finger in seine Haare. Ich drückte seinen Kopf nach hinten. Ich küsste ihn auf den Mund, tief und hart, und labte mich an den trotzigen Gefühlen, die in mir aufkamen.

Ich warf einen Blick zur Tür, wo Audrey sich gerade umdrehte, über mein schamloses Verhalten schockiert bis in die Haarspitzen. Ihr Mund öffnete und schloss sich wie bei einem Fisch auf dem Trockenen.

Der Mann, der zwischen meinen Beinen kniete, folgte meinem Blick und gluckste leise. »Wenn du einen neuen Job suchst, dann komm zu uns. Wir brauchen in der Zentrale eine Frau für den Empfang. Das ist kein edler Laden wie dieser hier, aber die Kollegen sind fröhlich, und es hätte den Vorteil, dass ich dich öfter sehen könnte.«

Sein Lächeln schickte ein Glühen der Lust durch meinen Körper.

»Ganz abgesehen davon, dass eine Frau wie du viel mehr Spaß bringt als dieser Drachen, den uns die Agentur geschickt hat.«

»Glaubst du wirklich?«, fragte ich, drückte ihn auf den Boden, grätschte über ihn und griff an seinen Hosengurt.

»Ja, das glaube ich«, sagte er breit grinsend, als meine Hand nach seinem Schwanz griff.

Es ist was dran an der alten Weisheit, dass man zur rechten Zeit am rechten Platz sein muss und dass man Gelegenheiten am Schopf packen soll, wenn sie sich einem bieten. Meine Hand verstärkte den Druck um seinen Schaft. Büroarbeit war doch nicht so schlimm, wie ich immer gedacht hatte.

Feierabend

Von Marilyn Jaye Lewis

Wann immer ich mit Jack ausgehe, fühle ich mich wie Abschaum. Aber ich genieße dieses Gefühl, und nur ihm gelingt es, das aus mir rauszuholen. Er kennt mich zu lange und zu gut.

»Hier, nimm eine Zigarette«, bietet er mir an.

Ich nehme sie, obwohl ich nicht mehr rauche. Es ist eine Camel ohne Filter. »Himmel, willst du mich umbringen oder was?« Ich neige mich mit dem Kopf zu ihm, und er zündet die Zigarette mit seinem Zippo an. Ich atme den Rauch ein. Er setzt mir zu, und ich glaube, ich muss würgen, aber irgendwas erinnert mich an den Sex mit ihm, und das gefällt mir. Ich paffe weiter, und allmählich glaube ich, dass ich die ganze Nacht durchrauchen werde.

»Sollen wir was zu trinken mitbringen?«, fragt er. »Das wäre doch angemessen, oder?«

»Wenn du möchtest«, antworte ich. »Aber wenn wir etwas Teures kaufen, denke ich immer, wir sollten es für uns selbst aufbewahren.«

»Dann nehmen wir eine Flasche mit billigem Zeug und dazu eine kleine Flasche mit gutem Stoff, die wir für uns behalten.«

»Das hört sich perfekt an. Die Leute werden glauben, wir seien großzügiger, als wir in Wirklichkeit sind.«

Als wir auf der Party eintreffen, ist schon ziemlich viel los. Wir kennen so gut wie jeden, der da ist, und mir wird langsam langweilig – alles ist so vorhersehbar hip. Wo sind die Jahre geblieben, in denen alles so neu war und so verlockend anders, selbst wenn man alle Gäste kannte?

»Erinnerst du dich an die Zeiten, als ein Freitagabend in New York eine wilde Sause bedeutete?«, frage ich ihn hinter vorgehaltener Hand.

Er sieht mich an und lächelt trocken. »Nein. So lange zurück reicht mein Gedächtnis nicht.«

Jack und ich sind Bettpartner. Wir begegnen uns auf unseren Umlaufbahnen, wenn wir zwischen zwei Beziehungen leben. Keiner von uns ist kühn genug, den Schritt in die Ehe zu wagen, den fast alle, die wir kennen, gegangen sind – einige von ihnen schon mehr als einmal. Trotz unserer ansehnlichen Karrieren, den ordentlichen Gehältern und den dazu passenden Lebensstilen sind wir hoffnungslos unreif geblieben, wenn es darum geht, ernsthafte Verpflichtungen einzugehen, die notgedrungen auch das Schicksal anderer Menschen betreffen.

»Alison, hallo!«

Das ist meine Chefin Susan Krieger, eine bekannte Architektin, die da auf uns zukommt. Sie ist die weibliche Hälfte des wohlhabenden Paares, das zu diesem Getümmel eingeladen hat. Sie sieht erstaunlich attraktiv aus. Ich vergesse immer, wie gut sie aussehen kann, wenn sie nicht von zu viel Arbeit gequält wird.

»Hi, Susan. Erinnerst du dich an Jack? Er hat mal bei uns gearbeitet. Als technischer Zeichner.«

»Natürlich, hallo, Jack. Wie geht es Ihnen? Schön, dass Sie gekommen sind.«

Susan ist nur ein wenig älter als wir, aber ihr schwerreicher

Ehemann, Derek Krieger, ist mindestens fünfundzwanzig Jahre älter als die meisten von uns und hat mehr Geld, als sich irgendeiner von uns vorstellen kann. Er hat das Architekturbüro Krieger Designs Ende der sechziger Jahre gegründet und spielt seitdem in der obersten Liga mit, als wir noch aufs College gingen. Er sieht nicht gerade blendend aus, aber er steckt eine Menge Zeit in seine Bemühungen, seine Figur zu halten. Ich glaube, er gehört zu den Menschen, die man ›erstaunlich‹ nennt.

»Himmel, sie ist ein Luder«, raunt Jack in mein Ohr, als Susan zu anderen Gästen geht.

»Sie ist ganz okay. Sie ist einfach eine Powerfrau.«

»Die vermutlich gern auf die Knie geht, wenn niemand zuschaut. Oder sie lässt sich beide Löcher von ein paar ölverschmierten Kerlen in irgendeinem Parkhaus stopfen.«

»Oh, nein! Jack!« Ich sehe ihn entsetzt an. »Wo kam das denn her?«

»Ich weiß es nicht. Füllen wir unsere Gläser und bringen wir unser eigenes Gift irgendwo in Sicherheit.«

Wir meiden den Gang zur Bar, die für die Gäste im Wohnzimmer aufgebaut worden ist, und steuern stattdessen die gut ausgestattete Küche an. Wir nehmen uns zwei sehr schöne Gläser und pressen sie unter die Eiswürfelmaschine im übergroßen Edelstahlkühlschrank. Die Eiswürfel purzeln unter lautem Getöse in unsere wartenden Gläser. In diesem Moment betritt Derek Krieger seine Küche.

»Alison, Jack.« Er durchschaut sofort, was wir treiben, und sieht uns ernst an. Es ist klar, dass er Jack nicht vergessen hat, seinen unverbesserlichen früheren Angestellten. »Bedienen Sie sich ruhig mit allem, was Sie brauchen«, sagt er steif, dann greift er nach einer Flasche Wein auf dem Küchentisch und verschwindet.

»Ich komme mir vor, als wären wir vom Schuldirektor bei irgendwas Schlimmem erwischt worden. Er hat uns aber in letzter Sekunde begnadigt.«

Jack gluckst. »Er kann mich mal.«

Wir füllen unsere Gläser mit unserem eigenen Ciroc und verstauen die Flasche im Tiefkühlfach der Kriegers. Dann kehren wir zur Party zurück und tun so, als gehörten wir dazu. Aber wir bleiben in unserer kleinen Welt und betrachten die anderen über die Ränder unserer Wodkagläser.

Wir erzählen uns gegenseitig Klatschgeschichten, wir lästern über unsere Freunde, wir bespötteln die wenigen Gäste, die wir nicht kennen, und schließlich fangen wir an, uns diskret zu küssen, und werden scharf. Wir treten hinaus auf den Balkon der Kriegers, von dem man einen Blick auf den Central Park hat, und zünden uns eine Camel an.

»Willst du gehen?«, fragt Jack. »Wir können in meine Wohnung gehen und ficken wie die Kaninchen.«

Das hört sich nach einer ausgezeichneten Idee an. »Okay«, sage ich. »Wir rauchen zu Ende, und dann gehen wir.«

Jack schmiegt sich an mich. »Wie lange ist es her, seit deine Pussy das letzte Mal so richtig durchgezogen wurde, Alison?«

»Zu lange«, sage ich schnell und kaue auf dem Ende meiner Zigarette. Ich lasse jedem Zug einen herzhaften Schluck Wodka folgen. Mir ist klar, dass ich danach lechze, etwas in meinem Mund zu haben. Warum macht er mich immer so geil, wenn wir uns in der Öffentlichkeit befinden?

»Was würdest du denn dazu sagen, wenn du gleichzeitig deine Löcher von zwei ölverschmierten Kerlen gestopft kriegst?«

Ich lächle ihn über den Rand des Glases an. »Du bist ja so pervers, Jack.«

Er erwidert mein Lächeln, und der Blick aus seinen kohlschwarzen Augen bohrt sich ohne Wimpernzucken in meinen. »Ich denke immer noch verdammt oft an dich, Alison. Der Gedanke an dich kommt immer dann, wenn ich mir einen runterhole, wenn ich ein hübsches Mädchen im Kopf brauche, das für alles zu haben ist.«

»Für was muss ich denn zu haben sein?«

»Liebling, du bist doch zu allem bereit.«

Jetzt werde ich richtig heiß. Mein Höschen wird nass. Nikotin und Wodka brennen sich genüsslich durch meine Adern. Ich bin neugierig auf das, was er mit mir vorhat. »Dann erzähle mal von den Dingen, zu denen du mich überreden willst.«

Die Balkontür öffnet sich, und andere Raucher kommen heraus und gesellen sich zu uns.

»Hi, Alison.«

»Hi, Tina. Erinnerst du dich an Jack?«

»Aber natürlich. Wie geht es Ihnen, Jack?«

Ich drücke die Zigarette aus und hoffe, dass Jack mir nacheifert, damit wir gehen können. Er tut es.

Ich will eine Antwort auf meine Frage. Ich bin nämlich ernsthaft scharf. »Erzähl's mir, Jack. Ich will es wissen.«

»Holen wir uns noch einen Drink«, sagt er.

Ich habe nichts dagegen, auch wenn ich dachte, dass wir gehen wollten. Ich folge ihm also in die Küche. Bevor wir unsere Gläser füllen, beginnen wir uns zu küssen. Tauschen unseren Speichel aus. Er zieht mich dicht an sich heran. Ich schlinge die Arme um seinen Nacken. Seine Hände tauchen unter meinen Rock, stoßen von oben in mein Höschen, greifen meine Backen. Wir küssen uns immer noch. Seine steinharte Erektion presst gegen mich.

Als wir uns lösen, um zu Atem zu kommen, versuche ich es

noch einmal. »Erzähle mir endlich von diesen Sachen, die ich mit dir tun soll, Jack. Ich will wissen, was das für Dinge sind, von denen du glaubst, dass ich sie bereitwillig mitmache.«

»Ach, nur das Übliche«, sagt er zwischen den Küssen. »Meistens, jedenfalls.«

»Was heißt das?«

»Ach, weißt du, dir ist egal, wohin ich meinen Schwanz stecke. Überall, ganz egal, wo wir sind, wann immer ich es will. Du kommst mir einfach immer entgegen, das meine ich. Komm jetzt.«

»Nein«, protestiere ich instinktiv, aber ich folge ihm trotzdem. Er führt mich den Flur hinunter, wo es zu den Schlafzimmern geht, und schlüpft in eines der Zimmer hinein. »Nein, Jack, und diesmal ist es mir ernst. Ich werde es nicht im Apartment meiner Chefin treiben.«

»Niemand wird es jemals herausfinden, Alison. Komm schon.«

Er öffnet eine andere Tür, sie führt in einen Abstellraum. »Nun mach schon, komm herein. Nur einen Quickie, bis wir nach Hause kommen.«

Ich hasse und liebe ihn genau deswegen. Er ist unwiderstehlich, wenn ich scharf bin. Ich folge ihm in den dunklen Abstellraum, und wir schließen die Tür hinter uns.

Sekunden später zerrt er an meinem Höschen. »Nein, nicht«, sage ich. »Lass es oben. Ich will nicht ohne Höschen herumlaufen müssen.«

Er zieht das Höschen ganz herunter.

»Heb den Fuß, dann kann ich es dir abstreifen, Alison«, beharrt er in einem drängenden Flüstern. »Mach schon, zieh es ganz aus.«

Aus irgendeinem Grund gehorche ich. Ich schätze, er hat recht, wenn er sagt, dass ich immer mit allem einverstanden bin. Es ist dunkel, aber es gelingt ihm, das Höschen über meine Pumps zu ziehen.

»Gib es mir«, sage ich.

»Ich stecke es in meine Tasche.«

»Nein.« Aber bevor ich weiter protestieren kann, zieht er mich wieder fest an sich. Seine Hände schwirren wieder unter meinen Rock, und er hat freies Spiel auf meinem nackten Hintern.

Ich stöhne wie im Rausch in seine Küsse. Als sich meine Augen an die Dunkelheit in der Abstellkammer gewöhnen, sehe ich, dass es in der Tür Lüftungsschlitze gibt. Durch sie fällt ein wenig Licht herein. Sie bedeuten aber auch, dass wir besonders leise sein müssen.

»Was machst du da?«, wispere ich.

»Was soll ich schon machen, Alison? Ich werde dich vögeln.«

»Himmel, ist das dein Ernst?«

Er hat seinen Schaft freigelegt, und ich fühle, wie er nach meiner Öffnung sucht. »Oh, Mann, bist du nass«, flüstert er. »Du kleine Schlampe.«

Ich versuche, eine Position einzunehmen, in der er in mich eindringen kann. Ich weiß, dass ich nass bin. Ich bin unglaublich erregt. Aber ich spüre, dass diese Stellung nichts taugt.

»Warum drehst du dich nicht um?«, schlägt er leise vor. »Ich versuche es von hinten.«

Ich drehe mich um und lehne mich gegen die Tür mit den Lüftungsschlitzen. Wieder findet sein Gerät den Weg in meine Muschi. Diese Stellung ist deutlich besser. Jack fühlt sich sagenhaft gut in mir an, und ich kann ein leises Stöhnen nicht unterdrücken.

Bis plötzlich das Licht im Schlafzimmer nebenan aufflammt. Oh, Mann. Sofort regen wir uns nicht mehr, und keiner gibt noch einen Ton von sich. Jemand hält sich im Schlafzimmer auf. Nein, es sind sogar zwei Jemande. Und einer schließt die Tür.

Ich höre, wie Jack in leiser Panik in mein Ohr flüstert: »Oh, Scheiße.«

Sein Schwanz nistet noch tief in meiner Höhle. Seine Arme umfassen meine Taille, sie halten mich fest umschlungen, aber wir bewegen uns nicht. »Es ist Krieger«, raunt er in mein Ohr.

Tatsächlich ist es Derek Krieger, den ich durch die Schlitze in der Tür sehen kann.

Oh, Mist, denke ich. Ausgerechnet Derek. Ich fühle mich wirklich so, als wäre er mein Schuldirektor. Und als steckte ich nun in ernsten Schwierigkeiten.

Oh, mein Gott, denke ich.

Gleichzeitig wispert Jack in mein Ohr: »Verdammt, er ist mit Veronica da.«

Veronica ist Jacks Ex-Geliebte. Auch eine technische Zeichnerin in der Firma. Sie ist sogar noch jünger als ich. Eine dieser zierlichen, stets hilflos ausschauenden Blondinen aus Connecticut.

»Du bist spät dran«, sagt Krieger zu ihr. Er hört sich verärgert an.

»Ich habe kein Taxi finden können.«

»Unsinn«, faucht Krieger.

Sein harscher Ton erstaunt mich. Wieso regt er sich auf, dass Veronica sich zu seiner Party verspätet hat? Ich meine, kaum einer ist pünktlich, wenn er auf eine Party geht.

Veronica ist zerknirscht. »Es tut mir leid, Mr Krieger.«

Mr Krieger? Niemand nennt ihn Mr Krieger – er ist Derek.

»Ich konnte absolut nichts dafür. Es ließ sich einfach kein freies Taxi blicken.«

»Daran hättest du vorher denken müssen, junge Dame, und früher von deiner Wohnung aufbrechen sollen.«

Derek hat einen einschüchternden Ton drauf. Irgendetwas an der Szene stimmt nicht.

Dann taucht Jacks Hand plötzlich zwischen meine Schenkel. Seine Finger tasten sich vor, greifen nach den geschwollenen Schamlippen und suchen nach meiner Klitoris. Ich kann nicht glauben, dass er mich in dieser Situation erregen will, während das nebenan abläuft. Aber ich bin zu nervös, um mich ihm zu entziehen, denn dabei könnte ich ein Geräusch von mir geben. Ich bin noch auf seinem Schwanz gepfählt.

Jack sagt fast unhörbar in mein Ohr: »Ich glaube, er wird ihr den Arsch versohlen.«

Ich kann es nicht glauben. »Waaas?«

»Ich kenne Veronica«, versucht er zu erklären. »Krieger wird sie spanken.«

Ich bin sprachlos. Aber jetzt bin ich noch viel interessierter als bisher. Diese beiden haben irgendeine heimliche Affäre! Ich muss unbedingt versuchen, durch die Schlitze zu sehen, allerdings ohne mich von der Stelle zu rühren. Wenn Veronica sich von Mr Krieger verhauen lässt, will ich das nicht verpassen.

Jacks Schwanz erwacht in mir zu neuem Leben, und seine Finger haben meine Klitoris umzingelt. Ich kann nicht glauben, dass sich diese Szene überhaupt abspielt. Ich bin wahnsinnig froh, dass wir beschlossen haben, zu dieser Party zu gehen.

»Ich habe dir ganz genaue Instruktionen gegeben«, sagt Derek.

»Ich weiß, aber ...«

»Und ich habe erwartet, dass du sie befolgst.«

»Ich weiß.« Veronica wimmert leise.

»Ich hab keine Zeit, mich mit jemandem abzugeben, der so unfähig ist wie du. Du bist mehr als eine Stunde zu spät.«

»Ich weiß, aber ich ...«

»Spar dir das, Veronica. Spar dir das für irgendeinen anderen Typen, dem du deine Lügen auftischen willst.«

»Oh, ja«, stimmt Jack leise zu. »Dieses Gefühl kenne ich. Ich hoffe, er besorgt es ihr ordentlich, dieser kleinen verlogenen Schlampe. Auf den blanken Arsch.«

Auf den blanken Arsch? Das war mir bisher entgangen. Mein ganzer Körper ist entflammt, ich bin überwältigt von den vielen Stimuli um mich herum. Jacks Kommentare treiben mich noch in den Wahnsinn. Ich will hier nicht erwischt werden – ich will erleben, wie sich die Show entwickelt. Ich will weiter zusehen.

»Komm her, Veronica.«

Er ist gut, denke ich. Sehr streng. Tatsächlich mache ich mir ein wenig Sorgen um sie.

Er setzt sich auf den Bettrand. Sie folgt ihm nur zögernd.

»Hierhin«, sagt er scharf. »Du kannst doch sehen, wohin ich zeige, nicht wahr?«

»Ja.«

Ihre Antwort war kaum hörbar. Und Veronica scheint sich nicht zu bewegen.

»Derek«, bettelt sie plötzlich, »zwing mich nicht dazu. Deine Frau ist praktisch im Nachbarzimmer. Und all die anderen Leute ...«

»Wie hast du mich genannt?«

Verdammt, das hörte sich boshaft an. Er sitzt auf dem Bettrand, und ich kann genau in sein Gesicht blicken. Tödliche Strenge, lese ich darin. Ich wüsste gern, ob Veronica wirklich Angst hat. Sie hört sich so an. Ich glaube, ich hätte auch Angst.

Jack atmet schwer an der Seite meines Halses. Sein Schwanz arbeitet langsam und methodisch in mir. Er nimmt jede Nuance dieses Spiels in sich auf, genau wie ich. Ich frage mich, was er jetzt empfindet. Er sieht zu, wie seine Ex-Geliebte gezüchtigt wird. Ich frage mich, ob er dieses Spanking auch mit ihr getrieben hat, als sie zusammenlebten. Seltsam, was man alles nicht vom anderen weiß.

»Veronica, ich warte. Je länger du es hinausschiebst, desto größer ist das Risiko, dass meine Frau mich sucht, weil sie mich vermisst. Und wie würden wir ihr das wohl erklären? Nicht nur ihr, sondern auch den anderen Partygästen?«

Der Klang von Dereks kommandierender Stimme elektrisiert meine Klitoris, während Jack gleichzeitig genau den richtigen Druck ausübt. Die Sache mit dem Züchtigen macht mich neugierig. Ich muss mich mal ernsthaft mit Jack darüber unterhalten, wenn wir hier endlich wieder raus sind.

Ein rasch unterdrücktes Juchzen dringt aus Jacks Kehle. Ich sehe sofort, was ihn so heiß macht. Veronica hat die Hände unter ihren Rock geschoben – sie zieht ihr Höschen aus. Sie traut sich tatsächlich! Sie hat sich direkt vor Mr Krieger gestellt, und wir können alles sehen. Sie hält die Rockschöße hoch und legt sich über Mr Kriegers Knie.

Ich muss sagen, sie hat einen bemerkenswerten Hintern, weiß und perfekt gerundet. Ich muss auch sagen, ich hätte nie damit gerechnet, einmal Veronicas Arsch zu sehen, dazu gab es nie einen Anlass – und nun das hier.

Jacks Schwanz schwillt in meiner Muschi an. Er besorgt es mir langsam, aber hart. Ich klammere mich an seinen Armen fest, denn irgendwas muss mich halten. Die Lust galoppiert durch mich hindurch. Ich möchte aufschreien.

Das Spanking geht zügig und gründlich vonstatten. Veronica bemüht sich sehr, keinen Pieps von sich zu geben, schließlich befürchtet sie, entdeckt zu werden. Vielleicht ist das ein Teil ihrer Geilheit, wer weiß das schon? Aber wie sie es schafft, diese gut gezielten Schläge mit der flachen Hand auf den nackten Arsch auszuhalten, ohne auch nur aufzustöhnen, ist mir ein Rätsel. Mr Krieger spielt nicht. Er züchtigt mit vollem Ernst. Veronicas Hintern ist schon leuchtend rot.

Ich bin so verzückt, dass ich kaum mehr atmen kann. Jacks beharrliche Finger haben das Beben des Orgasmus in mir ausgelöst, und ich muss den Überfall der Lust in meiner Klitoris über mich ergehen lassen und darf mich nicht bewegen. Jack weiß, dass es mir kommt. Er hält mich fest.

Das Spanking ist vorbei, bevor mein Orgasmus abgeklungen ist. Veronica erhebt sich von Dereks Beinen und zieht ihr Höschen wieder hoch. Derek steht ebenfalls auf. Sie küssen sich. Sie stöhnen.

»Okay, Kleine«, sagt Derek und gibt ihr einen letzten Klaps auf den Hintern. »Gehen wir.«

Sie verlassen das Zimmer, und plötzlich ist es wieder dunkel.

»Oh, Mann«, sage ich nach einer Weile, »das war irre.«

Jack nimmt wieder die richtige Position ein und stößt wie verrückt zu. Es fühlt sich gut an, aber es dauert nicht lange, bis er kommt.

»Das war's«, sagt er, zieht sich aus mir zurück, verstaut sein Ding und schließt den Reißverschluss. »Gehen wir zurück in meine Wohnung.«

»Mein Höschen, Jack. Gib mir mein Höschen.«

»Ich gebe es dir, wenn wir zu Hause sind.«

Er öffnet die Tür der Abstellkammer, und mir bleibt nichts anderes übrig, als ihm zu folgen. Es ist nicht das erste Mal, dass ich in seiner Gesellschaft ohne Höschen herumlaufe. Ich streiche meinen Rock gerade und hoffe auf das Beste.

Sekunden später sind wir unten in der Lobby, aber dann erinnert sich Jack an den Ciroc. Er hat fast sechzig Dollar gekostet. »Geh und hol uns den Wodka«, fordert er mich auf. »Ich bleibe hier und warte auf dich.«

Ich haste zurück in die Küche und nehme das Geschehen und die Leute um mich herum kaum wahr. Ich will nur meinen Wodka bunkern und dann so schnell wie möglich in Jacks Bett landen.

In der Küche stoße ich auf Derek. Er ist allein. Ich zucke verdutzt zusammen, und mir wird schmerzlich bewusst, dass ich kein Höschen trage. Ich bin mir nicht sicher, wie ich erklären soll, dass ich eine teure Flasche Wodka aus seinem Tiefkühlfach entführe.

»Ich habe sie dort abgestellt«, sage ich und lächle Derek an. Ein lahmer Versuch. Ich betrachte ihn jetzt mit anderen Augen. Jetzt macht er mich unglaublich nervös.

Er sieht mich an und sagt nichts.

»Es ist mein Wodka«, erkläre ich weiter und fühle mich verschwitzt zwischen den Beinen. »Ich bin jetzt weg.«

Er steht nur da und sagt nichts. Schweigen. Er starrt mich nur an.

»Danke für die Party, Mr Krieger.« Verdammt, warum habe ich das gesagt?

Er hebt eine Augenbraue. Seine Blicke durchbohren mich, und dabei sehe ich den Hauch eines fragenden Lächelns. »Ich hoffe, du hast Spaß gehabt, Alison. Wir sehen uns am Montag.«

Memorandum

Von N. T. Morley

Aktennotiz über Disziplinierungsmaßnahmen

An: Audrey Chivas, Büroassistentin
Von: Tabitha Kelly, Büroleiterin
Datum: 1. September
Betr.: Verstoß gegen Bürokleiderordnung
Cc: Alle Mitarbeiter

Es ist mir zur Kenntnis gebracht worden, Miss Chivas, dass Sie mehrere Male gegen unsere Bürokleiderordnung verstoßen haben, seit Sie in unserer Firma arbeiten. Bei Ihrer Einstellung sind Sie über unsere Firmenpolitik aufgeklärt worden. Sie haben mehrere Dokumente unterschrieben, darunter auch die Kleiderordnung auf Seite 14. Trotzdem haben Sie seit Ihrer Einstellung am 10. August mehrfach dagegen verstoßen.

Es folgt eine Liste der Verstöße, die ich dokumentiert habe; sie alle wurden mir durch einen Abteilungsleiter unserer Firma zur Kenntnis gebracht.

1) Am 11. August wurde Ihre Rocklänge von Mr Armando Stern vermessen – sechzehn Zentimeter über dem Knie. An diesem Tag trugen Sie auch acht Zentimeter hohe Pumps, ein

klarer Verstoß gegen Artikel 8 unserer Bürokleiderordnung. Ihnen wurde eine Abmahnung übergeben.

2) Am 12. August trugen Sie eine so enge Seidenhose, dass Mr Stern die Konturen Ihres Slips erkennen konnte. Seinen Kommentaren über diesen Verstoß begegneten Sie mit einer lässigen Handbewegung, was ich aus erster Hand bestätigen kann. Dieses Verhalten ist völlig inakzeptabel. Weiterhin trugen Sie an diesem Tag einen BH mit Leopardenmuster, der durch Ihre geschmacklose zitronengelbe Bluse deutlich sichtbar war. Auch dieses Verhalten ist inakzeptabel.

3) Am 15. August trugen Sie einen Rock, der nach Mr Spanketts Schätzung mindestens zwölf Zentimeter oberhalb der Knie endete. Miss Chivas, ich möchte darauf hinweisen, dass ein solcher Rock höchstens acht Zentimeter oberhalb des Knies enden darf. Ich war an diesem Tag krankheitsbedingt (Entzündung des Zehs) nicht im Haus, aber mir liegt ein verlässlicher Bericht von Mr Stern vor, von Miss Beck aus der Buchhaltung und von George, unserem Eilboten. Zusätzlich war Mr Spankett so nett, ein Foto zu liefern, das er an diesem Tag aufgenommen hat. Ich war entsetzt. Ich füge besagtes Foto bei. Zusammen mit den acht Zentimeter hohen Absätzen, die Sie an diesem Tag trugen, ganz zu schweigen von der unangebrachten Zurschaustellung Ihrer Oberweite durch einen offensichtlichen Stützbüstenhalter unter einer recht dünnen Bluse boten Sie ein äußerst unprofessionelles Bild unserer Firma. Ihnen wurde eine zweite Abmahnung zugestellt.

4) Am 22. August trugen Sie ein schwarzes Kleid, diesmal in anständiger Länge, etwa acht Zentimeter oberhalb der Knie, aber dazu trugen Sie kniehohe Schnürstiefel mit der Marke Doc Martens deutlich in Höhe der Waden. Ich mag Ihren modebewussten Stil bewundern, wie ich auch Ihre

Bemühungen anerkenne, zur ›In‹-Gruppe gehören zu wollen. Aber wir sind ein kaufmännisches Unternehmen, Miss Chivas, kein Marilyn-Manson-Konzert.

5) Am 23. August wies Ihr Rock zwar eine akzeptable Länge auf, aber Ihr roter Spitzenslip wurde deutlich sichtbar, als Sie auffallend lange damit beschäftigt waren, Unterlagen in der untersten Schublade in Mr Grimms Büro zu sortieren. Ein Foto ist beigefügt.

6) Am 25. August betraten Sie das Büro mit den Haaren zu Zöpfen geflochten, einer weißen Bluse, die so dünn war, dass man Ihren Büstenhalter darunter sehen konnte, und mit einem Faltenrock, der erneut sechzehn Zentimeter oberhalb der Knie endete. Als Sie gebeten wurden, eine Akte aus der untersten Schublade von Mr Harshass' Schreibtisch zu holen, wandten Sie sich von ihm ab und bückten sich tief, ohne sich zu knien, wobei Sie ihm auf schamlose Weise Ihren weißen Slip zeigten. Wieder hielt Mr Harshass die Szene in einem Foto fest, das ich beifüge. Sie erhielten eine dritte Abmahnung, die mit dem Abzug eines Tageslohns bestraft wird. Darauf reagierten Sie mit einer empörenden Missachtung sämtlicher disziplinärer Maßnahmen, indem Sie sagten (ich zitiere wörtlich): »Ah, dann muss ich mir das entgangene Geld eben mit Blowjobs unten am Hafen verdienen.«

7) Am 26. August, als Sie Mr Stern am Samstag dabei helfen sollten, ein Kundentreffen vorzubereiten, traten Sie im Büro mit Hotpants auf, einem Bustier und in Clogs. Wieder – wie von Mr Stern berichtet (und dokumentiert durch beigefügtes Foto) – waren die Konturen Ihres Slips unter den Shorts deutlich sichtbar, und Sie hielten es auch nicht für nötig, einen BH unter dem Bustier zu tragen. Ich sollte vielleicht klarstellen, dass unsere Kleiderordnung auch bei Wochenendarbeit gilt.

8) Am 28. August verbrachten Sie die Mittagspause im Fitnessraum der Firma und kehrten danach ins Büro zurück, ohne sich umzuziehen. In schamloser Weise traten Sie in einem Sporttrikot auf, das vom Schweiß durchnässt und deshalb durchsichtig war. Eine vierte Abmahnung wurde Ihnen zugestellt, die mit diesem Memorandum verbunden ist.

Miss Chivas, ich nutze diese Gelegenheit, Sie für Ihre ausgezeichnete Arbeit in den verschiedenen Ressorts zu loben. Ihre Bereitschaft, bei der Vorbereitung von Meetings mit Kunden zu helfen, ist bewundernswert und hat zu mehreren wichtigen Abschlüssen geführt. Die Abteilungsleiter haben wiederholt Ihre Bereitschaft, helfend einzuspringen, gelobt. Aber Ihre Interpretation der Kleiderordnung unserer Firma bedarf einer intensiven Richtigstellung, die ich Ihnen hier anschließe:

1) Wie unsere Verhaltensregeln vorschreiben, dürfen Röcke für Angestellte, die 1,60 Meter groß sind, was auf Sie zutrifft, nicht kürzer als sechzehn Zentimeter über dem Knie enden, vom Bund aus gemessen. Der Saum darf vier Zentimeter nicht überschreiten, besser ist ein geringerer Saum. Absätze von Schuhen, die im Büro getragen werden, sollen mindestens zwölf Zentimeter hoch sein, ausgenommen am Freitag, an dem zehn Zentimeter erlaubt sind.

2) Seidenhosen, wie Sie selbst sehr genau wissen, werden ohne Slip getragen (ausgenommen an Freitagen, wenn ein G-String angezogen werden darf). Des Weiteren dürfen Angestellte mit D-Körbchen oder kleineren Brüsten (Ihre wurden als C-Körbchen gemessen) keine Büstenhalter tragen. Dieses Kleidungsstück verdeckt Ihre Brustwarzen, die während der Bürozeit erigiert und deutlich sichtbar sein sollen, wie es auf

Seite 16 unserer Verhaltensregeln beschrieben ist. Kleider mit Tiermustern sind streng untersagt. Falls die Firma einen Lumpentag einführen sollte, werden Sie es als Erste erfahren. Schließlich: Als Mr Stern Sie zurechtwies, weil Sie einen Slip unter Ihrer engen Hose trugen, wäre das angemessene Büroverhalten gewesen (wie in unserer speziellen Broschüre über die Firmenpolitik festgehalten), den störenden Slip sofort in seiner Gegenwart auszuziehen und ihn in den Aktenvernichter zu werfen.

3) Noch einmal: Ein Rock, der zwölf Zentimeter über dem Knie endet, ist um vier Zentimeter länger als in unserer Kleiderverordnung erlaubt. Ich muss auch darauf bestehen, dass Absätze zwölf Zentimeter hoch sind, nicht weniger. Und wenn Sie eine Bluse tragen, die so durchsichtig ist wie jene, die Sie an diesem Tag getragen haben, Miss Chivas, hätten Sie wissen müssen, dass Sie darunter keinen Stützbüstenhalter anziehen dürfen. Ich kann zwar verstehen, dass Sie Ihre Brüste so attraktiv wie möglich zur Schau stellen wollen, aber Sie wissen genau, dass eine Betonung Ihrer beeindruckenden Möpse durch einen Stütz-BH der Kleiderordnung widerspricht, die ein lässiges Herzeigen Ihrer Brüste vorschreibt. Wenn Sie einen Halt benötigen, so hat Tamiko aus dem Postzimmer angeboten, Sie mit ihrem Geschick bekannt zu machen, Brüste zu binden. Gehen Sie zu ihr in den dritten Stock, bevor Sie Ihren Dienst antreten.

4) Zu unseren Vorschriften gehört auch das Verbot von schwarzer Oberbekleidung, da sie zu sehr das verdeckt, was darunter liegt. Stiefel ohne Absätze zählen nicht zu dem von der Firma akzeptierten Schuhwerk.

5) Während rote Spitzenslips eventuell noch an einem Freitag geduldet werden könnten (wenn sie mit kleinen roten Herzen besetzt sind und hübsche Schleifchen an den Seiten

haben), sind Höschen aller Art an den übrigen Tagen verboten. Hinzu kommt, dass Mr Stern Ihr Verhalten höchst ablenkend empfand, da er gerade dabei war, seine Sekretärin Julia zu züchtigen.

6) Obwohl Ihre Schulmädchen-Uniform durchaus lobenswert ist, werden Sie sich daran erinnern, dass ich Ihnen bei Ihrem Einstellungsgespräch gesagt habe, dass das einzige Schulmädchen, das zu Stern, Stern, Grimm, Spankett and Harshass passt, ein *schamloses* Schulmädchen ist. Ihr Rock war recht attraktiv, aber viel zu anständig für unsere Firma, und einen BH zu tragen ist unter keinen Umständen zu akzeptieren, ganz egal, wie sichtbar er durch die Bluse ist. Weiter: dass Sie Mr Stern schamlos Ihren weißen Slip gezeigt haben, ist für mich ein erneutes Beispiel Ihrer vorsätzlichen Missachtung unserer Richtlinien. Wie in vorherigen Absätzen schon erwähnt, Miss Chivas, hätten Sie unter der hübschen kleinen Uniform völlig nackt sein sollen.

6a) Als ergänzende Bemerkung zu Punkt 6 möchte ich Sie daran erinnern, dass alle Einnahmen, die Sie durch Blowjobs im Hafen erzielen, mir in bar übergeben werden müssen (aber bitte nicht in zerknüllten Ein-Dollar-Noten), damit sie von der Buchhaltung registriert werden. Wir können nicht vorsichtig genug sein, Audrey, was diese Schnüffler vom Finanzamt betrifft, nicht wahr? Sie würden einen Blowjob ganz sicher nicht so schätzen, wie das in unserer Firma der Fall ist.

7) Ich sollte vielleicht klarstellen, dass unsere Kleiderordnung auch bei Wochenendarbeit befolgt werden muss. Ich freue mich über Ihre Kooperation, indem Sie an dem Tag keinen BH unter dem Top getragen haben, aber dann haben Sie gleich zweimal gegen unsere Kleiderordnung verstoßen: Sie trugen einen Slip unter den hautengen Hotpants (haben Sie die bei ›Fast Gratis‹ gekauft? Ich will mir nämlich dort auch

Hotpants holen), und Sie fielen auf, weil Sie keine hohen Absätze trugen. Die flachen Clogs, zugegebenermaßen eine hübsche Erinnerung an die Schrottmode der Siebziger, passen zwar zu Ihrem hurenhaften Look, Audrey, aber im Büro sind sie völlig indiskutabel, selbst an einem Samstag.

8) Wie Sie wissen, darf der gemeinschaftliche Fitnessraum der Firma nur völlig nackt besucht werden. Ich gebe gern zu, dass Sie begehrenswert aussahen mit den Nippeln, die sich durch das dünne kleine Trikot drückten, aber bitte, denken Sie daran, sich nackt auszuziehen, bevor Sie auf eines der Räder steigen – und vergessen Sie nicht, hinterher alles abzuwischen.

Audrey, bitte, lassen Sie mich wiederholen, dass Sie Ihre anderen Aufgaben in den verschiedenen Abteilungen mit großem Geschick und Begeisterung ausgeführt haben. Mr Stern vergisst nie zu erwähnen, dass Ihre oralen Fähigkeiten eine hohe Qualität erreichen, und seiner Sekretärin Julia gefällt es, wie Sie jedes Mal kommen, wenn Sie von ihr gezüchtigt werden. Ich selbst habe das Vergnügen gehabt, Sie bei verschiedenen Gelegenheiten zu befummeln, und Ihre saftige kleine Möse öffnet sich immer meinen erbarmungslos zustoßenden Fingern. Zudem sehen Sie fantastisch aus, wenn Sie den Rock heben, auf die Knie gehen und sich in dieser Stellung von hinten nehmen lassen. Ich glaube, alle von Stern, Stern, Grimm, Spankett & Harshass und Partner werden mir zustimmen, dass Sie den feinsten Hintern in der Stadt haben, und Sie zögern nie, ihn herzuzeigen und anzubieten. Mr Spankett hat gesagt, wenn Sie nicht so ein schamloses Schwanz saugendes Luder wären, würde er Sie gern seiner Mutter vorstellen.

Aber ich muss diese Gelegenheit wahrnehmen, Sie zu bitten, darüber nachzudenken, ob eine Vollzeitstelle als bezahlte devote Frau im Privatbordell für muschibesessene Milliardäre Ihr Karriereziel auf lange Sicht ist. Ich bewundere Ihre Vorliebe für Spankings und Ihre Bereitschaft, sämtliche kleinen süßen Öffnungen anzubieten, wann immer es möglich ist, ganz zu schweigen von Ihrem oralen Geschick, das Sie allen harten Ständern zukommen lassen, egal, um wen es sich handelt, doch ich frage mich, ob Ihre Willfährigkeit und Ihre Keckheit, die Sie uns während Ihrer Dienstzeit gezeigt haben, nicht ein Anzeichen für Ihre mangelnde Bereitschaft ist, sich auf Dauer einer unterwürfigen Position auszusetzen. Vielleicht sind Sie das, was erfahrene Büromanager eine ›Klugschwätzer-Masochistin‹ nennen.

Wenn das der Fall sein sollte, frage ich mich trotz der aufgeführten disziplinarischen Verstöße, ob Sie nicht besser eine leitende Rolle bei Stern, Stern, Grimm, Spankett & Harshass anstreben sollten. Julia und Tamiko haben beide den Wunsch geäußert, Ihre feste Hand auf ihren Hintern zu spüren – in Tamikos Worten: »Mal sehen, ob die geile kleine Muschi genauso gut austeilt, wie sie einsteckt.« Ich pflichte ihr bei.

Ich erinnere mich sehr gut an Ihren jüngsten Hennenkampf mit Antoinette, als es darum ging, wer die letzte Zuckerstange aus dem Bistro der Firma bekommt. Dabei haben Sie durchaus eine Neigung zur Dominanz gezeigt, und als Sie das kleine Flittchen im Schwitzkasten hatten, bewiesen Sie eine nicht zu übersehende Vorliebe für die feinen Künste eines erzwungenen Cunnilingus, nicht zu vergessen Ihre geschmeidige Körperbeherrschung in allerlei ausgefallenen Stellungen.

Dieses Geschick wandten Sie auch an, als Sie Ihr pochendes Geschlecht auf den Mund der kleinen Schlampe pressten, deren Krokodilstränen Sie absolut nicht beeindruckten. Sie demonstrierten, dass Sie jede verzwickte Situation zu Ihrem

Vorteil nutzen können. Das Ergebnis war Antoinettes volle Akzeptanz der Niederlage. Als das Mädchen gleich danach zu mir kam und ich sie übers Knie legte, brauchte ich ihr nur drei Hiebe zu verpassen, bis das kleine Luder in einem geschluchzten Orgasmus explodierte.

Um es kurz zu machen: Sie zeigen ein Talent, Ihren eigenen Willen durchzusetzen, auch in der Konfrontation mit einer aufsässigen Angestellten. Ich glaube, Sie wären eine ausgezeichnete Anwärterin zur Abteilungsleiterin, Audrey.

Sollten Sie sich einem solchen geänderten Karriereweg bei Stern, Stern, Grimm, Spankett & Harshass öffnen wollen, muss ich Sie mahnend darauf hinweisen, dass dazu neben einem beträchtlich höheren Gehalt und vielen anderen Vorzügen einer solchen Position (wovon regelmäßige Zungenjobs von Untergebenen nicht der geringste ist) ein gewaltiges Maß an Verantwortung gehört. Man erwartet von Ihnen ein stärkeres Engagement, und natürlich wartet ein intensives Programm über Personalpolitik und Menschenführung auf Sie. Dabei werden Sie von mir eine Menge darüber lernen, wie Sie geilen kleinen Schlampen, die glauben, alles besser zu wissen, die Flötentöne beibringen.

Audrey, ich hoffe, Sie treffen die richtige Entscheidung.

Bitte, melden Sie sich um fünf Uhr nachmittags in meinem Büro, um dieses Thema weiter zu besprechen.

Herzlich
Tabitha Kelly
Büroleiterin

Im Hamsterrad

Von Nikki Magennis

Keine Zeit, Baby. Wir haben nie Zeit. Wir verlieren uns auf dem Karussell und verfangen uns in engen Terminen, haben die Schere im Kopf und unterwerfen uns den Telefonen. Verabredungen schleichen heran und stehlen unser Leben, Stunde um Stunde. Auf dem Kalender streichen wir die Tage ab.

Rush Hour. Der Verkehr umfließt uns. Wir atmen giftige Dämpfe auf den Straßen ein und lauschen dem Ticken des Blinkers. Das Radio plärrt. Hupen kläffen. Schlüpfe mit deiner Hand unter meinen Rock, Baby. Unter dem Schweiß und der Hitze und der Unterwäsche findest du pures, süßes Verlangen. Meine nasse Muschi mit dem Puls, der die Welt zum Stillstand bringt.

Über die Autoren

XAVIER ACTON veröffentlicht seine Arbeiten in Gothic Net und Eros Zine. Dort erscheinen seine *Sweet Life* Serie, die *Naughty Stories from A to Z* Serie und viele andere Anthologien. Seine verrückteste Arbeit bestand darin, für eine Internetseite Pornofilme zu beschreiben, und dazu gehörte eine Dokumentation aller Sexualakte in den Filmen. Es war verrückt. Wirklich verrückt.

LISETTE ASHTON ist eine britische Autorin, die mehr als zwei Dutzend erotische Romane und unzählige Kurzgeschichten veröffentlicht hat. Sie schreibt hauptsächlich für die Reihe Nexus bei Virgin, gelegentlich auch für Chimera Publishing. Ihre Geschichten sind von Kritikern als »hemmungslos unanständig« und als »guter, schmutziger Spaß« beschrieben worden.

Als sie nach ihrem ›eigenartigsten Job‹ befragt wurde, sagte Lisette: »Wie in meiner offiziellen Vita steht, gehört zu den eigenartigsten Jobs meine Zeit als Assistentin eines Bestattungsunternehmers. Aber meine Philosophie über jeden Job lautet: Wenn du im Trockenen sitzen und deine Kleider anbehalten kannst, handelt es sich nicht um schwere Arbeit.«

TULSA BROWN ist aus der Prärie geflohen und aus einem anderen Roman-Genre. Ihre Erotika sind in über einem Dutzend Anthologien erschienen, und zweimal wurde sie für den Rauxa Preis für erotische Arbeiten nominiert. Sie ist Autorin eines Homosexuellen-Romance-Romans, *Achilles' andere Ferse*. Tulsas Heldin Lise ist ihr geistiger Zwilling.

RACHEL KRAMER BUSSEL (www.rachelkramerbussel.com) ist eine erfolgreiche Autorin von Erotika, sie arbeitet auch als Herausgeberin, Journalistin und Bloggerin. Sie ist leitende Redakteurin der *Penthouse Variations*, veranstaltet die *In the Flesh Erotic Reading* Serie und schrieb die populäre *Lusty Lady* Kolumne in *The Village Voice.* Sie ist Herausgeberin von mehr als zwanzig Erotika-Titeln, darunter *Rubber Sex, Yes, Sir, Yes Ma'am, She's on Top, He's on Top, Crossdressing* und – zusammen mit Alison Tyler – *Caught Looking* sowie *Hide and Seek* und *Best Sex Writing 2008.*

Ihre Arbeiten sind in über einhundert Anthologien erschienen, darunter auch in *Best American Erotica 2004* und *2006*, in *Everything You Know About Sex is Wrong, Single State of the Union und Desire – Women Write About Wanting*, dazu auch in *AVN, Bust, Cleansheets.com, Memoirville.com, Cosmo UK, Diva, Huffington Post, Mediabistro.com, New York Post, Oxygen.com, Penthouse, Playgirl, Punk Planet, San Francisco Chronicle, Time Out New York* und *Zink.*

Ihr erster Roman, *Everything but ...* wird von Bantam veröffentlicht. In ihrer Freizeit jagt sie den besten Cupcake-Rezepten des Landes hinterher und bloggt sie auf *cupcakestakethecake.blogspot.com.* Den verrücktesten Job ihres Lebens hatte sie auf dem College – da bettelte sie am Telefon um Spenden.

T. C. CALLIGARI lebt an der Westküste in British Columbia, Kanada. Als Neunzehnjährige hat sie sich einmal breitschlagen lassen, die Buchhaltung für einen Typen zu übernehmen, der ein kleines Geschäft besaß und Kassettendecks in Autos einbaute. Sie hatte so gut wie keine Ahnung vom Geschäft, aber sie lernte bald, dass der Inhaber stets damit rechnete, von einem seiner zahlreichen Gläubiger eine Kugel einzufangen – und sie sollte wohl als Sündenbock dienen. Sie blieb nicht lange in diesem Beruf.

Ihre ersten erotischen Geschichten wurden in *Guilty Pleasures* sowie in den Anthologien *B is for Bondage* und *E is for Exotic* veröffentlicht. Sie arbeitet an einem erotischen Roman.

JEREMY EDWARDS veröffentlicht regelmäßig online und ist mit seinen Kurzgeschichten in zahlreichen Anthologien vertreten. Seine größte Herausforderung im Leben ist es, sexy und witzig zugleich zu schreiben. Sein bisher ungewöhnlichstes Honorar hat er sich damit verdient, dass er einem privaten Auftraggeber *Das Dekameron* auf Band gesprochen hat. Sie können ihn unangemeldet besuchen (müssen aber damit rechnen, ihn in Unterwäsche anzutreffen) – http://jerotic.blogspot.com.

JOLENE HUI ist eine Autorin und Schauspielerin mit einer Schwäche für Zucker. Sie ist eine Horrorexpertin und verfasst eine Kolumne für TheFleshFarm.com. Sie schreibt auch eine Kolumne für InsideHockey.com. Sie war im Jahr 2006 eine der ersten Autorinnen bei Tonto Books und ist auch von verschiedenen Zeitschriften, von Cleis Press, Pretty Things Press und Alyson Books veröffentlicht worden. Einer ihrer ungewöhnlichsten Jobs war es, sich als Saloongirl zu verkleiden, mit einem klassischen Western-Slang zu sprechen und beim Servieren zu zwinkern und zu flirten. Sie zwinkert immer noch, aber nicht mehr gegen Bezahlung.

MAXIM JAKUBOWSKI hat dreizehn Bände des *Mammoth Book of Erotica* zusammengestellt und sechs Romane und zwei Kurzgeschichtensammlungen auf dem Gebiet der Erotik veröffentlicht. Er ist auch in anderen literarischen Genres tätig, und wenn Sie dies lesen, hat er wahrscheinlich seinen siebten Roman unter dem Titel *I Was Waiting For You* abgeschlossen.

Bevor er sich der Literatur (und der Erotik) zuwandte, arbeitete er in der Lebensmittelindustrie und war zeitweise für alle Orangensäfte im Kongo und für Schokoladeneis in Finnland zuständig. Er lebt in London.

SHELLY JANSEN ist ein böses Mädchen in Brave-Mädchen-Kleidung. Tagsüber schreibt sie Texte für Medizinbroschüren, und nachts schreibt sie geiles Zeug. Ihr bisher denkwürdigster Job bestand darin, in einer lokalen Aufführung der *Night of the Iguana* einen Cowboy zu spielen. Prompt kam sie am nächsten Morgen zu spät zur Arbeit – das einzige Mal.

MARILYN JAYE LEWIS hat ihre erotischen Kurzgeschichten und Romane in zahlreichen Anthologien in den Vereinigten Staaten und in Europa veröffentlicht. Mehrere Arbeiten sind in Vorbereitung: *Twilight of the Immortal, Freak Parade* und *We're Still All That*. Ihr seltsamster Job spielte sich wahrscheinlich 1985 in New York City ab, aber sie möchte nicht wirklich darüber reden. Sie kann nur sagen, dass es um einen Iraner ging und um eine Brieftasche mit viel, viel Geld.

MIKE KIMERA wuchs als irischer Katholik in England auf und arbeitet heute als Managementberater in der Schweiz. Im

Alter von dreiundvierzig Jahren begann er, Geschichten über Sex und Lust zu schreiben und über all die Dinge, die sie mit uns anstellen. Jetzt, sieben Jahre später, ist er immer noch dabei. Die Geschichten aus seinem Short Story Band *Writing Naked* sind in einem Dutzend erotischer Anthologien erschienen. 2005 gewann er den Rauxa Preis für erotische Literatur.

NIKKI MAGENNIS hat erotische Geschichten für die *Wicked Words* Anthologien geschrieben, die bei Black Lace erschienen sind, *E, F* und *J* in Alison Tylers Serie *Erotic Alphabet* (Cleis Press), *Yes, Sir* von Rachel Kramer Bussel (Cleis Press) und *The Mammoth Book of Best New Erotica 7*. Ihr erster Roman, *Circus Excite,* wurde 2006 bei Black Lace veröffentlicht.

Sie hat schon als Gärtnerin, Barfrau, Bühnenleiterin, als Modell und im Öffentlichen Dienst gearbeitet. Ihre schwerste Arbeit war es, ein Schwein durch ein Camp der Armee zu treiben. Nikki lebt in Schottland. Besuchen Sie sie unter http://nikkimagennis.blogspot.com.

SOMMER MARSDEN führt ihr Doppelleben in Maryland. Sie ist abwechselnd eine nicht fanatische Fußballermama und eine Autorin von schmutzigen Geschichten. Ihr verrücktester Job, den sie bislang ausgeführt hat, führte sie in den Keller des Ben Franklin Museums mit all seinen ausgestellten Tierkörpern – bei deren Anblick ihr immer schlecht wurde. Nach einem Tag gab sie auf.

Ihre Arbeiten sind in zahlreichen Anthologien und auf Online-Seiten veröffentlicht, darunter *Love at First Sting, Whip Me, Spank Me, Coming Together for the Cure, Ultimate Lesbian 08, I Is for Indecent, J Is for Jealousy, L Is for Leather.* Sie ist auch die Autorin von *Inside the Light* und *Intruder.* Weitere Informationen finden sich auf http://SmutGirl.blogspot.com, da Sommer Marsden eine Blogoholikerin ist.

N. T. MORLEY ist die Autorin von über fünfzehn Romanen mit den Themen Dominanz und Unterwerfung. Am bekanntesten sind ihre Trilogien mit den Titeln *Castle, Office* und *Library.* Sie ist Herausgeberin der Doppelanthologie *MASTER/Sklave.* Ihr bisher seltsamster Job bestand darin, die Laken in einem Massagesalon zu wechseln, in dem es auch eine Spezialabteilung mit dem Namen »Das Verlies« gab.

CB POTTS ist eine ausgelastete freie Schriftstellerin, die klugerweise die Unternehmenswelten verlassen hat, über die sie schreibt. Sie lebt in den Adirondack Bergen im Staat New York, arbeitet als Ghostwriter von Wirtschaftssachbüchern und verschafft sich Abwechslung durch das Verfassen heißblütiger Geschichten.

Informieren Sie sich über ihre neuesten Pläne auf cbpotts.livejournal.com, wo sie über ihre Veröffentlichungen und Veranstaltungen schreibt und auch, was es mit diesem eigenartigen Geräusch auf sich hat, das aus der Garage zu ihr dringt ...

SAVANNAH STEPHENS SMITH arbeitet momentan als Sekretärin, die von unanständigen Gedanken geplagt wird, während sie auf der Tastatur hackt, die Ablage pflegt und von neun bis fünf das Telefon bedient. Sie ist die Einzige in ihrem Büro, die den Drucker im Griff hat, sie weiß, wer welche Leichen im Keller hat und wie man das Farbband der Schreibmaschine wechselt – ja, Schreibmaschine.

Sie hat sich in einigen ungewöhnlichen Berufen betätigt. In einem Bleibergwerk hat sie unter Tage gearbeitet und hat sogar eine Lizenz zum Führen von Dieselmaschinen unter Tage erworben. Wenn sie ans Tageslicht kam, arbeitete sie als »Turn-down-Girl« in einem vornehmen Hotel. Haben Sie schon mal darüber nachgedacht, wer Ihnen die Schokolade aufs Kopfkissen legt? Das Turn-down-Girl! Sie lässt die Jalousien herunter, schlägt die Bettdecke auf und lässt Ihnen was Süßes zurück.

DONNA GEORGE STOREY Ihr verrücktester Job? Im College stellte sie sich als Versuchskaninchen zu psychischen Experimenten zur Verfügung. Für den Preis eines Eisbechers mit Schokostücken musste sie Texte lesen, die sie in eine Stimmung mit Selbsthass-Gefühlen brachten, dann Bilder von irgendwelchen Menschen betrachten und ihre Attraktivität bewerten, um dann Texte zu lesen, die sie wieder aufbauten, damit sie sich nicht das Leben nahm.

Ihre erotischen Geschichten sind in vielen bekannten Anthologien erschienen, zum Beispiel in *E Is for Exotic, Naughty or Nice, Yes, Sir* und *Dirty Girls*. Sie hat einen sehr schmutzigen Roman über Japan geschrieben, *Amorous Woman*. Sie können mehr über ihre Arbeiten auf www.DonnaGeorgeStorey.com lesen.

MARIE SUDAC hat ihre erotischen Kurzgeschichten in der Serie *Naughty Stories from A to Z* veröffentlicht, außerdem in *Five Minute Erotica* und in zahlreichen anderen Sammlungen. Auch sie hat verschiedene originelle Beschäftigungen hinter sich – sie hat Hunde gegen Honorar ausgeführt, was zu unglaublichen Abenteuern führte, und sie hat psychiatrische Gutachten abgeschrieben, was weniger lustig war, aber länger in ihren Gedanken herumspukte.

SASKIA WALKER (www.saskiawalker.co.uk) ist eine britische Autorin, deren erotische Literatur in über vierzig Anthologien veröffentlicht wurde, darunter *Hide and Seek, Best Women's Erotica, Slave to Love, Secrets, The Mammoth Book of Best New Erotica, Stirring Up a Storm,* und *Kink.* Ihre erotischen Romane tragen die Titel *Along for the Ride, Double Dare* und *Reckless.*

Bevor sie zur freiberuflichen Schriftstellerin wurde, hat Saskia in verschiedenen Branchen gearbeitet; einmal war sie Statistin in einem historischen Liebesfilm. Damals hat sie die Freuden eines Korsetts kennengelernt, wofür sie bis heute dankbar ist.

ELIZABETH YOUNG kann auf eine vielschichtige Karriere zurückblicken; sie war Kunstredakteurin für ein Magazin, Einkäuferin für einen Kunsthandel sowie Aufkäuferin von antiquarischen Büchern. Aber es gibt einen Job, auf den sie besonders stolz ist – sie war die Büroleiterin einer Begleitagentur. Dieser Job ist ihr auch deshalb unvergessen, weil ihre Mutter so sehr dagegen war.

Derzeit lebt sie in Bethlehem, Pennsylvania, und lebt ihren Traum als unterbeschäftigte freie Autorin. Sie können einige ihrer Arbeiten unter www.antiaffirmations.blogspot.com lesen, darüber würde sie sich sehr freuen.

Über die Herausgeberin

»Eine literarische Sirene« wurde Alison Tyler von der amerikanischen Zeitschrift *Good Vibrations* genannt – sie ist eine verwegene, unanständige Autorin, und sie steht dazu. Sie hat eine Sammlung erotischer Kurzgeschichten unter dem Titel *Exposed* (Cleis Press) verfasst und über fünfundzwanzig sehr erotische Romane geschrieben, darunter *Rumors, Tiffany Twisted* sowie *With or Without You* (alle bei Cheek erschienen). Außerdem hat *Scarlet Magazine* die Autorin für die »beste bizarre Sexszene« ausgezeichnet.

Laut *Clean Sheets* hat »Alison Tyler den Lesern einige der heißesten Erotikgeschichten der Gegenwart« geschenkt. Das hat sie durch die Veröffentlichung von über fünfundvierzig scharfen Anthologien erreicht, darunter die Serie des erotischen Alphabets (*A Is for Amour, B Is for Bondage, C Is for Coeds, D Is for Dress-Up ...*), alle bei Cleis Press erschienen, ebenso die *Naughty Stories from A to Z, The Down and Dirty Series, Naked Erotica, Juicy Erotica* (alle bei Pretty Things Press erschienen). Näheres erfahren Sie bei www.prettythingspress.com.

Miss Tyler hält dem Kaffee (schwarz) die Treue, dem Lippenstift (rot) und dem Tequila (pur). Sie hat Tattoos, aber keine Piercings, eine scharfe Zunge, aber ein freundliches Lächeln, bittersüße Erinnerungen, aber keine Reue.

Sie glaubt, dass es nicht regnet, wenn sie ohne Regenschirm ausgeht, ihr ist heiß und trocken lieber als kalt und nass, und sie liebt es, nach ihrem Motto zu leben: »Schlafen kannst du noch, wenn du tot bist.« Sie zieht Led Zeppelin den Beatles vor und liebt die Stones über alles. Aber obwohl sie guten Rock liebt, hat sie auch eine bemitleidenswerte Schwäche für die langhaarigen Rocker der Achtzigerjahre. In allen wichtigen Dingen bleibt sie seit über einem Jahrzehnt ihrem Partner treu, obwohl sie sich immer noch nicht auf ihr Lieblingsparfum festlegen mag.

Besuchen Sie www.alisontyler.com für weitere köstliche Enthüllungen oder myspace.com/alisontyler, wenn Sie ihr Freund werden wollen.

Heiße Storys für heiße Nächte

Rachel Kramer Bussel (Hrsg.)
IN EKSTASE
Erotische Storys
Aus dem amerikanischen
Englisch von
Jacqueline Arnold
ISBN 978-3-404-17413-3

Eine Frau kommt zum Höhepunkt, als sie die Zügel selbst in die Hand nimmt. Eine andere entdeckt die Freuden eines ferngesteuerten Vibrators. Ein Paar erlebt multiple Orgasmen durch tantrischen Sex – diese Kurzgeschichten feiern die weibliche Lust. Ob altbewährt oder neu und experimentell: Rachel Kramer Bussel präsentiert Storys, bei denen niemand unbefriedigt zurückbleibt.

Werde Teil der Bastei Lübbe Welt
You Tube
www.lesejury.de
Lesen, rezensieren, Bücher gewinnen
Lerne Autoren, Verlagsmitarbeiter und andere Leser kennen